La memoria

1086

Alessandro Robecchi

Follia maggiore

Sellerio editore
Palermo

2018 © Sellerio editore via Enzo ed Elvira Sellerio 50 Palermo
e-mail: info@sellerio.it
www.sellerio.it

2018 gennaio seconda edizione

Questo volume è stato stampato su carta Palatina prodotta dalle
Cartiere di Fabriano con materie prime provenienti da gestione fore-
stale sostenibile.

Robecchi, Alessandro <1960>

Follia maggiore / Alessandro Robecchi. – Palermo : Sellerio, 2018.
(La memoria ; 1086)
EAN 978-88-389-3744-6
853.92 CDD-23

CIP – *Biblioteca centrale della Regione siciliana «Alberto Bombace»*

Follia maggiore

Da un certo punto in là non c'è più
ritorno. È questo il punto da raggiungere.

F. KAFKA

Ouverture

La macchina fa il suo rombo continuo e tranquillo, il buio le sfreccia intorno, l'autostrada è quasi sgombra, i camion scorrono via come i grani di un rosario, come i piattini di sushi sui nastri trasportatori al bancone.

Autotreni quanti ne vuoi, all you can eat.

È notte tardi, o mattina prestissimo. Carlo Monterossi guida tranquillo, rilassato, il vecchio è seduto accanto a lui, elegante, perfetto, sono in viaggio da quasi quattro ore e non si è allentato la cravatta, né tolto la giacca, né lamentato di nulla. Oscar sta sui sedili di dietro, mezzo sdraiato, forse sonnecchia un po', ora lo svegliano le curve dell'Appennino, pensa Carlo.

Hanno passato Firenze e tobogano giù verso Bologna e la pianura, poi è un filo dritto fino a Milano e sono arrivati.

Ma certe storie vanno raccontate dall'inizio, e l'inizio è questo.

«Andiamo a Napoli», aveva detto Oscar, che però aveva insistito per andarci in macchina, il che voleva dire con la sua macchina, la sua di Carlo.

Lui aveva messo una borsa nel bagagliaio e pantaloni comodi per guidare ed erano partiti con il cielo di Milano che diceva: pentitevi dei vostri peccati, nulla sarà perdonato, come va con le rate del mutuo?

Però era bello guidare, e soprattutto Oscar non poteva scappare, o sottrarsi, alle domande.

«Se ti porto a Napoli in macchina, sapere il perché mi pare il minimo», aveva detto Carlo all'altezza di Piacenza.

Dopo anni di una spericolata frequentazione che confina con l'amicizia, Carlo sa che Oscar Falcone non ama fare il misterioso. No, no, è proprio misterioso e basta, senza secondi fini. E anche quel suo lavoro a metà tra il ficcanaso e l'investigatore, il rabdomante di guai, non ha mai confini certi. Ogni tanto ha un incarico e gli chiede una mano, e Carlo si presta volentieri, pentendosene subito. Oscar è a posto, le storie che attraversa un po' meno, non sai mai come può finire e chi si farà male, e l'ultima si era lasciata dietro un sapore acido di incompiuta, di giustizia non è fatta.

Ma Carlo ha imparato che con Oscar è così, ci vuole la pazienza del pescatore, guida senza dire niente e Oscar sta zitto anche lui, vestito da giovane trentenne, la camicia che spunta da sotto il maglione, l'aria di uno che finge di annoiarsi, ma si vede che pensa. Non è uno che spiega le cose. Ma dopotutto, perché no? Due amici fanno una scampagnata, va bene. Sette ore di guida ad andare, sette a tornare, una cosa misteriosa da fare là. Carlo si sente in diritto di avere delle spiegazioni.

«Andiamo a Napoli».

Bene, andiamo, comandi! Ma perché?

Dunque ecco il viaggio di andata, destinazione Napoli. Il navigatore dice cinque ore e cinquanta alla meta, sono le sette del mattino, hanno passato Reggio Emilia, c'è un traffico trascurabile e il cielo dà sul grigio metallizzato, anonimo, antigraffio.

E allora Oscar aveva raccontato, probabilmente nascondendo sfumature e dettagli.

Il cliente, quello che gli ha affidato il caso, era un giovanotto spiccio, manager di qualcosa o qualcos'altro, di quelli con l'aria che un loro minuto vale una vostra ora, per cui fate voi i conti di tutta una vita. L'incarico era semplice: il padre non si trovava più e lui non poteva star dietro alle mattane del vecchio. Gli avevano consigliato Oscar come veloce e silenzioso, sempre meglio non far girare troppe chiacchiere. Parlava del padre volatilizzato come di una pratica che non si trova più, e si rivolgeva a Oscar come a una segretaria chiamata in soccorso dal capufficio.

«Pensa che possa essersene andato contro la sua volontà?», aveva chiesto Oscar.

Macché.

Il vecchio si chiamava Umberto Serrani, aveva settantadue anni ed era – il figlio lo aveva detto quasi con un sospiro di rassegnazione – in forma perfetta, sveglio e mobile, indipendente. Vivo, insomma, ma questo lo aveva pensato Oscar, perché le parole dell'uomo erano state un po' diverse.

Oscar aveva fatto le solite domande, incassando le risposte che si aspettava, cioè mezze frasi e nessuna sincerità. Non si capiva bene dove finisse l'amore filiale per il padre scomparso senza una telefonata – e senza rispondere alle sue – e dove iniziasse la preoccupazione dell'erede. O si capiva fin troppo. Che non si compri una tenuta in Islanda, che non regali una villa a qualche ballerina, che non si metta nei guai, era la sostanza, a cui il cliente aveva aggiunto per decenza un «almeno sapere che sta bene», che era l'ultimo dei suoi pensieri, ma doveva dirlo.

«L'ha già fatto?».

«Sì».

«E...?».

«E niente, è sempre tornato a casa come se fosse andato a comprare il giornale. Una volta, ma l'ho scoperto dopo, è stato qualche settimana a Budapest, non mi chieda a fare cosa».

«E allora perché non aspetta buono buono?», aveva detto Oscar. «Magari torna dalla Papuasia e le porta una collana di fiori».

Ma quello doveva avere il senso dell'ironia di una suora di clausura, perché non aveva fatto nemmeno una smorfia.

«Papà ha dei nemici», aveva detto senza aggiungere altro, ma il resto della frase l'aveva messo insieme Oscar: non è il tipo che può andare in giro come vuole.

Carlo ascolta la storia. Ha sintonizzato sul telefono

una radio blues a caso e la musica ha cominciato a scorrere dallo stereo della macchina, a volume minimo. Una stazione on line dell'Oklahoma, forse, blues rurale con annunci di artigiani e ristoranti di Tulsa e dintorni, dove pare che tutto costi nine and ninety-nine. Piuttosto surreale, sull'Autostrada del Sole.

Teneva una velocità di crociera un po' sopra i limiti, sperava che non piovesse, contava i camion con l'immagine di Padre Pio – sui vetri, sulla fiancata, sul portellone posteriore – ed era già arrivato a quattro, e avevano appena passato Modena.

La ricerca non era stata né facile né difficile. Il vecchio non si faceva trovare ma nemmeno si nascondeva. L'uomo di Oscar alle carte di credito – informazioni riservate in cambio di soldi, o favori da rendere – era in malattia, ma per fortuna il vecchio aveva staccato un assegno, piccola cifra, incassato a Napoli, da tale Cismina Natali, quarantadue anni, professione attrice, ma non si sa che tipo di attrice. Così aveva cercato l'agenzia della signora – fingendosi un impresario di Milano – e aveva seguito i fili fino al vecchio. Una cosa semplice, un po' di fortuna.

Erano arrivati a Napoli all'ora di pranzo, Carlo aveva preteso una pizza e gli era sembrato di non aver mai bevuto un caffè così buono, poi si erano presentati all'albergo, bello, antico, un po' fané, quel nobile decaduto che più decade e più sembra nobile, il concierge in giacca scura, con la faccia di chi ne ha viste tante e non ha ancora finito di vederne, decaduto e nobile pure lui.

A Carlo la luce di Napoli pareva bellissima.

«Il signor Serrani è in camera?».

«Ehm... chi vuole saperlo?».

«Io», aveva detto Oscar con un sorriso e un piccolo gesto della mano, che conteneva un biglietto da cinquanta euro e che all'improvviso non lo conteneva più. Ma guarda che gioco di prestigio, aveva pensato Carlo, perché il biglietto ora stava nelle mani di quell'altro, che sorrideva anche lui e diceva:

«Stanza 406... il signore non è solo».

Poi, nel corridoio del quarto piano, con un bellissimo parquet scricchiolante nonostante la spessa passatoia rossa, avevano esitato un attimo: piombare così nella camera di un signore che «non è solo», senza essere annunciati, nel languore partenopeo della controra, insomma... Ma quando avevano bussato non c'era stata nessuna esitazione, nessuna voce affannata, nessuna corsa a rivestirsi alla bell'e meglio – almeno le mutande della signorina, o un accappatoio – per accogliere gli ospiti inattesi.

Niente. Solo un «Avanti!» un po' stupito, con la sorpresa rannicchiata in una bella voce maschile, che si era fermata un attimo prima di saltare, prima di diventare tono seccato.

Così Oscar Falcone, il segugio, e Carlo Monterossi, facente funzione di «elementare Watson», erano entrati senza indugi e timidezze.

Un appartamento, più che una stanza d'albergo.

Il vecchio, perfettamente vestito, le scarpe tirate a lucido, camicia, cravatta, gilet, seduto su una poltrona comoda in broccato azzurro, nobile e decaduta, li aveva guardati placido. Un bel signore coi capelli bianchi, gli occhi attenti, con le spalle ben dritte contro lo schienale della poltrona, un dipinto a olio.

Il letto intonso, ordine e pulizia. Un vaso di fiori bianchi, una donna semisdraiata su un divano finto Impero, con un libro in mano, la testa reclinata in un accenno di domanda senza parole, una bottiglia d'acqua e un bicchiere a terra, sul tappeto. La gonna a pieghe un po' sopra il ginocchio, la camicetta bianca, gli occhiali appena tolti in una mano.

Una professoressa di cui lo studente può dire: «Ah, però, la prof!», ma che rimane una professoressa, con l'aria di una che è stata interrotta, lo sguardo verso di loro che impasta seccatura e curiosità.

Il vecchio aveva annuito e fatto un piccolo gesto per i nuovi ospiti, un gesto che chiedeva di attendere, poi aveva sorriso alla signora, che aveva ricominciato a leggere.

Una pagina. Due. Tre.

Sciolta e rapida, non una recitazione, no, una lettura, suadente e ritmata, perfetta. Niente birignao da attrice e la voce caricata di effetti, no, un leggere come quando si legge bene. Carlo non aveva riconosciuto il testo, anche se gli ricordava qualcosa... la bella Lisa... qualcosa di francese, per forza, qualcosa di magnifico, scritto apposta per essere letto da una donna sorridente su un divano in un vecchio albergo di Napoli, nella penombra non calda e non fredda, in un posto dove novembre non è veramente novembre.

Arrivata alla fine del capitolo, lei aveva chiuso il libro e guardato l'orologio.

Il vecchio si era alzato e l'aveva congedata con affetto, ringraziando e consegnandole due assegni già firmati e posati su un tavolino tondo, lucido, nobile e decaduto. Lei aveva sbarrato gli occhi, perché la cifra doveva essere più alta di quella pattuita, aveva sorriso grata come si fa per le sorprese e si era alzata sulle punte dei piedi per dare al vecchio un piccolo bacio sulla guancia. Poi era andata verso la porta e si era girata solo all'ultimo.

«Ma così non saprete come va a finire, signor Umberto!».

«Ma non si sa mai come va a finire, Cismina!», dice il vecchio, «... e poi, chissà, magari ci rivedremo, voi non perdete il libro, tenete il segno!».

«Se scopro che venite a Napoli e mi tradite... guai a voi!», dice lei con un broncio finto.

Carlo sorride, perché nel sentire qualcuno rivolgersi col «voi» ha sempre un piacevole brivido ottocentesco, e poi pensa: ah, però, la prof!

«Parlate come la bella Lisa, Cismina», risponde pronto il vecchio. «No, non vi tradirò».

Lei se n'era andata lasciandosi dietro una piccola risata. Per loro nemmeno una parola, nemmeno uno sguardo dopo il primo iniziale punto di domanda negli occhi.

Ora, il viaggio di ritorno.

Stanno rientrando a Milano, hanno appena passato Bologna. C'è qualcosa che somiglia all'alba e la luce impedisce di capire cosa ne pensa il cielo. Camion con Padre Pio: undici all'andata, solo sette al ritorno, per ora.

«Ci siamo quasi», dice Oscar.

«Mica tanto, almeno un'ora e mezza», dice Carlo.

«Devo andare in bagno», dice il vecchio.

A Napoli, il signor Umberto aveva chiesto qualche ora per riposarsi, Carlo e Oscar avevano preso una camera per fare una doccia e riposare anche loro, in realtà soltanto per non aspettare nell'atrio. Poi erano partiti con calma, dopo cena. Il vecchio si era seduto davanti, in macchina, se era seccato non lo dava a vedere, sembrava considerare normale che qualcuno lo avesse trovato e lo riportasse a casa.

Non aveva detto «Andate via», o «Dite a mio figlio che sto bene». No, si era comportato come se aspettasse un taxi per Milano. Però poi aveva parlato, sì, e Carlo aveva ascoltato l'altra storia, l'altra campana.

Il signor Serrani li aveva studiati bene, al ristorante, li aveva guardati come un bravo artigiano guarda l'apprendista imbranato, con l'aria di uno che sa giudicare gli uomini. Che ne sapevano loro? Due giovanotti – oggi si è giovanotti a lungo – tutti intenti a macinare cose da fare, insomma quella fase della vita in cui un uomo non si occupa dei rimpianti perché è impegnato a fabbricarsi quelli futuri.

Si faceva leggere Émile Zola in una camera d'albergo a Napoli, e allora? Da una bella donna. Perché no? C'è un divieto?

Il vecchio chiacchierava di sé senza sfogarsi di nulla, elegante, autoironico, un piacere sentirlo parlare, meglio persino della radio dell'Oklahoma.

«È una cosa che riguarda le ossessioni... e l'ipocrisia del mondo... Per tutta la vita metti da parte molte cose, le sospendi, le rimandi, le accatasti in un angolo: le farò da vecchio, ma sì, un giorno avrò tempo. Paradossalmente la cosa è socialmente incoraggiata finché lavori, produci denaro... poi suona male. Uh, è andato a Budapest! Uh, è andato a Napoli. Non è più in sé, poveretto, non ci sta con la testa!... È come se la libertà, ma anche soltanto il libero arbitrio, andassero bene in fase di progettazione e speranza. Dici: un giorno farò questo e quest'altro, tutti annuiscono, approvano, ma poi quando finalmente lo fai non va più tanto bene... mah!».

«Sta parlando di suo figlio?».

«Sì, anche di lui».

Il primo posto per fermarsi a farlo pisciare è a trentotto chilometri.

Il signor Serrani ha una voce bassa e ferma, ma non ruvida.

«Lo sa? Ricordo la data esatta, persino l'ora, di quando ho giurato a me stesso che un giorno avrei letto Zola per bene, con calma, con devozione, come va fatto. Era il tredici dicembre del '98, avevo salvato una perdita di quasi quaranta milioni di dollari per conto di un tizio che credeva di averli già bruciati, li avevo messi al sicuro e avevo guadagnato il dieci per cento, tre milioni e nove, erano le quattro del mattino ed ero in ufficio. E ho pensato che avevo sbagliato vita, che così non andava bene, e che intanto mi ero perso delle cose, anche Zola e la bella Lisa, certo, e moltissime altre, forse più importanti... cose... persone... a cui ho pensato sempre...».

Un autoarticolato con targa tedesca e un enorme Padre Pio sul portellone di dietro. Carlo se lo lascia alle spalle e si chiede se deve contarlo doppio.

All'autogrill, mentre bevono il caffè e aspettano il vecchio che si è affrettato verso i bagni, i due amici in missione fanno due ragionamenti diversi che portano alla stessa conclusione.

Carlo si dice che per quanto gradevole e buon conversatore, il vecchio gli sta facendo un corso sul tramonto, sul rimpianto e sul riprendersi le cose prima che sia troppo tardi, e non sa se ha voglia di sentirlo. Messo come sono, pensa, tanto vale accendersi un sigaro nel deposito della polvere da sparo. Tra un'ora saranno a Milano e basta così. Le lezioni di vita un'altra volta, per favore. Come dice? Sale sulle ferite? A posto, grazie.

Oscar pensa al vecchio vent'anni prima, o trenta. Con in mano affari pieni di zeri, uno che «mette al sicuro» quaranta milioni di dollari. E alle parole del figlio: «Papà ha dei nemici». Anche Oscar pensa che bisogna fare in fretta e chiudere il lavoro, perché si rende conto che non sa tutto, della faccenda, e questo lo preoccupa sempre.

Ora Carlo viaggia più veloce e nella macchina c'è un tono d'urgenza, ma il vecchio finge di non accorgersene, oppure non gli interessa. Parla volentieri, e Carlo lo incoraggia.

«E Budapest?».

A Budapest c'era andato per sistemare un affare, ma una cosa da niente, e poi si era fermato perché gli piaceva la città. Aveva comprato una piccola casa, frequentato il circolo di scacchi, perdendo quasi sempre, e aveva offerto da bere a tutti.

«E c'era anche una bella signora, se volete saperlo».

Anche questo è riuscito a dirlo da gentiluomo.

Carlo fa una smorfia. Se è di quei rimpianti lì che si parla, lui sta per finire l'album.

«E cosa le leggeva, la bella signora?».

«Ah, nulla, parlava solo ungherese...».

Però il vecchio sente che nella voce di Carlo c'è del sarcasmo, anche poco, ma c'è. Coglie un rimprovero in sottofondo, e allora si fa serio.

Oscar sta dietro silenzioso, nel buio, appena sfiorato dalle lucine incastonate nel cruscotto.

«Non so cosa vi abbia detto mio figlio, signori, ma vi assicuro, a costo di colpire il vostro amor proprio, che trovarmi e riportarmi a casa non è una missione pericolosa, né particolarmente difficile. Mi piace parlare chiaro, come avrete capito, questo vostro improvviso allarme e questo correre spaventato non hanno senso».

Padre Pio su furgone, Carlo sta schiacciando così tanto che quando lo sorpassano sembra fermo. Il vecchio è rilassato come un maestro di yoga e parla con voce piana.

«Ho fatto per anni un lavoro molto delicato, ho nascosto soldi, spostato, recuperato, mascherato, diviso e riunito, seppellito dei soldi. Tanti soldi. I soldi girano, e ogni tanto c'è una curva difficile, un guard-rail che non tiene, oppure non tutte le regole sono state rispettate, oppure si può dire la cifra ma non si può dire da dove viene, com'è saltata fuori. In quel momento della corsa è meglio che il volante lo tenga io. So molte cose, ho salvato molti stupidi che il giorno dopo, invece di andare ad accendere un cero alla Madonna, si battevano il petto in nome del capitalismo italiano, o del sistema bancario, o del mercato. Ho cambiato ufficio spesso. A volte ci sono affari che prevedono una collaborazione interna, ed eccomi funzionario di banca, o consigliere d'amministrazione. O consulente al ministero. Oppure mediatore al servizio di una delle parti. Le mie tariffe erano comunque più basse di quelle del fisco, e il mio codice più flessibile del codice penale».

«È un lavoro pericoloso», dice Oscar dai luoghi oscuri dei sedili posteriori.

«Sì, si conosce gente che è meglio dimenticare. Ma restare indipendenti tiene in salute e allunga la vita. Io ero solo il medico, niente di personale, mai. Prima di uscirne ho sistemato tutto per bene, nessun conto in sospeso, molta gente grata, ma che non lo direbbe nemmeno sotto tortura... Però ho degli amici in giro, sì, gente con la villa, lo yacht e un bel conto in Costa Rica, che per un momento, nella sua vita, ha rischiato di perdere tutto...».

«Perché ci dice tutto questo?», chiede Carlo.

Anche se voleva attenuarlo con un fiocchetto di gentilezza gli è uscito un tono seccato. Forse è solo stanco.

«Perché con me il giochetto del vecchietto rincoglionito non funziona. Mio figlio vuole tutto sotto controllo, dal suo punto di vista ha ragione, ma la cosa non mi riguarda».

«Potrebbe suonare un po' egoista».

«Oh, sì, potrebbe, ma alla mia età un po' di egoismo è un diritto acquisito, e vorrei coltivare le mie ossessioni in santa pace».

Passano Piacenza, Carlo corre ancora ma comincia a rilassarsi. Il vecchio sembra sincero. Ha un modo disarmante di dire le cose, come gli è venuto in mente che stavano trasportando Diabolik? Perché quell'allarme?

Come per un pensiero improvviso il signor Serrani si volta di tre quarti e si rivolge a Oscar.

«Come mi ha trovato, giovanotto?».

Dà per scontato che io sia l'autista, pensa Carlo, e fa un sorriso con un angolo delle labbra.

«L'assegno, la signorina che l'ha incassato, il nome. Poi Facebook, un'attrice di Napoli, qualche telefonata alle agenzie. Facile».

«È sempre facile, dopo», dice il vecchio, «comunque complimenti, anche se in fondo questo dimostra che non mi nascondevo, chi paga più con un assegno?».

«Non potrebbe semplicemente dire a suo figlio "vado via qualche giorno", o rispondere quando la chiama?», e questo è Carlo.

Il vecchio si gira a guardarlo come se lo vedesse per la prima volta dopo settecento chilometri seduti fianco a fianco.

«Lei non capisce, vero, Carlo? Lei è uno di quelli che pensa che il tempo sia infinito, che se non fa una cosa oggi la farà domani, dico bene?».

Poi non chiude la frase, non completa il pensiero. Tace e guarda le strade di Milano, perché sono in città, ora, sono le sei e dieci, il cielo e l'asfalto dei bastioni accanto alla Darsena hanno lo stesso colore, passano accanto al carcere, poi corso Vercelli e via Washington, una bella palazzina, elegante, discreta.

Carlo apre il bagagliaio, il vecchio prende la sua piccola valigia, si avvicina al portone. Un signore alto e dritto.

Umberto Serrani, pensionato.

Li saluta con un inchino appena accennato, ironico, e un sorriso.

Carlo e Oscar lo lasciano lì e se ne vanno. Carlo sa che l'amico misterioso non farà alcun commento, cerca di stare al gioco, ma regge il silenzio solo per pochi minuti. Che non era un duro lo sapevate, vero?

«La prossima volta che devo guidare quindici ore e beccarmi anche la lezioncina sui rimpianti mi avverti prima, d'accordo?».

«Piantala, Carlo, tu la lezioncina sui rimpianti te la fai da solo tutti i giorni. Comunque grazie, è stata una bella gita».

Carlo lo lascia sui bastioni di Porta Venezia e dopo pochi minuti è a casa.

Sente ancora il volante in mano. Se chiude gli occhi vede i puntini rossi delle macchine davanti, i camion di Padre Pio erano undici anche al ritorno, un santo pareggio, una specie di miracolo. Si butta sul letto così com'è, ma chiude la porta della camera, che Katrina non lo svegli quando arriverà come la cavalleria tagika per le faccende di casa.

Chiude gli occhi, pensa a quello là che nasconde i soldi, come ha detto? Che li maschera, che li seppellisce. Pensa alla bella signora di Budapest, se la immagina vestita di nero, con il cappello e la veletta, chissà perché. E pensa che prima o poi anche lui deve rileggere Zola. Pensa a quello che canterebbe Bob Dylan su questa faccenda del rimpianto, se non ha già detto tutto quel che si può dire.

You've got legs that can drive men mad
*A lot of things we didn't do, that I wish we had.**

Ognuno ha le ossessioni che si merita.
Sono le sette del mattino.

* Bob Dylan, *Scarlet Town*: «Hai gambe che fanno impazzire gli uomini / Quante cose non abbiamo fatto e invece dovevamo fare».

Uno

Il sovrintendente di polizia Tarcisio Ghezzi scommette con se stesso. Il capo Gregori li vuole su alle sette in punto e lui si gioca un caffè della macchinetta che Carella arriverà in ritardo, sono le 18 e 58 e quindi ha quasi vinto, e questo lo pensa proprio mentre quello entra come un tuono dalla porta della sala d'attesa.

«Andiamo che è tardi», dice Carella.

Niente caffè, pensa Ghezzi. Anzi sì, toh! Scandalo e ribellione.

Infila la chiavetta nel distributore, schiaccia un pulsante e aspetta. Il caffè l'ha perso, va bene, ma siccome scommetteva contro se stesso l'ha anche vinto, no? Gregori aspetterà due minuti.

Nell'ufficio del capo non c'è aria d'emergenza, Gregori non è incazzato e in più Ghezzi gli porta un regalo.

«Caso risolto, capo».

«Dai, racconta, veloce, poi riempi le scartoffie».

Carella si siede composto, Ghezzi è su una poltroncina che ha ospitato onorevoli culi di pm, vedove piangenti, politici in visita, indagati illustri e poliziotti a rapporto. Come lui ora. Ha fatto appena in tempo a togliersi il camice bianco da infermiere che in qualche modo gli dava una certa autorevolezza tra le corsie e i corridoi dell'ospedale Niguarda, reparto solventi.

«Uno dell'ufficio tecnico e un'infermiera, la solita storia. Hanno cominciato a fregare qualche portafoglio nei comodini, poi hanno ragionato più in grande. Lui studiava la situazione patrimoniale dei pazienti, se avevano famiglia o vivevano soli, tutto scritto nelle cartelle cliniche e nei documenti di ricovero, lei prendeva le chiavi di casa dalle borse dei ricoverati e mentre quelli trepidavano all'ospedale per l'intervento o per le analisi, andavano a ripulire gli appartamenti. Mi sa che non possiamo nemmeno dargli lo scasso, perché entravano come a casa loro».

«Trovato tutto?».

«Stanno inventariando e incrociando le denunce, ma un po' di roba sì, a casa di lei, non esattamente due geni, ecco».

Quello che Ghezzi non dice è come ha fatto, e che l'arresto è stato eseguito nel suo salotto, e che aveva messo di mezzo la Rosa, mentre si sa che è una regola ferrea non coinvolgere civili, familiari nemmeno parlarne, la moglie, poi, apriti cielo, sarà vietato dal regolamento perfino in Texas, e una rompiballe simile...

Comunque lui aveva bisogno di una persona ricoverata lì con cui fare comunella, e siccome il primario era d'accordo ci aveva messo sua moglie, Rosa Ghezzi, di anni quasi cinquanta, abbastanza sveglia da chiacchierare con tutto il personale, dire e ridire che lei abitava sola, che era indipendente, che non si fidava delle banche. «Meglio il materasso, sa! Meglio il materasso, per quei pochi risparmi!».

Insomma, la Rosa aveva volantinato in giro per l'ospedale più grande del mondo che semplicemente rubandole un mazzo di chiavi dalla borsetta incustodita mentre lei faceva chissà quali analisi, si poteva trovare l'Eldorado nel suo materasso, in via Farini.

Lui, il Ghezzi, sovrintendente e titolare dell'indagine, si era fatto appicciare un ruolo bislacco di «valutazione turni», per cui poteva andare e venire a piacimento vestito da infermiere, con la sua tonaca candida da hare krishna della sanità. Aveva dovuto solo aspettare, annoiarsi un po' e diventare parte dell'ambiente, come un vaso di fiori. Poi, quando alla Rosa avevano finalmente fregato le chiavi, era andato a casa ad aspettare, giocando a carte con l'agente Sannucci, che era un vero disastro.

Quando i ladri erano entrati, a mezzanotte passata, quattro mandate la serratura sopra, quattro quella sotto, li aveva accolti con gentilezza: «Buonasera, polizia». Lei era scoppiata a piangere e a quell'altro era caduto il mondo addosso, perché a casa aveva moglie e due bambini piccoli, e questa qui con cui faceva i furti era l'amante. Una storia che strapperebbe il cuore a Nosferatu, ma erano finiti in manette lo stesso, con Sannucci che li portava giù per le scale e Ghezzi che si faceva, gentilmente, ridare le chiavi.

Se venisse fuori che Ghezzi ha usato la moglie per un'indagine sarebbero guai, ma su queste cose lui è fatalista, ora che è sovrintendente dopo tanti anni di punizione, con l'orizzonte della pensione che si avvicina, si sa che tanto i pioli della scala per lui sono finiti. Alla Rosa non voleva dirglielo, prima che si allargasse troppo, ma era stata davvero brava, e in più le avevano fatto le analisi, «che di solito c'è una lista d'attesa, Tarcisio!».

«Bene, bel lavoro», dice Gregori, «due pirla di meno in giro».

Poi guarda Carella. Tocca a lui, ma non ha molto da dire. Carella è uno che deve stare in tensione, per funzionare, è uno che va alla battaglia. Se non c'è sangue in giro si fa svogliato come un vigile urbano a ferragosto.

Ora ha in mano una pista fredda, un notaio morto sparato di cui dopo mesi sanno solo che era un notaio e che è morto male. Niente tracce, niente testimoni, niente di niente. Siccome lì si perde tempo, ora si occupa di un piccolo boss della zona Certosa, che aspetta un po' di roba, qualche chilo. È reduce da giorni di burokratia tra la procura e gli uffici tecnici lì in questura, e la sua buona notizia per Gregori è che sono pronti. Hanno iniziato gli ascolti – una ventina di telefoni tracciati, computer, eccetera – e appena si sa dove correre si corre.

«Speriamo bene», dice Gregori. È contento perché fila tutto liscio.

Ora c'è silenzio e un'aria di smobilitazione, dopotutto sono quasi le otto e non è che nostro Signore impedisce di andare a casa a un'ora decente.

Ma Gregori non molla. Esita un po', come se volesse dire ma anche no, come se non sapesse da che parte prendere una questione.

Poi si dà una mossa.

«C'è una cosa delicata», dice. Lo fa apposta, così quelli stanno attenti.

E infatti stanno attenti e lo guardano come dire, dai, su, facciamo notte?

«Ho un paio di segnalazioni strane, che riguardano qualcuno di noi».

È un modo per gettare la bomba, ma anche per non dire niente. Ghezzi se ne sta zitto, perché sa che se Gregori ha deciso di parlare parlerà. Carella però è fatto in un altro modo.

«Su, cazzo, capo, o dice o non dice, cosa sono 'ste mezze frasi?».

«È scomparsa un po' di roba sequestrata, l'affare dell'altra sera alla Centrale, sapete... niente di che, erano settantanove bustine, contate, e ora sono settantacinque. Eroina. Abbastanza da poter pensare di averle contate male la prima volta, insomma, è un furto da poliziotto».

Ghezzi non fa una piega. Carella sorride perché quella notazione del capo è sottile. Se il materiale non è ancora passato per le forche caudine dei moduli e dei rapporti e dei verbali di sequestro, chiunque ce l'abbia in mano preferirà dire di aver sbagliato a contare piuttosto che affrontare un'indagine interna o, peggio, un sacco di rogne e carte da scrivere.

Proprio un furto da sbirri.

«A parte questo», continua Gregori, «c'è un barista, dalle parti di via Arbe... dice che uno è andato lì a fargli quel discorsetto che sappiamo tutti... Il bar è un'attività rischiosa, magari ti protegge qualcuno... bene, ma se non ti protegge nessuno, chi meglio della polizia? E guarda un po', dice 'sto visitatore misterioso, la polizia sono io, con tanto di tesserino e segnali chiarissimi. Il barista ha detto ci penso ed è venuto a pensarci qui, un bravo cittadino cinese, ma poi come testimone oculare un disastro, non ci ha saputo nemmeno dire se quello era alto o basso, grasso, magro, o coi baffi...».

«Un classico», dice Ghezzi.

Carella invece vuole capire meglio.

«Capo, fosse anche un tentativo di estorsione, o di offerta di protezione, diciamo così, mi sembra un po' maldestro... a parte che i tesserini nostri ormai li vendono alla luce del sole in quei negozi per deficienti paramilitari...».

«Sì, sì, Carella, certo. Però io non ho pensato a una richiesta diretta di pizzo, ho pensato più a qualcuno che vuole tastare il terreno. Una cosa del tipo: vediamo un po'... se il cinese si spaventa gli saltiamo addosso, un test, ecco. Ma resta il fatto che potrebbe essere uno dei nostri».

«A fare il barista dal cinese io non ci vado, eh», dice Ghezzi, che per le rogne in avvicinamento ha un radar speciale.

«Ma no, ma no, è presto per una cosa così... però date un'occhiata, eh, vedete un po' chi comanda lì, che traffici ci sono, come girano le cose, ecco, poi ne riparliamo. Magari non è niente ed era solo un picciotto che faceva il gradasso».

«Sì, certo, come no, e le bustine erano contate male», dice Carella, che non sa tenersi.

«Carella, io ti ho inquadrato bene, a te. Tu devi essere convinto che se uno è bravo può permettersi anche di essere stronzo, vero?».

«Mi sta dicendo che sono bravo, capo?».

«No, ti sto dicendo che sei stronzo, Carella, e adesso andate e fatemi sapere».

Poi alza la cornetta del telefono, un apparecchio grigio con la rotella per fare i numeri, forse è lo stesso con cui dettavano le lettere ai Corinzi, e quel gesto ha un solo significato: «Beh, siete ancora qui?».

Due

Collocata comodamente tra i trentasei e i quarant'anni, Bianca Ballesi se ne sta rilassata con una gamba sotto il piumone e tutto il resto fuori, una mano dietro la nuca, l'altra appoggiata sul bel ventre piatto e allenato.

Un corpo gradevole.

«Capito? La diva Flora cerca il lancio in grande stile per il suo libro, e l'ideona è di intervistarsi da sola, una serata intera di autocelebrazione nel suo stesso programma, con lei che si fa le domande e lei che si dà le risposte».

Carlo Monterossi esce dalla stanza e torna con i bicchieri e la bottiglia di Sauvignon Blanc aperta che avevano lasciato in salotto all'inizio delle grandi manovre.

Nessuno dei due se lo aspettava, ma ora non ha senso mostrarsi sorpresi: due adulti, responsabili, consenzienti, di buona costituzione fisica... che andasse a finire così non è poi tanto sorprendente, e succede dai tempi delle caverne.

Lui e Bianca Ballesi, la produttrice dell'odiato programma tivù che Carlo ha da poco abbandonato senza rimpianti, si vedono ogni tanto, possono dire di essere amici. E anche quando lui aveva l'ufficio là, alla corte della diva Flora De Pisis, regina della prima serata tivù e morbosa esploratrice delle miserie umane – che del resto i miserabili ospiti esibiscono volentieri – un certo feeling c'era, sì. Quell'intesa tra colleghi che si piacciono, anche se tra colleghi non si fa, eccetera, eccetera. Poi, da quando lui aveva abbandonato quella nave maleodorante di sentimenti confezionati per le masse abbrutite, di storie «pettinate» e di vergogne private esibite come biancheria stesa, non sempre pulita, Bianca aveva iniziato a confidarsi, lamentandosi delle gesta di Flora, portando storie assurde, pettegolezzi, aneddoti e piccole considerazioni sagge e scoraggiate sul mondo. Pranzi veloci se lei passava dal centro, qualche minuscola occasione mondana, qualche serata tra conoscenti, fino a quella di oggi.

Doveva essere una cena per quattro, ma gli altri due – altri due schiavi di Flora – all'ultimo momento non erano riusciti a venire, per qualche capriccio della diva, e loro si erano ritrovati a unire i puntini delle rispettive solitudini nel grande salotto di casa Monterossi, con una cena impeccabile preparata da Katrina, cose buone da bere, musica scelta bene, il diluvio universale fuori dalle finestre e parecchie chiacchiere arretrate.

Carlo ha raccontato della sua avventura napoletana, del vecchio scappato di casa che si faceva leggere i classici francesi da un'attrice in una stanza d'albergo.

«Molto romantico», ha detto lei, anche se con il romanticismo ha lo stesso rapporto che avete voi coi serpenti a sonagli. Però aveva apprezzato la storia. E poi non voleva parlare solo lei, con quell'unico noioso argomento del lavoro. Carlo aveva apprezzato, scherzandoci sopra:

«Ho lasciato il programma perché non ne potevo più, e mi ritrovo a occuparmene di nuovo per interposta persona... che storia è?».

«Giusto, hai ragione, scusami».

L'aria si era rilassata, anche troppo, perché a un certo punto si erano trovati un po' intrecciati su uno dei divani, molto vicini, più vicini di quanto stanno di solito i colleghi o gli ex colleghi. Lei aveva dimostrato una certa assenza di pudore, nei momenti e nei posti giusti, e Carlo si era sorpreso di sé: non aveva dovuto ricordarsi come si fa, veniva naturale e spontaneo.

Avevano lasciato una scia di vestiti e scarpe e calze e biancheria tra il salone, il corridoio, la camera da letto principale, tipo Pollicino se mai si fosse perso in quell'appartamento troppo grande e avesse voluto tornare nel salone.

E poi tutto era stato molto intenso e piacevole, senza il fulmine della tempesta e senza Sturm und Drang, questo va detto, Eros senza nemmeno il numero di telefono di Thanatos, una cosa che a Carlo sembra sempre uno spreco. Però con devozione reciproca, qualche attenzione al concedersi o al ritrarsi, qualche ruvidezza, molta generosità di entrambi nell'esplorazione dei piaceri dell'altro.

Ora, guardandola così, stesa sul letto senza alcun imbarazzo delle loro nudità, Carlo pensa che Bianca

Ballesi è una bella donna, cosa che da complici aziendali, in piedi alla macchinetta del caffè, lei con i capelli biondi che le sfioravano le spalle, l'aria ironica e i golfini attillati sui jeans, aveva solo potuto intuire.

Il pezzo grosso, la temuta guardiana dei conti, l'unica in grado di tener testa alla generalessa Flora. Carlo la guarda per bene, e lei non finge di essere imbarazzata.

C'è la buona luce della notte in casa, un calore formato abat-jour. Dalle casse in legno esce un vecchio pezzo di Charlie Mingus. Carlo ha deciso di non tediarla con Dylan, per una sera, va bene intimi, ma... C'è quell'atmosfera in cui non ha più senso chiedere complicità, perché se ne sono regalate parecchie, nell'ultima ora.

Lei si gira su un fianco, appoggiata a un gomito, il seno che sfiora il cuscino. Ha ricominciato a parlare di Flora, ma non lo fa più da manager incattivita, no. Parla come se non capisse il mondo, come se si stupisse ancora, e Carlo sa che è vero a metà, perché se maneggi quel cinismo brutale che si fabbrica in tivù, e specialmente lì nella grande tivù commerciale, la Grande Fabbrica della Merda, non sei autorizzato a stupirti di niente, e men che mai delle pochezze umane.

«Cioè, lei si fa una spaventosa marchetta al libro, un'ora e mezza di autointervista, e sulla mia scrivania arriva una richiesta di trentacinquemila euro da accreditare sul suo conto. Perché, dice Flora, in quella puntata in cui l'ospite è lei risparmiano sugli ospiti, e quindi i soldi che avremmo dato agli ospiti li vuole lei».

«Quella donna è il diavolo», dice Carlo. Flora De Pisis è il tipo di persona che valuta seriamente se torturare in diretta l'anziana madre le farebbe guadagnare qualche punto di share.

«I piani alti non gliela faranno passare».

Carlo Monterossi, ora in modalità Maestro di Vita, sa che Bianca Ballesi si sbaglia, e vorrebbe dirglielo. Il fatto è che lui ha lasciato quella palude di menzogne che alcuni chiamano «tivù del dolore», e Flora, e i giovani autori in rampa di lancio ambiziosi come samurai, e tutto il resto, per un vago senso di nausea, e non sa se gli va di ricascarci, sia pure come amico e consulente esterno.

E pensare che se l'era inventato lui, quel programma che sbancava l'Auditel, che faceva vendere più detersivi e adesivi per dentiere di qualunque altro. Aveva combattuto e sofferto quando aveva visto la sua creatura trasformarsi in letame. Lavato, stirato, profumato, analizzato dai sociologi del nulla, ma pur sempre letame. E poi, finalmente, aveva mollato gli ormeggi, dopo sfibranti trattative sui diritti, i contratti, i soldi, le clausole...

«Signora, cosa prova in questo momento?», chiesto all'alluvionata in lacrime.

«Signora, lo perdonerebbe?», chiesto alla fresca vedova e riferendosi all'assassino.

Ecco, aveva smesso con quella roba.

Se n'era andato con un senso di liberazione, ma anche di sconfitta. E se ora fosse onesto con Bianca

Ballesi dovrebbe dirle che no, che non è possibile una modica quantità di cinismo, là dentro. C'è solo il tre per due e il prendere o lasciare, a brigante brigante e mezzo, e se il cinismo occupa da re uno spazio pubblico, vuol dire che qualcuno ancor più cinico lo permette. E dunque non è una cosa da perderci il sonno, non è un furto della diva Flora, ma una, chiamiamola così, redistribuzione tra ricchi.

Invece dice:

«Non si capisce se vuoi parlare di una pratica burocratica che ti crea seccature o dei mali del mondo».

«È che sono scema, lascia perdere... mi stupiscono cose che non dovrebbero stupirmi, hai ragione...».

«E poi, se ti piace la parte tecnica dei mali del mondo, va detto che la casa editrice del libro ha più o meno la stessa faccia e lo stesso conto in banca di chi manda in onda l'autrice a intervistarsi da sola, e quindi...».

«Una partita di giro, sì».

«E come si intitola 'sto capolavoro della diva Flora?».

«*Amare per vivere*».

«Cristo».

Carlo apprezza che lei non cerchi attenzioni, ora, che non pretenda un tributo di tenerezze spossate. Le vede piuttosto addosso una piccola malinconia soddisfatta, anche se si strizzano ancora un po', bevono e ricominciano a strizzarsi, chiacchierando, saltando di qua e di là, cambiando discorso, le cose piaciute, quelle che non sopportano, un posto bello per mangiare a Lisbona, quella spiaggia in Sicilia, il vecchio matto e la sua bella signora di Budapest. È così che si cercano, facendo amicizia, allungando le mani, prendendo piccole precise misure sul piacere dell'altro.

Che poi era chiaro che si arrivava lì.

«Mi ci porti?».

Carlo ride, la prende in giro:

«Ecco, tutte uguali, una serata carina e già vogliono andare a Parigi!».

Ride anche lei, di gusto, una bella risata rotonda.

«Ma no! Ah, ah, Parigi, come ti viene in mente! Sei un cretino, Carlo. Dico: mi ci porti al programma nuovo?».

«Cosa ti fa pensare che io abbia un programma nuovo?».

«Ma sei scemo? Là dentro lo sanno tutti. Si favoleggia di un nuovo progetto di quel mago che è il Monterossi, uno che ha creato dal niente un programma che fa il trentotto per cento di share e resuscita i morti, e che se ne è andato sbattendo la porta. Una grande idea che presto o tardi vedrà la luce per la gloria dei fatturati, che Dio li abbia in gloria... tutte leggende?».

Aveva sbattuto un po' gli occhioni e li aveva fatti scorrere sui loro corpi nudi, come a intendere: beh, noi ci diciamo tutto, non è vero?

«È una cosa vaga, sì, avrei questo incarico, che era la via di fuga per lasciare per sempre Flora e la sua immondizia, lo sai come vanno queste cose, ma un programma vero ancora non c'è».

«E quando c'è mi ci porti? Io non lo reggo un altro anno con Flora, diciamo che vedo cose che superano il mio senso del pudore».

«Il tuo senso del pudore va benissimo così».

«Grazie, sir, lo prendo come un complimento».

Si erano attorcigliati ancora un po', per inerzia, per divertimento.

Lei era scomparsa in bagno e ne era uscita perfettamente truccata da ragazza che non si trucca, poi aveva cercato qui e là le sue briciole di Pollicino, rimettendosele addosso tutte, con qualche grugnito per i jeans stretti. Lo aveva baciato come un'amica e aveva chiamato un taxi. Lui non aveva detto quelle cose false che si dicono, come «Ti accompagno», e quanto al «Puoi dormire qui» non era comparso nemmeno all'orizzonte dei confini della galassia, né per lei né per lui. Però si erano ringraziati e salutati con un lungo sguardo che voleva dire un po' di cose, e suonava soprattutto come un «Riconoscente e stupito per la bella serata».

E ora – nemmeno le due – Carlo sceglie un disco, un nuovo Dylan che canta Sinatra, con un whisky in mano e vecchi muscoli dimenticati che all'improvviso dicono: ehi, sono qui, ti ricordi di me? Sembra il riposo del guerriero, ma non è così.

Pensa al programma nuovo, in modo vago, nebbioso. A Umberto Serrani: sarà sparito di nuovo? E pensa anche a quella faccenda delle ossessioni. Come aveva detto il vecchio? «Coltivare le mie ossessioni in santa pace», una cosa così. Pensa che Bianca Ballesi non è un'ossessione e non lo diventerà, ma forse può essere un buon medicinale, e che forse le ossessioni non bisogna assecondarle sempre, che magari trovi qualcuno che te le fa passare.

Alla parte prosaica, nonché al dossier etico-morale, pensa Katrina.

Quando lui è appena sveglio, verso le dieci, con la sua tazza di caffè in mano, la sontuosa colazione apparecchiata come al Grand Hotel, l'iPad con i giornali da sfogliare di malavoglia, lei è già a un livello di civiltà più avanzato e precisamente quel grado di evoluzione in cui si fa devotamente i cazzi suoi. Suoi del Monterossi, ovviamente.

«Signor Carlo dormito bene?».

«Benissimo, Katrina».

«Katrina è contenta, vuol dire che signorina ha dormito anche lei e non ha disturbato».

Il sistema etico-oscillatorio di Katrina – una moldava alta come una betulla e un po' più dura – non è di facile decrittazione. In questo momento gioca a fare il pendolo tra il suo tradizionale «Signor Carlo deve trovare brava ragazza» e l'altro estremo: «Signorine di oggi deve imparare a tenere mutande addosso». Come faccia Carlo a trovare una brava ragazza se quella tiene le mutande addosso non si sa, ma Katrina non ammette troppi distinguo e solleva con due dita, per una spallina, come se scottasse, un reggiseno blu che ha trovato in bagno.

Però sorride. Sorride come fa lei, un colpo d'ascia che compare all'improvviso nel tronco della betulla.

«Non rilascio dichiarazioni», dice Carlo.

42

Però fa la solita cerimonia: si alza, prende una tazza, versa quello che rimane della moka e invita la sua Mary Poppins a sedersi con lui.

«Mentre signor Carlo dormiva ha chiamato signor Oscar, due volte. Katrina non ha risposto, ma visto che era lui su telefono».

«Va bene, Katrina, poi lo chiamo». Carlo ringrazia in cuor suo che non vada avanti con quella faccenda della signorina, ma è anche un po' deluso.

Katrina, governante, cuoca, addetta ai vettovagliamenti, consigliera, impareggiabile riempitrice di frigoriferi, coscienza critica e devotissima ultras della Madonna di Medjugorje – forse era a lei, in forma di calamita sul grande frigo bianco, che mostrava il reggiseno, e non a lui – è l'unica persona da cui può ascoltare una ramanzina. Persino al mattino, persino stendendo un velo di burro sui toast perfettamente dorati. E ora lei gliela risparmia. Forse spera che quella signorina distratta che dimentica in giro il reggiseno possa portare un po' di pace, mettere un po' a posto le cose di signor Carlo, anche se questo naturalmente non toglie nulla al peccato, alle fiamme dell'inferno e a tutte le fantasiose punizioni che le piacciono tanto.

Nel frattempo – Carlo la conosce – sta vagliando ipotesi e pianificando acquisti al mercato. Carne? Pesce? Cosa può piacere a una signorina così distratta da scordarsi la biancheria in bagno di signor Carlo?

Così la lascia a meditare, lei che gli ha raccontato un'a-dolescenza di zuppe di patate e paure sovietiche, su come cucinare e mettere in frigo banchetti degni di una cena ufficiale all'Eliseo, mentre lui passa nel salone e prende il telefono, ma di Oscar si è già dimenticato, fa un altro numero, che deve cercare nell'agenda del cellulare.

«Credo tu abbia lasciato qui qualcosa».

«Sicuro che è mio?».

«Sicuro, quelle che frequento di solito non lo portano...».

«Guarda che con le minorenni si va in galera».

«L'ultima volta che ho frequentato una minorenne ero minorenne anch'io, mi ricordo perché c'erano le palafitte».

«Ah, e ieri sera, allora?».

«Ho fatto un'eccezione... comunque sappi che hai lasciato qui il giubbotto antiproiettile».

«Non è servito a molto... e... chiedo, sarebbe una scusa sufficiente per rivederci, secondo te?».

«Beh, prima che ti cambi la misura e diventi una vera signorina».

«Cretino. Ora vado».

«Ciao».

Bisogna dire che la ragazza è simpatica, anche se gli dice troppo spesso cretino. Così torna in cucina, si versa un'altra spremuta e se la porta in bagno insieme all'iPad. Katrina sta ammaestrando dei gamberi a far bella figura con eventuali signorine di signor Carlo.

E lui, lui il nostro eroe, come si sente?

Un cretino.

Tre

«Vi vuole il capo, subito».

Quando l'agente scelto Olga Senesi fa quelle telefonate lì, subito significa subito. Carella chiude la chiamata e fa un cenno urgente al sovrintendente Ghezzi che sta impazzendo col barista cinese.

Lui conferma tutto ciò che hanno saputo da Gregori, un tipo grosso, anzi magro, anzi con gli occhiali, no, senza. Quello che ricorda bene è il tesserino da poliziotto, no, naturalmente non l'ha letto, l'ha solo guardato. E ricorda anche il discorsetto che gli ha fatto quello, che sembrava in tutto e per tutto un abboccamento. Ma poi niente, in quel buco di cervello non si faceva luce nemmeno con le torce. Però era venuto fuori che se n'era presentato un altro. No, non un altro poliziotto, un altro farabutto, più giovane, che aveva fatto anche lui strani discorsi, che gli aveva chiesto se aveva capito il messaggio del suo amico, e intendeva il poliziotto.

Insomma, il tizio, sbirro o meno, aveva mandato un rinforzino per capire se il cinese ci stava davvero meditando, se aveva fatto la cazzata di denunciare, se aveva paura, o cose simili. Se ne era andato, il delinquente numero due, senza pagare la birra, e la cosa sembrava indignare il cinese più dei discorsi intimidatori e delle minacce nemmeno troppo velate.

«Si fa così? Si fa così?», continuava a ripetere, e Ghezzi capiva che più di quello non si poteva cavare, nemmeno con le tenaglie. Avrebbero dovuto chiedere una specie di sorveglianza, ma già sapeva che Gregori avrebbe detto no, non ho uomini, non ho mezzi, è già tanto che vi ho dato Sannucci. Avrebbero dovuto avvertire i colleghi del commissariato di zona, Greco-Turro, ma col sospetto di avere in giro un collega poco pulito non si erano ancora decisi e visto che l'incarico era piuttosto informale volevano parlarne con Gregori, anche se... Per quanto non è detto che il poliziotto stronzo, sempre se c'era, e se era davvero un poliziotto, lavorasse in zona, anzi, logica vuole che uno non si metta a far cazzate dove può passare il tuo vicino di scrivania, no?

Insomma, pensava il Ghezzi, un lavoro di scarpe e di scavo, di voci da raccogliere e valutare. Una cosa per cui ci vuole tempo.

E ora il capo li chiamava di corsa, e non sono nemmeno le nove di mattina, e piove da quattromila anni.

Sulla scrivania di Gregori, che è incazzato come un giaguaro alla catena, ci sono le fotografie, roba brutta scattata all'ospedale. È il viso di una signora, sfigurato da due lividi, una guancia molto gonfia, e un segno che le attraversa il naso in diagonale. Poi altre foto, la testa tutta fasciata, ma gli occhi sono vuoti.

«È morta stamattina», dice Gregori.

Carella lo guarda impaziente. Cosa fa il capo, gli indovinelli?

Ghezzi ha preso dalla scrivania un'altra foto, dove la signora è viva, anche se è una fototessera, ma recente, quasi fresca di stampa. Anche lui ha una domanda negli occhi.

«Quella», dice Gregori indicando la fototessera, «l'avevamo qui, la signora ha chiesto il rinnovo del passaporto tre giorni fa, appena digitato il nome è la prima cosa che è saltata fuori, di altro poco o niente».

«Se andassimo con ordine?», chiede Carella. Poi si alza, apre la finestra dell'ufficio di Gregori, quel tanto che basta a non far entrare la pioggia fitta, e si accende una sigaretta. Gregori lo fulmina con gli occhi, ma non dice niente, ci sono cose più importanti.

«Giulia Zerbi, 59 anni, insegnante, ma non so di cosa. Ieri sera rientrava a casa, o usciva, non si sa, verso le undici, in via Torelli Viollier, numero 18, secondo piano, vive... viveva con la figlia».

Non lo interrompono, aspettano attentissimi.

«È una via dietro viale Zara, la Maggiolina, non un brutto posto... beh, il poco che sappiamo è questo, che si ferma una macchina, scende un tizio e discute con la signora. Poi comincia a picchiare, quella cade e sbatte la testa. Il tizio in macchina scappa veloce, qualche vicino chiama il 118, la portano all'ospedale, ma è tardi, trauma cranico, emorragia cerebrale, coma, e poi via, andata».

È la stessa zona del bar del cinese, vengono da lì proprio ora, quando li ha chiamati la Senesi stavano a duecento metri dal luogo del delitto e non lo sapevano.

Il sovrintendente Ghezzi sente arrivare una piccola intuizione, come un allarme lontano, ma lo lascia suonare, probabilmente non è niente.

«Chi ci lavora?», chiede.

«Quelli della zona, e questa è la prima cosa che mi fa incazzare, il commissariato è proprio lì dietro, in linea d'aria saranno cento metri, bel controllo del territorio che abbiamo».

«Lo sa anche lei che non c'entra niente, capo. Una sberla per la strada... non è che possiamo essere ovunque in ogni minuto».

«Sì, sì, ma fa incazzare lo stesso, Carella. Già mi vedo i titoli: uccisa per la strada dietro il commissariato. Dai, su, che hai capito benissimo!».

Ora parla Ghezzi:

«Se vuole noi sul caso, capo, dovrà trovare il modo per levarlo a quelli lì, se sono arrivati prima loro...».

«Chi decide gli incarichi sono io, Ghezzi, non farmi incazzare pure tu».

«Sì, sì, capo, intendevo...».

«Lo so cosa intendevi, Ghezzi, ora te lo dico io, tanto per far vedere che i capi non sono proprio tutti scemi come pensi tu. Tu stai pensando che in quella zona lì, specie il versante Maggiolina, in quelle vie con le ville, non succede mai un cazzo. È vero. Però pensi anche che le coincidenze non ti piacciono. Ieri vi dico di dare un'occhiata lì, una zona tranquilla, niente da segnalare, invece nel giro di due giorni abbiamo un tizio che dice di essere dei nostri e chiede il pizzo, e adesso questa qua, che ne dite?».

«Che è un caso, capo».

«Certo, Carella, è un caso, ma se non fosse un caso, è una buona occasione per andare a vedere. Voglio delle prove per omicidio volontario, meglio se premeditato, con tutte le aggravanti possibili e immaginabili. E lo stronzo che l'ha ammazzata lo voglio su quella sedia lì – indica il posto dov'è seduto Ghezzi. – Prima possibile».

«È sparito qualcosa alla signora? Furto? La borsa?».

«Sì, niente borsetta, ma...».

«Lo so capo – e questo è Ghezzi – che lei allo scippo finito male non ci crede, perché è fatto con una macchina in una via che non è mica uno stradone, mi sa, e poi dietro al commissariato... nemmeno un tossico...».

Carella annuisce.

«Via, inutile che vi ascoltate i dettagli due volte, sanno tutto quelli là del commissariato di zona, andate subito, fatevi dire, parlate con la figlia, cercate di capire. Se fanno rogne fatemi chiamare, qualcosa mi invento, perché Ghezzi non ha torto, se là dentro c'è da dare un'occhiata, meglio non farli incazzare da subito».

Insomma, un fine psicologo. Intanto Gregori dovrà giostrarsela un po' per i cronisti, quando si sveglieranno, perché la signora del ceto medio ammazzata dallo scippatore è un buon manicaretto che i giornali cucineranno per bene.

Carella prende la foto piccola, quella dove la signora è viva. Una bella faccia da donna con la sua età, portata con orgoglio, come se fosse fiera di essersi fatta quella faccia in quasi sessant'anni di vita, come se ne fosse orgogliosa e se ne sentisse in qualche modo ben rappresentata. Sì, doveva essere stata una gran bella donna, venti, trent'anni prima, addirittura uno schianto. Ma anche ora, le labbra un po' sottili, bei capelli ancora vivaci, uno chignon – si dice così? – tenuto su con una matita.

Chi si fa la foto del passaporto con una matita nei capelli?

Ghezzi è già al telefono, parla con un collega, dice che tra poco saranno lì, di aspettarli. Carella si mette in tasca la fototessera guardando Gregori che annuisce come dire, tienila pure, il passaporto non le serve più.

Poi escono.

Una signora di cui non sanno ancora nulla, una strada strana per quelle cose, non il Bronx, una cosa violenta, e questo è quello che sta pensando Ghezzi. Capire, vedere il disegno più largo, da lontano, da vicino, di lato, come fa quando la Rosa lo porta nei musei, e certi quadri dipende da dove li guardi. Carella scende le scale piano, come il guerriero cheyenne che riempie le borse della sella in un silenzio di morte, invaso da una determinazione glaciale.

Giulia Zerbi. Giulia. Dove stavi andando? Dov'eri stata? Ti ha fatto tanto male? Lo prendiamo, sai?

Piove duro, la macchina puzza di altri turni e di altri sbirri, e pioveva anche prima, c'è odore di cane bagnato.

Quando stanno per arrivare al commissariato di via Albertario, Ghezzi indica una strada a destra e costringe Carella a una curva stretta: «Qui».

Davanti al numero diciotto di via Torelli Viollier c'è un gruppetto di persone, con gli ombrelli. Due signore, un uomo anziano, una donna con un ragazzino che non vede l'ora di andare via di lì. Appoggiati al muretto esterno di un palazzetto elegante ci sono due mazzi di fiori, ormai fradici, il marciapiede è stretto, la strada è stretta, la luce da film in bianco e nero un po' sgranato dalla pioggia, il sangue non c'è più, il punto esatto è segnato dai fiori e dai pochi tratti di gesso rimasti.

Carella sta con gli occhi fissi sul bordo del marciapiede, dove Giulia Zerbi ha battuto la testa, se ha capito bene la dinamica. Ghezzi si sposta in mezzo alla strada. È una bella via, con bellissime case, anche ville notevoli. Per fermare la macchina lì, scendere e picchiare una persona devi bloccare la strada. Vero che non passa quasi nessuno, ma è un rischio stupido, se è uno scippo è il modo peggiore, e devono esserci decine di telecamere.

Carella va fino in fondo alla strada. Sgommando via di lì in dieci secondi sei in via Arbe, che diventa viale Sarca, poi Sesto San Giovanni, poi il Grande Nord, e le autostrade, e puoi andare ovunque.

Quando arrivano al commissariato li stanno aspettando. Passano subito nella stanza del sovrintendente che ha in mano il caso, che è una donna, si chiama Cirrielli ed è parecchio incazzata.

Si salutano, ma niente salamelecchi, entra un agente con tre tazzine di caffè, ma esce subito. Carella e Ghezzi si tolgono le giacche bagnate. Lei attacca.

51

«Dice il capo che ci lavorate voi perché siete bravi coi giornali. È vero. Gli eroi dei sassi, dico bene?».*

«È una cazzata del capo», dice subito Carella, «non litighiamo».

«È un ottimo commissariato, Carella, buone statistiche, buoni agenti, e guarda che dove è morta la povera signora Zerbi è rose e fiori, cittadini belli e buoni, ma non è tutto così, sai? C'è tutto viale Zara e poi di là, fin quasi alla Comasina, non stiamo qui a grattarci le palle. E ci ammazzano una dietro casa, porca troia, dieci vie di signori dove il massimo che può succedere è il furto in casa a ferragosto, e suonano così tanti allarmi che pare la guerra».

I due annuiscono, fanno segno di aver capito il messaggio, ma vogliono anche chiudere la questione.

«Ti dico le cose che sappiamo di sicuro, poi fate le domande, va bene?».

Ghezzi beve il caffè, Carella l'ha già bevuto e ha quell'aria inquieta dei tossici.

«Fuma pure, fumo anch'io», dice la sovrintendente Cirrielli.

E poi comincia.

«Via Torelli Viollier sta qua dietro, una via privata tranquilla, diciamo residenziale, di alto livello, ville e palazzine di due, tre appartamenti, bei giardini, roba di lusso. È una via stretta. Il tizio ferma la macchina in mezzo alla strada, non può fare altro, scende e af-

* *Torto marcio* (Sellerio 2017).

fronta la donna che sta tornando a casa. Le dice qualcosa, e lei dice qualcosa a lui. Questo lo sappiamo perché la cuoca di una casa lì vicino... sì, la cuoca, Carella, non fare quella faccia... ha visto fino a quel punto, da una finestra, ma poi è stata richiamata, o le bruciava l'arrosto, che cazzo ne so, quando si è affacciata di nuovo la signora era stesa per terra. Ah, non pioveva, cioè aveva smesso per una mezz'ora... Abbiamo chiesto a tutti e suonato tutti i citofoni e chiamato tutti i numeri per tutta la notte, nient'altro che questo».

«Telecamere?».

«Non è così semplice, Ghezzi... Ovviamente della macchina si sa già tutto. Un'Audi blu, abbiamo anche la targa, dalle telecamere, risulta rubata a Monza due giorni fa. Se vuoi ti do anche il tragitto: via Arbe, poi Sarca un paio di chilometri, poi a sinistra nel parco di Bresso, dove c'è l'aeroporto, e lì l'abbiamo trovata bruciata, non l'ho fatta spostare, se vuoi vederla, ma sbrigati perché già mi hanno telefonato due volte i carabinieri di Bresso che ci terrebbero a vivacizzarsi la giornata».

«Ci andiamo quando abbiamo finito qui».

A questo punto la sovrintendente Cirrielli, senza preavviso, lancia un urlo poderoso, che fa tremare i muri: «Conti!».

Entra quello di prima, senza caffè stavolta.

«Conti, chiama quelli là di Bresso e digli che tra un'ora arriviamo, di stare buoni».

Poi riparte col riassuntino:

«Abbiamo la borsa della signora, un po' bruciacchiata, ma non del tutto. Non c'è il telefono, non c'è il portafoglio, nient'altro di interessante, carte, documenti, niente... un rossetto, uno specchio, qualche foglio, matite, quella roba lì... alle impronte non ci credono, ma stanno provando».

Ghezzi si alza e va vicino alla finestra. La pioggia ha il passo del mezzofondista, adesso, regolare, metodica.

«Non funziona niente», dice, «è tutto sbagliato».

«Aspetta. Ho parlato con la figlia, che ha ventitré anni, è tornata verso mezzanotte quando l'ambulanza era già andata via. Sconvolta, ovvio, stanotte non le ho cavato niente e il medico ha detto che doveva dormire dopo la notte al capezzale della madre. Ve la lascio volentieri, povera ragazza. Qui», aggiunge Cirrielli mettendo una mano su una cartellina, «avete tutto, foto del posto, i numeri che vi servono, quello del medico per la ragazza, sentite lui prima, per favore... i mandati per la banca e per la casa... il mio cellulare, giorno e notte, non fate gli stronzi».

«Della signora cosa sappiamo?», chiede Carella.

«Cinquantanove anni, professoressa, o traduttrice, o tutte e due, tranquilla, cittadina modello, l'appartamento, non grande, è di proprietà, che in questa zona vuol dire un piccolo capitale. Il marito vive in Francia, non si sentono da anni, la figlia si è persino stupita quando volevamo avvertirlo, dice che non saprebbe come rintracciarlo, mi sembra strano... Non sappiamo molto di più, in banca non ci abbiamo guardato, stavo per farlo ma adesso sta a voi... i vicini le solite cose, signora gentile, nessuna chiacchiera, buongiorno e buonasera, anche la figlia, due persone tranquille».

Quando escono nella pioggia battente, quasi corrono verso la macchina. Carella ha un impermeabile chiaro che vola ovunque e se lo tiene stretto alla gola. Ghezzi un giaccone da operaio e un cappello impermeabile, sembrano due scappati di casa, e non per la prima volta.

L'Audi blu sta in una stradina sterrata che costeggia l'aeroporto di Bresso, bruciata così bene che di blu non le è rimasto niente. Ghezzi ci fruga dentro per quanto può, ma ne esce solo con le mani nere e una smorfia per la puzza di plastica bruciata, anche se la pioggia ha lavato un po'. Passa dall'altra parte e infila le mani tra la portiera e il sedile, tasta sotto uno scheletro di molle, struttura di ferro e pelle rappresa. Sente qualcosa e tira. Un frustino, una specie di scudiscio, mezzo bruciato, annerito, piegato in due perché il fuoco l'ha scavato in mezzo. Lo mette in un sacchetto di plastica, anche se alle impronte non ci pensa nemmeno, in quelle condizioni.

Il guardiano notturno dell'aeroporto per piccoli aerei da turismo, paracadutisti, gente che va a guardare le montagne dall'alto, è lì ad aspettarli insieme a un carabiniere giovane che prende acqua da ore. Ripete la sua storia per la decima volta: erano le undici e ventidue precise, lui ha visto il fuoco, una grossa fiammata iniziale, ed è accorso subito, ma la macchina bruciava e non c'era nessuno.

Salutano e se ne vanno.

Il medico, al telefono, dice che la ragazza, Sonia, la figlia della signora Zerbi, li vedrà tra un'ora, verso mezzogiorno, ma se possono essere così gentili da raggiungerla da un'amica dove ha passato la notte, sedata, perché non ha voluto stare in quella casa, anche se la madre è morta in strada.

«Non ha senso, non ha nessun senso, è tutto sbagliato».

«Hai ragione, Ghezzi, anche come messinscena è fatta davvero male».

Sonia Zerbi è una bella ragazza alta e prosperosa, ha gli occhi rossi e la faccia disfatta dal dolore, la sua amica Federica non la lascia un momento, e ha nello sguardo una pietà immensa.

È sempre una cosa penosa, parlare con i parenti delle vittime, ma Carella sa che il medico non deve essere pietoso, che ci vuole rispetto ma anche decisione: questo farà pensare alla ragazza che sono duri e determinati, che anche per loro, come per lei, è una questione personale.

Però la cosa è penosa lo stesso, perché lei piange, si interrompe, è ancora un po' stordita dalle pillole che le ha dato il medico per dormire. Mamma tornava dal cinema, lei era da amici. Vivevano insieme e stavano bene, c'era armonia. Solo qualche problema di soldi, nonostante la bella casa, perché la Zerbi aveva smesso col posto fisso – era stufa, e comunque c'erano stati dei tagli – e aveva i suoi contatti, i suoi lavori di traduzione, ci stavano dentro, ma strette strette, quasi attente al centesimo.

Lei, lei Sonia, la figlia, aveva davanti due mesi decisivi – dice proprio così, decisivi – perché in gennaio ha un concorso a Basilea che può cambiarle la vita, un concorso da cantante lirica, è un soprano, ma ancora non ha deciso di che tipo. Ha cantato molta musica antica e barocca, ma per fare la solista in un'opera, che è il suo sogno, bisogna lavorare un bel po', non è la stessa cosa. Bisogna studiare, provare, esercitarsi... E questo era il suo primo pensiero, forse l'unico, fino a quel fatto spaventoso e definitivo. La madre... non riusciva nemmeno a dirlo... la madre morta, tutto il dolore addosso in un colpo, e tutto che cambiava. Speranze, prospettive, come un bambino che fa un disegno con i pastelli, e ci mette l'anima, e qualcuno glielo strappa.

«E ora non so più...», dice.

Ghezzi sa cosa vuol dire quando il futuro all'improvviso ti sembra un buco nel pavimento, una trappola per tigri, l'ha visto in decine di vittime, famigliari, figli, mogli, mariti.

«Qualcuno che poteva avercela con mamma?», chiede Carella.

La ragazza esita un po', ma saranno i singhiozzi.

«No, perché?», dice. «Non vedrei il motivo».

È una risposta che ammazza tutte le altre domande. Il padre non c'è e non c'è mai stato, se n'è andato subito, appena Giulia Zerbi è rimasta incinta, in casa non se ne parlava mai, come se non esistesse, e in effetti non esisteva, stava in Francia, chissà dove, si dava per scontato che fosse una nullità, una cosa del passato. Mentre lei, la signora, era una donna libera e vivace, culturalmente curiosa, quando la figlia aveva imboccato quella strada difficile del canto non l'aveva frenata, no, anzi, aveva fatto il tifo per lei, l'aveva mandata alle scuole migliori, anche all'estero, e andava a tutti i concerti della figlia, se erano a portata di treno.

«Aveva un uomo, mamma?», chiede Carella. Insomma, mica è una bambina, quella, lo sa come vanno le cose del mondo.

«Amici che vedeva fuori... ma dice un fidanzato? Ah», quasi ride, ma è un istante, poi il vuoto cosmico se la riprende, «no, no... non credo, me lo avrebbe detto, ne avremmo riso insieme... lo conoscerei, insomma».

Ghezzi prende per un braccio l'amica di Sonia e la porta in corridoio, in modo da parlare tranquilli.

«Come sta?».

«Come vuole che stia, le hanno ammazzato la madre in quel modo, e aveva solo lei».

«Davvero secondo te non avevano problemi? Nemici?».

«Non lo so, non credo, o almeno Sonia non ne ha mai parlato... sì, c'era qualche problema di soldi, mi è sembrato di capire, ma chi non ne ha?».

«La madre aveva un uomo?».

«Non che io sappia, ma era una bella donna, magari sì... aveva una cerchia di amici, professori, qualche scrittore, gli editori che le davano le traduzioni... non saprei, con me era gentile e amichevole, ma non è che mi raccontava i fatti suoi».

«E Sonia ce l'ha il fidanzato?».

«Non ora... frequentava un tizio, alla scuola di canto, in Francia, ma non sembrava una cosa troppo seria... dice sempre che è un tenore... cosa vuole che capisca di ragazze un tenore?».

«Tu stalle vicina, eh!», dice Ghezzi con fare paterno, anche se figli non ne ha, ma pensa sempre che i figli delle vittime siano un po' anche figli suoi. È un errore, lo sa, Carella gli direbbe che non è mica con la compassione che si prendono i cattivi. Lui invece la pensa all'opposto: serve proprio la compassione, capire, scavare, mettersi nei loro panni.

«Il concorso», dice Ghezzi, «faglielo fare lo stesso, non deve mollare».

Lei lo guarda strano: che razza di poliziotto è questo signore tutto bagnato che sembra un contadino appena uscito dai campi?

La cuoca di villa Adani non è la cuoca, ma l'aiuto cuoca. La villa è elegante, solida, con un bel parco intorno. Pazzesco, per essere a Milano, pensa Carella, anche Ghezzi è un po' impressionato.

Poi è iniziata la processione. La domestica che ha aperto ha chiamato la signora, la signora ha detto della sua tristezza per l'accaduto e ha fatto chiamare la ragazza, presentata come aiuto cuoca, ma in realtà sguattera. Piccola, minuta, intimorita, filippina.

In piedi, quasi sull'attenti, davanti ai poliziotti e alla padrona, fa del suo meglio, e la signora la incoraggia con lo sguardo, ci tiene ad aiutare le forze dell'ordine, anche se potrebbero vestirsi meglio, pensa.

«Si sono parlati, quindi?».

«Sì, signore sceso da macchina ha detto qualcosa».

«Era aggressivo?».

«Non sembrava, prima, poi sì. Signora ha risposto qualcosa e lui ha gridato. Discussione, ecco. Poi io sono tornata in cucina, che signora aveva chiamato...».

«E dopo?».

«Dopo tornata alla finestra, visto signora a terra, macchina non c'era più, chiamato subito signora e lei chiamato ambulanza e polizia».

Lady Adani, sempre che la padrona si chiami come la villa, annuisce, è una buona cittadina. Non dice che non è uscita in strada a vedere come stava la donna stesa a terra, che non ha prestato i primi soccorsi, che ha impedito alla ragazza di farlo, una buona cittadina, ma senza esagerare. La polizia, comunque, è arrivata in mezzo minuto.

Per entrare in casa della signora Zerbi si tolgono le scarpe. Sono bagnati come due caduti nel Naviglio, non vogliono sporcare, e Ghezzi vede nel gesto anche un po' di rispetto. Quelli del commissariato di zona hanno dato appena un'occhiata, si vede, non c'è nemmeno un cassetto aperto, hanno fatto in fretta.

Carella apre le finestre, anche se piove, e si accende una sigaretta. L'appartamento è semplice ma molto bello, due camere da letto, un soggiorno con cucina a vista, un bel balcone con gli alberi alti fuori. È una Milano-non-Milano con intorno Milano, un'oasi residenziale per ceti medi e medio alti. C'è una cabina armadio piena di libri, scaffali riempiti fino al soffitto, cassetti.

«Cominciamo da qua», dice Ghezzi.

«Sì, un momento», dice Carella. E inizia a camminare per l'appartamento, come svogliato, non tocca niente, guarda e basta, ogni tanto chiude gli occhi come per immaginarsi meglio qualcosa.

Nella stanza della figlia, che è uno strano incrocio tra la camera di una donna adulta e quella di una ragazzina, non si ferma nemmeno un minuto. Nella camera della vittima, invece, ci sta un bel po'. Apre l'armadio, ma non per perquisire, non ancora. Guarda i vestiti, tre o quattro paia di jeans, giacche, due o tre vestiti per le occasioni speciali, niente firme costose ma buon gusto, non è solo roba da grande magazzino. C'è una bella poltrona rivolta verso la finestra e i rami degli alberi, con un tavolino accanto. Carella se la immagina lì a leggere, un libro, una matita in mano, magari quella che si metteva nei capelli. Sul tavolino, fogli e qualche libro, un giallo di Camilleri, un saggio in francese sull'economia verde, pare una cosa noiosissima, un piccolo libretto con le poesie di Mandel'štam. I fogli sono bozze, forse la traduzione in corso.

«Allora?», dice Ghezzi dalla porta.

«Vedi se c'è un computer».

Ora sono seduti al tavolo del soggiorno. Un computer c'è, un portatile di fascia economica, in camera della figlia. Carella lo ha acceso e ha visto con sollievo che non ci sono password per entrare, ma dentro c'è quasi solo musica, opere, esercizi, basi orchestrali. Così al volo, certo, poi chiederanno alla ragazza. Ma se la Zerbi faceva la traduttrice un computer doveva averlo, no? Non è certo questo qui.

Ghezzi si attacca al telefono, con mille cautele, passa il filtro di Federica e riesce a parlare con Sonia Zerbi.

«Mamma aveva un computer?».

«Certo, un Mac Air, piccolo, bellissimo, è a casa».

«No, non c'è. È possibile che se lo portasse in giro? Nella borsa?».

«Sì, certo, ma era andata al cinema, non credo che...».

Lì si ferma. L'idea che la madre sia uscita per andare al cinema e... insomma, avete capito.

Quando chiude la telefonata, Ghezzi vede che Carella è sempre fermo, guarda e annusa come un cane da punta, non ha ancora deciso come procedere in quel frugare tra le cose della madre morta e della figlia viva, gli sembra una violazione, lo capisce, è la stessa cosa che prova lui.

Allora si siede, si arma di santa pazienza e comincia il suo lavoro di intagliatore di dubbi, la cosa che sa fare meglio, mettere in fila le cose.

«Cosa cerchiamo?», chiede.

«Cosa sappiamo?», chiede Carella. «Dai, Ghezzi, parlami, vediamo se abbiamo capito le stesse cose».

Fuori piove da quando non esisteva ancora l'alfabeto.

«Punto primo, in qualche modo i due si conoscevano. La cuoca che ha visto dice che c'è stato uno scambio, frasi dette dall'assassino e dalla vittima, e la modalità non è da scippo...».

«Dai Ghezzi, abbiamo molto di più».

«Sì, è vero. Se l'aggressione è avvenuta alle undici e dopo ventidue minuti quello aveva già dato fuoco alla macchina, vuol dire che sapeva dove portarla, che aveva una via di fuga, e che aveva della benzina con sé, o nascosta sul posto, perché una macchina, sotto quella pioggia, non brucia così, al volo. In un posto dove c'è un aeroporto, poi, che vuol dire di sicuro guardiani... quindi aveva una via di fuga veloce anche da lì, o da solo a piedi, o con un complice e un'altra macchina. Aveva un piano, era una cosa studiata, la cosa dello scippo non sta in piedi».

«Dimmi perché erano in due, Ghezzi».

«Perché per fare tutto con quella velocità è meglio essere in due, anche per bruciare la macchina... ma soprattutto perché ho trovato quel frustino, e stava per terra tra sedile e portiera dalla parte del passeggero e... tu hai visto le foto, no? La signora aveva come una linea rossa di traverso sul naso... l'ha frustata, non l'ha solo colpita con una sberla, o un pugno. Magari il frustino era del proprietario dell'auto, magari è uno che va a cavallo, che ne so, facciamo controllare a Sannucci, ma mi gioco lo stipendio che era dell'assassino...».

«Quindi volevano qualcosa da lei, e lei sapeva cosa».

«Sì, l'idea è questa».

«Adesso cerchiamo».

Ma non era venuto fuori niente, almeno niente di risolutivo.

Ghezzi si è preso due cassetti, l'archivio burocratico della casa, e li ha portati in salotto. Quasi niente in una cartellina con scritto «Sanità», la signora stava bene, le ultime analisi erano di due anni prima. C'è un conto del dentista, per la ragazza, un preventivo e una lista di scadenze per i pagamenti, spuntati rata per rata, la signora era un tipo preciso.

In un altro faldone c'è la gestione economica. La casa è intestata a Giulia Zerbi, c'è una copia dell'atto di proprietà, ereditata da una parente dodici anni prima. Poi le spese condominiali, altine per lo standard della famiglia Ghezzi, anche loro spuntate scadenza per scadenza. C'è una pratica della banca. Un prestito rifiutato, ma guarda. Poi un'ipoteca sull'appartamento, una cosa da poco, dodicimila euro, niente che non si possa sistemare con un po' di piccole rate, altri spilli piantati in quel tenore di vita in discesa, in quella borghesia sull'orlo del burrone. L'ipoteca è stata stipulata nel 2015, in giugno. Poi ci sono i codici e le password della banca on line. Chiama Sannucci in questura e glieli detta.

«Guarda dal 2015 in avanti, movimenti eccetera, ti do i codici, così ti eviti un viaggio in banca e non molesti le impiegate».

«Da come piove, sov, in banca non ci vado nemmeno se devo versare un milione». Sov sta per sovrintendente, ma Sannucci lo chiamava così, il Ghezzi, anche quando era vice.

Poi c'è una cartellina anonima, senza intestazioni, senza titoli. Strano, per una così ordinata. Dentro c'è solo un foglio bianco con pochi numeri scritti a matita:

30.000 sett. 2015

1.000 ott. 2015
1.000 nov. 2015
1.000 feb. 2016
3.000 apr. 2016

40.000!!! ott. 2016

e due righe tirate di netto, quasi rabbiose.

È una contabilità, certo, ma si ferma a un anno prima. Ghezzi cerca meglio tra i documenti e non ci sono altri fogli simili, il conto, se è un conto, non va avanti. Eppure nell'angolino in alto a destra c'è un numerino in un circoletto, tutto a matita. È la pagina uno, ma chi numera le pagine se il foglio è uno solo?

Ghezzi fa una foto e mette via tutto.

La stanza di Sonia conferma: la ragazza sta passando il fiume, da appassionata a professionista. Il grande salto, la speranza vera. Incorniciata sopra il letto c'è una locandina del Teatro Ponchielli di Cremona, una serata per varie interpreti. C'è il suo nome e quello che ha cantato: *Depuis le jour où je me suis donnée*, la *Louise* di Charpentier, atto terzo, Carella non ne sa niente, nemmeno alla lontana, ma fa una foto di quelle poche righe.

Per la ragazza doveva essere stata una serata di gloria, perché in giro ci sono altre locandine di spettacoli, anche col suo nome, ma nessuna incorniciata a quel modo.

«Fa freddo qui dentro», dice Ghezzi. I termosifoni sono spenti. Che la ragazza la sera della morte della madre, lasciando la casa per correre all'ospedale, con la paura, con l'angoscia, si sia messa a spegnere il riscaldamento pare improbabile. Ghezzi pensa che dietro quel benessere borghese e tranquillo che appare da fuori, le due dovessero fare una vita abbastanza grama, una lotta euro su euro, dignitosa e silenziosa, ma costante, vigile, sempre sul filo.

Carella prende una foto con la cornice in legno chiaro da un mobile in salotto, madre e figlia accanto, una serata di gala, o di spettacolo, perché Sonia ha chiaramente un costume di scena con tutti i pizzi del Settecento e persino il neo finto, e Giulia Zerbi ha un vestito nero, elegante, è raggiante, orgogliosa, bellissima, una donna per cui si possono fare pazzie, anche a quell'età. Ma ha la faccia serena di una a cui le pazzie non interessano più.

«Vediamo cosa si può fare, signora», dice Carella a mezza voce.

Da un po' di tempo non fa più promesse ai morti, ma è solo scaramanzia.

Ghezzi risponde al telefono. È la sovrintendente Cirrielli: il cellulare della Zerbi era poco distante dalla macchina, distrutto completamente, non c'è la scheda, strada chiusa.

Chiama anche la Senesi. Quando arrivano? Tra poco.

«Ci sono i risultati dell'autopsia, nessuna sorpresa, emorragia cerebrale da trauma violento. Un timpano lesionato, una sberla e... l'ha frustata, Ghezzi, ha un segno rosso di traverso sulla faccia. Il medico dice che è un colpo di frusta».

«Lo so».

Quando escono sono le cinque ed è quasi buio. Loro vanno da Gregori a dirgli tutto. Cioè niente. Cioè che è una storia del cazzo.

Carella tace, Ghezzi tace. Piove pianissimo ma non smette.

Quattro

Umberto Serrani viene a saperlo quattro giorni dopo.

Non legge mai le pagine della cronaca nera, solo la finanza e la cultura. Però gli cade l'occhio su un titolo del *Corriere*, «Donna uccisa, nessuna pista», e poi, nel sommario, legge il nome: Giulia Zerbi.

È un momento in cui si ferma tutto. Il vecchio sente distintamente dentro di sé qualcosa che si stacca, che cade. È un senso di gelo che gli mozza il fiato. Si alza e raggiunge il letto, barcollando, stordito, gli gira la testa.

Sta così per qualche minuto. Sdraiato, gli occhi sbarrati.

Giulia.

Lui e Giulia.

Sente come gli scricchiolii, i buchi, le crepe in una diga che gli sta crollando addosso, la valanga di acqua che lo investe, che lo annega, che lo schiaccia.

In un albergo di Milano, nel settembre del 1992, lui rientrava da un viaggio in Svizzera – affari – alla moglie aveva detto che sarebbe arrivato due giorni dopo. Lei lo aspettava seduta sul divano della suite, nuda, totalmente impudica, uno dei loro giochi. No, così non si capisce, pensa il vecchio. Uno dei loro codici, delle loro regole, sempre diverse, sempre sorprendenti. I doni che si facevano, tributi alle fantasie dell'altro, che spesso erano anche le proprie. Si cercavano nelle pieghe più nascoste, nell'inconfessabile.

Se chiude gli occhi adesso la vede così.

Diversissimi, lei intellettuale ironica, i corsi di sceneggiatura in Francia, l'insegnamento, le traduzioni. *Madame engagée*, la chiamava per prenderla in giro. Lui chirurgicamente razionale, veloce nelle risposte, misterioso perché non poteva dirle che di mestiere nascondeva i soldi dei ricchi. Ma avrebbe potuto dirglielo, non era su quello che potevano incontrarsi o scontrarsi.

C'era invece un'intesa tra menti libere, va bene, ma soprattutto c'era una corrente costante tra loro, un cavo scoperto dell'alta tensione, un'attrazione fisica che poteva degenerare in dipendenza, ma non come si può pensare, no. Era una ricerca reciproca dei limiti e dell'osare, del dedicarsi, era il piacere di concedere tutto, di annullare ogni difesa e ogni pudore. Una volta che erano andati al cinema, ricorda, erano usciti quasi subito, come in preda alla febbre, avevano preso una stanza in un albergo schifoso, di quelli a ore, sporco e squallido, con le puttane e i clienti che andavano e venivano, la puzza di sudore. Lui l'aveva spogliata e fatta stendere sul letto, poi l'aveva guardata a lungo, in silenzio, esplorata con gli occhi centimetro per centimetro, parlandole, dicendole che per la prima volta nella sua vita aveva davanti qualcosa di veramente perfetto, che qualunque cosa fosse successa tra loro lui l'avrebbe amata sempre, e si era reso conto che quella dichiarazione, assurda per uno come lui, conteneva anche un discorso di addio per quando fosse arrivato il momento di separarsi. Lei aveva pianto e non si erano nemmeno toccati, quella volta, ma il piacere era stato forte lo stesso, incontenibile, elettrico.

Lui aveva quarantasei anni, lei trentatré.

Ora a Umberto Serrani sembra che in questi venticinque e passa anni non ci sia stato nemmeno un giorno che non abbia pensato a Giulia.

Aveva saputo della figlia, vagamente anche del matrimonio praticamente mai esistito, ma non l'aveva più cercata, dopo quello che era successo tra loro. Una telefonata, un messaggio, una lettera. Niente.

Lui l'aveva semplicemente spostata dal mondo di tutti a un angolo solo suo, dentro di sé, dove Giulia veniva custodita come un tesoro segreto e inestimabile, di cui nemmeno si osa aprire lo scrigno, ogni tanto.

Era stato un dolore difficile da spiegare, come la mancanza di una parte, un'amputazione. Ma era un periodo in cui le cose si facevano pericolose, lui girava come una trottola, aveva anche avuto paura, a un certo punto, non era il caso di avere una persona da proteggere, oltre alla famiglia. Suo figlio – quello che oggi lo fa rintracciare da un investigatore privato – aveva undici anni, dalla Russia sgorgavano soldi in fuga come da un gasdotto spezzato in due, bisognava sistemarli, nasconderli, mascherarli, incontrare gerarchi stalinisti appena promossi a oligarchi, piranha che diventavano squali, il darwinismo delle privatizzazioni, e prima che il libero mercato diventasse libero, se poi lo è, c'era un impero da depredare, da trasferire in Svizzera, Bahamas, Costa Rica, holding da creare, fiduciarie a Panama e a Malta, cifre colossali, rischi alti.

Si era detto che voleva proteggerla da tutto, che non l'avrebbe sporcata come il resto, ma poi, negli anni, si era reso conto che era solo una viltà, che semplicemente lui non era all'altezza di quell'amore, che le cose erano state disegnate diversamente e che ribaltare tutto avrebbe comportato dei rischi. Così accanto allo scrigno di Giulia ne aveva messo un altro, e conteneva il miserabile se stesso che non era stato capace di averla per sempre, anche quello chiuso a chiave, anche quello da non aprire mai. Il loro equilibrio era un filo sottile, mentre per quella voglia, per quella passione, avrebbero avuto bisogno di un cavo d'acciaio, di una gomena di quelle per legare i transatlantici al molo.

Giulia non voleva un marito, lui non voleva una moglie.

Eppure quell'intermittenza, quelle fiammate di passione ed esplorazione, quella ricerca di sintesi totale che i loro corpi sapevano produrre, non l'aveva avuta più, e nemmeno mai cercata altrove. C'erano le donne, più o meno di passaggio, la famiglia, gli affetti, il figlio da crescere, i soldi da nascondere, le posizioni da difendere. E poi c'era Giulia, che era un'altra cosa, e lo era rimasta anche quando lui aveva assurdamente deciso di non vederla più, di rinunciare a quel lusso di possesso totale, e totalmente impudico, che lo aveva sconvolto.

Eppure se gli avessero detto: «Di' chi hai amato, puoi fare un nome solo, sbrigati», lui non avrebbe avuto esitazioni, il nome era quello lì, quello che ora legge sui giornali on line davanti al computer che di solito usa per vedere come vanno i mercati e controllare i conti che ha in giro qua e là.

Uno scippo finito male, il trauma cranico, il funerale, la figlia, le indagini che sembrano ferme.

«Dimmi cosa ti piace».

«Voglio che mi scopi e che mi parli».

Lui le parlava piano, senza smettere mai.

Il vecchio va in cucina e beve un bicchier d'acqua, in un solo fiato. Non ha nemmeno una foto di Giulia, non un biglietto, niente. Sui giornali c'è una fototessera che non le rende giustizia, anche se i tratti sono i suoi, gli occhi anche, ha una matita nei capelli.

Legge tutto quello che trova, e non gli basta, alla fine non dicono niente, non sanno niente. C'è uno che dice che Giulia Zerbi lascerà un vuoto incolmabile nella comunità del Centre Culturel Français di Milano. Trova un articolo sulla figlia, Sonia, il nome il vecchio non lo sapeva. C'è una foto con un vestito di scena, si dice di qualche concerto, «promessa della lirica italiana», c'è scritto. Alla ragazza nessuna intervista, gli inquirenti dicono che stanno seguendo tutte le piste, il pm dice che è un caso difficile, ma ne verranno a capo.

Ora c'è Umberto Serrani in piedi, davanti alla finestra dello studio, l'ha spalancata nonostante la pioggia. La casa è bella, lucida, ordinatissima, persino luminosa anche se fuori c'è una luce livida. Quel tempo lì, quel nero che incombe, gli ricorda sempre i funerali dei morti di Piazza Fontana. Lui aveva ventiquattro anni e ci era andato con una compagna di università. Piazza del Duomo, la pioggia incessante, la gente muta. Lei aveva detto: «C'è la morte pure in cielo», ed era vero, e da allora ci ha pensato spesso, in quelle giornate così scure.

Ecco, ora c'è la morte in cielo.

Cerca tra un piccolo mucchio di foglietti appoggiati su un mobile del soggiorno. Non ha mai imparato a segnarsi le cose sul telefono, ha sempre una penna e un pezzo di carta.

Trova quello che cerca, legge il numero e fa una telefonata, meno di due minuti, riattacca subito, non gli piace parlare in quell'affare, ha sempre la sensazione che lo ascoltino tutti.

Poi si siede in poltrona e aspetta. Non legge, non pensa, non si muove.

«Non riesci ad accettare che qualcuno possa essere totalmente tuo», gli aveva detto Giulia in una di quelle stanze d'albergo che prenotavano continuamente.

«Mi fa paura che qualcuno possa essere totalmente mio».

«Sei più bello quando hai paura. Vieni qui».

Cinque

«Rosa, io ce l'ho un paio di scarpe vecchie?».

«Tu hai solo scarpe vecchie, Tarcisio... vai in giro vestito come un barbone, se non te le compro io le cose da mettere...».

Se foste in cucina con lui a bere il primo caffè della giornata, con ancora i pantaloni del pigiama e la canottiera, vedreste il sovrintendente di polizia Tarcisio Ghezzi alzare gli occhi al cielo. Ma siccome non ci siete, fidatevi, alza proprio gli occhi al cielo.

«Intendo scarpe che poi posso buttare», dice lui, paziente come uno che fa un puzzle da otto milioni di pezzi. E lo fa da trent'anni, con quella lì.

«Guarda, ce li hai gli occhi, no? Ci sono quegli scarponi da montagna vecchi che avevi usato per imbiancare la cucina».

Ghezzi lascia nella tazzina il caffè che scotta troppo e va a rovistare in fondo a un armadio, tra le cose inutili che potrebbero diventare utili, non si sa mai. Ma ora che l'ha accesa, la Rosa non si spegne più.

«... Che poi perché avevi usato proprio quelli non lo so... ah, già, tanto in montagna non ci andiamo più...».

Non sono ancora le sette e Ghezzi è già in macchina, le scarpe buone in una busta della Coop, sul sedile accanto, e gli scarponi ai piedi, mezzi sfondati e con macchie bianche di vernice.

Alle sette e dieci è là dove hanno trovato la macchina bruciata, che si aggira tra il ghiaietto e i campi. C'è un piccolo prato, pieno di pozzanghere e fradicio d'acqua, anche se adesso non piove, così lui va avanti e indietro cauto, guardando a terra, sprofondando nel fango fino alle caviglie. Un segugio che cerca i tartufi. Accanto a dove c'era la macchina ci sono molte impronte, i segni di altre auto, quella dei caramba, di sicuro, anche quella con cui sono venuti ieri lui e Carella, e poi il carro attrezzi che ha portato via la carcassa. Lì ci hanno camminato in tanti. Per andare via a piedi invece, cioè verso la strada asfaltata e poi la città, si sono avventurati in pochi. Ghezzi guarda lì, sui lati della carreggiata, va avanti e indietro, non si decide.

Quando torna in macchina si toglie gli scarponi che sono solo una crosta di fango e rimette le scarpe, ed è lì che gli viene un'idea, non è granché, ma bisogna provarle tutte, no?

Allora guida fino al commissariato di zona, quello dove regna la Cirrielli, che non è ancora arrivata. La aspetta bevendo il caffè della macchinetta e parlando coi colleghi, c'è la fila per i documenti e le denunce, tre agenti rientrano, le facce stanche della fine del turno, commentano una rissa di qualche ora prima e accendono svogliatamente i computer per vomitarci dentro tutti i rapporti.

Quando la Cirrielli arriva, lo porta nel suo ufficio.

«Sviluppi?».

«È presto, dimmi una cosa».

«Sentiamo».

«La macchina, l'Audi bruciata, hai detto... rubata a Monza?».

«Sì».

«Mi dici di più?».

Poi vede quella che sta per lanciare un urlo belluino, prende proprio il fiato, come se dovesse tuffarsi, per gridare come un sergente nel furore della battaglia.

Ghezzi si alza, apre la porta e sporge fuori la testa.

«Conti, può venire, per favore?».

La Cirrielli si è risparmiata le corde vocali, lui le orecchie, e l'agente Conti è lì davanti a loro che aspetta. È così facile, certe volte.

«Sì, l'Audi è stata rubata in un parcheggio di Monza, la polizia che ha ricevuto la denuncia ha visto i filmati delle telecamere, ma non c'era niente, hanno tenuto qualche fotogramma, credo per l'assicurazione che vorrà rifarsi sul padrone del parcheggio, non so...».

«Possiamo avvertirli che voglio vederlo... il filmato intendo... quanto ci vuole da qui a Monza, una mezz'oretta, giusto?».

«Anche meno, ma perché vuoi andare fin là, Ghezzi?». Non ha ancora finito la frase che ha già in mano il cellulare, parlotta con qualcuno, sempre in modo secco e sgarbato.

«Ce lo mandano, dice».

«Certo», dice Ghezzi che non ci aveva pensato, e intanto ride tra sé, dai, vecchio mio, tra un po' inventano la ruota e tutto andrà meglio.

Cinque minuti dopo la Cirrielli è seduta alla sua scrivania davanti allo schermo del computer e Ghezzi le sta dietro, in piedi, chinato anche lui verso lo schermo. Anche se fa la poliziotta burbera e non è proprio una bella donna, ha i capelli che sanno di shampoo e ha un buon odore. Ghezzi pensa questo perché la Cirrielli gli sembra proprio pulita in tutti i sensi, è come lui, è come Carella, una che ci tiene, che si sbatte, che pensa. Il filmato dura trentadue secondi, sono una ventina di frame, e loro se li guardano uno a uno come se fossero fotografie delle vacanze. Dell'Audi blu si vede solo un angolo, poi un tizio che si avvicina, tutto scuro, jeans e giaccone, sgranato, non si vede quasi niente. Gira intorno alla macchina per andare alla portiera del guidatore, che è fuori dall'inquadratura, quindi sparisce. I frame dove c'è il tipo sono solo sei. Li riguardano, sia singolarmente sia lasciandoli scorrere, il filmato è a strappi, le telecamere non sono certo l'ultimo modello, ma Ghezzi pare soddisfatto.

Poi ringrazia e chiede una cosa alla Cirrielli, lei annuisce.

«A me non viene in mente niente, chiedo in giro ai colleghi, ti faccio sapere».

Quando Ghezzi arriva in questura ha ricominciato a piovere, prima piano, poi più forte, entra nell'ufficio di Carella che è bagnato come un tuffatore, e non ha nemmeno la salviettina per asciugarsi gli occhi.

La finestra è aperta perché Carella fuma, e c'è un freddo fradicio, Sannucci è seduto a una scrivania con dei fogli davanti, tipo studente col compito in classe.

«È zoppo», dice Ghezzi, senza salutare.

«Spiega», dice Carella.

Allora Ghezzi racconta che gli è venuta quell'idea delle impronte, e prima che ci piovesse sopra ancora per giorni è andato a vedere meglio. In effetti ci sono due serie di impronte che si allontanano dalla carcassa della macchina verso la strada, e lui non è un esperto, ma si trattava di due passi diversi, uno deciso e regolare, l'altro con una scarpa che lasciava un'impronta più leggera e piegata all'interno.

«Cosa sei, Ghezzi, sioux o cherokee?».

«Sono un coglione, perché alla telecamera potevo pensarci prima».

E dice del filmato del parcheggio custodito – custodito male – di Monza, dove all'Audi si è avvicinata una sagoma con un'andatura non proprio dritta e fiera, insomma, uno che zoppica un po'.

«Bel lavoro, Ghezzi, anche se non ci aiuta molto è già una cosa da cui partire».

Poi parla Sannucci, ha in mano i fogli della banca, un bel mazzetto.

«Naturalmente non bastavano i codici che mi ha dato lei, sov, perché con quelli si possono vedere i movimenti fino a un anno prima...».

«Vabbè, Sannucci, sei dovuto andare in banca, per la medaglia mettiti in fila. Allora?».

«Allora così, sov. Fino al 2014 pare tutto regolare. La signora ha un deposito di un trentamila euro, diciamo che oscilla tra i venticinque e i trenta. Le entrate non sono regolarissime ma sì, c'è un flusso in entrata, duemila un mese, tremila quello dopo, poi magari niente per due mesi, poi ricomincia. Tutti accrediti regolari, due case editrici, una scuola... i lavori della signora. Niente fondi, titoli, obbligazioni... Le uscite sono tutte domiciliate, le bollette, le spese di casa, poca roba, i prelievi al bancomat... anche la carta di credito... un albergo, un ristorante, niente di che, niente da segnalare fino a... – guarda i fogli – fino a marzo del 2015. Incominciano a uscire soldi, e escono forte. Diecimila con un assegno, poi quattromila al mese, regolari, tutti per una clinica vicino a Como... fino a settembre, quando la signora va in rosso, poi in rosso di brutto, in quei casi lì la banca ti chiama e ti fa il culo... Poi a settembre del 2015 entrano trentamila euro che non si sa da dove vengono, la signora li versa in contanti, in due tranche, ma in giorni vicinissimi, poi ricomincia il tran tran di prima, le uscite col bancomat però sono più consistenti e quasi regolari, anche mille e cinquecento per volta, mentre prima era poca roba, così si torna da capo, il conto non era ancora in rosso, ma... la banca le ha fatto una piccola ipoteca sulla casa, dodicimila».

Carella ascolta con gli occhi semichiusi, seduto alla sua scrivania con le punte delle dita che si toccano.

«Usura», dice.

«Sì», dice Ghezzi, «... aveva anche uno schemino...».

Tira fuori il telefono e mostra la foto che ha fatto a casa della vittima, poi legge...

«Trentamila settembre 2015, poi mille al mese saltando qualche mese, saranno quelli che prelevava dal bancomat... poi una cifra, quarantamila con i punti esclamativi... ottobre 2016».

«Le avranno detto che il debito era aumentato».

Sannucci segue e non si trattiene.

«Cioè? Una fa un debito di trentamila, paga un po' di rate, e un anno dopo il debito è di quaranta? Così non ne sarebbe uscita più».

«Benvenuto sulla Terra, Sannucci! Altre cose che dobbiamo spiegarti?», questo è Carella, stronzo come al solito.

«Scusate, messo così chiaro, nero su bianco, non l'avevo mai visto».

«Quindi cerchiamo un cravattaro zoppo» dice Carella che si accende una sigaretta senza più curarsi di andare vicino alla finestra, poi guarda Ghezzi. «Senti un po', Ghezzi, come fa una signora intellettuale, che ha una contabilità così semplice e lineare, che frequenta solo professori, che sta in una zona borghese dove la gente ha la cuoca in casa... come fa a conoscere un cravattaro, me lo dici?».

«No, non te lo dico, Carella... ma lo sai anche tu che ti sbagli se pensi che dagli strozzini ci vanno solo i poveri in canna o i delinquenti».

«Sì, certo, ma...».

«Dai, è presto, bisogna fare dei giri in zona, lo sai anche tu».

«Sì, ma è come girare in tondo».

«E giriamo in tondo, allora».

Prende il giaccone che non si è ancora asciugato e se lo mette.

«Ti aspetto giù».

Carella afferra l'impermeabile senza forma, infila nelle tasche sigarette e telefono e se ne va anche lui. Prima si volta verso Sannucci:

«Vedi un po' quella cosa della clinica, credo di aver capito, ma informiamoci meglio, va bene?».

Quando salgono in macchina il tergicristallo non fa in tempo a spazzare l'acqua dal vetro che già non si vede niente.

Sei

Il vecchio li accoglie perfettamente vestito, sbarbato, fresco, impeccabile, in giacca e cravatta, li guida per una breve rampa di scale e li accompagna in uno studio. È tutto lucido, il parquet scuro a listelle sottili, le librerie fino al soffitto, cariche di volumi. C'è anche una parete piena di vinili e di cd, una scrivania grande e, appoggiato a una parete, un tavolo meno pretenzioso con delle carte e tre schermi di computer.

«La mia tana operativa», dice il vecchio. Non sorride e sembra stanco.

Da quando l'hanno visto l'ultima volta, a dispensare lezioni di vita sulla Napoli-Milano, sembra invecchiato di dieci anni, più curvo, più fragile. Non parla e non offre da bere, si sistema dietro la scrivania e tace finché non sono comodi su due poltrone verdi. Ha l'aria di una riunione di cospiratori.

Sì, dice Oscar, della donna morta per lo scippo ha letto e anche sentito qualcosa in giro, e pare che non sia uno scippo a regola d'arte, insomma, in questura ci lavorano, il caso ce l'hanno in mano Carella, che è uno bravo, e Ghezzi, che si può quasi dire che è un amico, un bel segugio. Se c'è qualcosa da sapere, loro prima o poi lo sapranno.

Carella e Ghezzi. Piccolo il mondo, pensa Carlo. Li conosce tutti e due, le loro strade si sono già incontrate.

Carlo si chiede anche cosa ci fa lì, lui che non c'entra niente, e anche quella faccenda di fare l'assistente del suo amico Marlowe non lo diverte più, o non in questo momento, ma forse dipende dall'aria, dal grigio che c'è fuori, e dal clima che c'è dentro, perché questa riunione gli sembra un funerale. Ma il vecchio ha chiamato Oscar e l'ha convocato per un incarico, e Oscar ha chiamato Carlo.

«Cosa c'entro io?».

«Vuole anche te, gli piaci».

Così era andato.

Il vecchio non parlava più come un libro stampato, sembrava stanco, cercava le parole e soprattutto dava l'impressione di dire e non dire, e questa è una cosa che Oscar capisce subito.

Carlo si era alzato a girare per la stanza, guardando le coste dei libri, soprattutto romanzi, molti americani, una bella selezione, ricercata, con tutti i testi obbligatori e qualche deviazione interessante. Ci sono tre edizioni diverse di *Manhattan Transfer* di Dos Passos, una vecchia, in inglese, forse addirittura una prima edizione, roba preziosa. Una libreria staccata, separata come una sorella povera, contiene testi tecnici, finanza, politiche bancarie, codici in varie lingue. I dischi sono quasi tutta classica, divisi rigorosamente tra musica antica, opere, la parte più consistente, l'Ottocento tedesco in bella mostra, Mahler, Beethoven, Wagner, quelli che se li ascolti troppo finisci per pensare che tutto è Germania, o dovrebbe esserlo, e un po' di lirica, l'Ottocento italiano, quello che ti mette voglia di cacciare gli austriaci.

Se il vecchio è infastidito da quella sua esplorazione non lo dà a vedere. Lo stereo è un Bang & Olufsen dalla linea antica, le casse in legno sono un gioiello, fatte a mano, è un impianto che può gareggiare col suo, pensa Carlo, e forse lo batte.

«La signora Zerbi era una mia... amica...», è in imbarazzo e non sa da dove cominciare. «Diciamo che era una persona che non vedevo da diverso tempo e con cui non ho mai estinto un debito piuttosto importante...».

«Diverso tempo quanto?», chiede Oscar.

«Più di venticinque anni».

Poi il vecchio era passato agli affari, quella spiegazione del suo interessamento per un caso di scippo finito male doveva essere sufficiente, non avrebbe detto di più, e ora andava spedito come uno che ha superato la salita difficile.

Vuole sapere chi ha ammazzato la signora, certo.

Vuole sapere anche altre cose. Com'era la vita della signora, se c'erano stati problemi prima de... dell'incidente, ecco. Come se la passava la figlia, se avevano debiti, se avevano... aveva, la figlia, bisogno di qualcosa...

Poi aveva aggiunto:

«Dell'aspetto finanziario mi occuperei io, se permettete, ho ancora qualche buon amico nell'ambiente, anche a livelli alti... è il mio ramo, insomma... mi servirebbe sapere quali istituti... in quali banche aveva i suoi conti Giu... la signora Zerbi».

Va detto che Oscar cerca sempre una via d'uscita prima di mettersi nei guai.

«Mi chiede di indagare su un omicidio su cui sta indagando la polizia?».

«Non è il suo lavoro, giovanotto?».

Oscar tace.

Poi si alza e chiede se c'è un posto dove può fare un paio di telefonate, da solo. Il vecchio lo guida in un soggiorno ancor più grande dello studio, con i divani, le poltrone, altri libri, bei tappeti, un tavolo da pranzo per dieci persone. Anche lì è tutto lucidissimo e perfetto.

Quando torna e si risiede alla scrivania, Carlo lo studia.

«È stato un colpo duro, questo della signora Zerbi, vero?».

«Durissimo, sì».

«Non si offende se le dico che si vede? Forse ora avrebbe davvero bisogno di una vacanza... magari avvertendo suo figlio, così non dobbiamo venire a cercarla».

«No, si sbaglia di grosso. Questo è il momento di pagare i debiti, non di andare in vacanza. Si ricorda che abbiamo parlato di rimpianti? Lei guida molto bene, Carlo, e forse io ho parlato troppo, ma...».

Carlo lo lascia continuare.

«C'è qualcosa di peggio, Carlo. È quando il rimpianto si incastra con il rimorso, due cose inestricabili che messe insieme sono micidiali».

«Arrivare alla sua età senza rimpianti e senza rimorsi mi sa che è difficile».

«Forse, sì, forse ha ragione, ma lo stesso rimpianto e lo stesso rimorso... beh...».

«Senta, signor Serrani, io le confesso che sono un po' a disagio. Il mio amico Oscar, per quanto a me possa sembrare una follia, fa di questi lavori... l'investigatore, intendo, anche se lui nega e dice che è solo uno che guarda in giro... È bravo, sa? Ma io... io lo accompagno ogni tanto, perché mi sono capitate un paio di avventure in cui mi ha... aiutato, ecco. Perché mi piacciono le storie, ma più da fuori, vede, che finirci in mezzo... Io non c'entro, sa? Io...».

«Oh, lei invece mi sarà molto utile, Carlo».

Il vecchio dà per scontato che Carlo farà qualcosa per lui, e Carlo questo lo trova irritante. Ma è anche vero che il signor Serrani non ha la tranquilla supponenza che aveva in macchina tornando da Napoli. È ferito e... c'è qualcos'altro che rende le sue parole più dense, più pesanti. Rabbia, sì, una specie di offesa per come è finita quella donna, con la testa spaccata su un marciapiede, ma è come una rabbia che va in tante direzioni, e una è proprio la sua. Il vecchio si sente in colpa.

«Ha qualcosa da rimproverarsi?».

«Tutto», dice il vecchio. E poi, quando il silenzio si è messo comodo: «Lei deve organizzarmi un incontro con quella ragazza, Sonia, la figlia di... della povera signora Zerbi. È un soprano, sa? Ho pensato di farlo io, ma temo di non essere capace, credo che lei... mi ha detto che si occupa di tivù, vero? Mi spiace, io non la guardo, ma confido che lei abbia qualche capacità nei... rapporti interpersonali, ecco».

Lo ha detto come se si fosse sforzato molto per trovare una qualità a Carlo, e alla fine si è aggrappato a quella lì... bravo nei rapporti interpersonali. A Carlo viene da ridere, se c'è qualcuno che è un disastro in quel campo... E poi cosa gli si chiede, di fare da chaperon a un vecchio matto che corre dietro ai fantasmi? E una ragazza di ventitré anni che ha perso la madre in quel modo, perché dovrebbe acconsentire a incontrare un signore mai visto né conosciuto? Non sta in piedi, pensa Carlo.

«Per me sarà un incontro molto doloroso e non voglio rischiare di farmi chiudere in faccia il telefono... non da quella ragazza... naturalmente ci sarebbe un compenso...».

«I soldi non c'entrano niente, signor Serrani».

«Che stupidaggine, i soldi c'entrano sempre. Le dica che ha un ammiratore che può aiutarla, come si dice... un pigmalione, ecco. Un mecenate, faccia lei... che vuole conoscerla».

«Non l'ha mai nemmeno sentita cantare!», dice Carlo.

Lo sa che è un errore mettere i matti davanti all'evidenza della loro pazzia, ma la cosa gli sembra un po' troppo stramba.

«Su questo si sbaglia», dice il vecchio. Si alza e tocca appena il mouse di un grande Mac, quelli che sembrano un cinema, che sta accanto ad altri due schermi più piccoli. Il cinema prende vita e tutto si illumina su una pagina di YouTube. Il vecchio schiaccia ancora un tasto del mouse, lo schermo si riempie ancora di più, c'è un coro sullo sfondo e una ragazza in primo piano. È alta, la faccia tesa di chi si sta concentrando al massimo, un seno abbondante, generoso ma ben proporzionato. È vestita in modo normale, un paio di pantaloni grigi e una camicia bianca, si vede che sono prove, non lo spettacolo, qualcuno dietro di lei indossa i jeans. Poi parte un canto denso, acutissimo, struggente. Esce a volume alto dalle casse maestose che Carlo ammirava prima, il suono è cristallino, la voce gli pare perfetta... una guglia che si allunga verso il cielo, si sente il dolore, si sente che la ragazza ce la mette tutta, anche se non concede niente alla teatralità, non fa un'espressione particolare, è concentrata sulla voce. È una musica sacra, ma non solo mesta, c'è qualcosa di... È tutta voce...

«L'aria della Cantata 21 di Bach», dice il vecchio, «non è facile, ci vuole grande tecnica, ma anche rigore, sobrietà... la semplicità, direi lo stupore, di un bambino. La ragazza è brava, mi creda».

«Non me ne intendo», dice Carlo, «si può dire che sono proprio la persona sbagliata...».

Il vecchio fa come se non avesse sentito, ha abbassato al minimo il volume e la voce di Sonia Zerbi ora è solo un fruscio in sottofondo.

«Più presto che può, Carlo, un giorno dovrò spiegarle per bene che io non ho tutto il tempo che lei crede sia infinito, sa?».

Ora Carlo si sente davvero un cretino, perché sta per fare una cosa che non gli va di fare. Perché non vuole lavorare per quel vecchio, non vuole lavorare per nessuno, in verità, e anche – se lo dice senza dirselo – perché è un vigliacco, un vile, uno che vuole restare a cuocere nel suo brodo, e non entrare in contatto con gente che piange, che soffre, che ha perso la madre ammazzata per strada con la testa spaccata come un melone, né con un vecchio che sta facendo i conti con la propria vita.

Insomma no. Proprio no. Nemmeno per sogno.

«Va bene, ci proverò», dice alla fine.

«Presto».

«Oggi stesso».

Intanto Oscar è rientrato nella stanza. Aspetta che i due finiscano di parlare e si inserisce.

«La banca della signora Zerbi è la Intesa Sanpaolo di piazzale Maciachini... che mi risulti aveva un solo conto».

«Grazie. Qual è la sua tariffa, giovanotto? Non me ne intendo di voialtri... ficcanaso».

Oscar si aspettava la domanda.

«Non ho capito bene l'incarico, signor Serrani. Devo

trovare un assassino? Devo raccontarle la vita di una persona morta da poco?».

«Deve fare tutto questo e tutto quello che servirà, signor Falcone. È così difficile?».

«Sì, è così difficile».

Il vecchio apre un cassetto della scrivania e ne tira fuori una busta gialla, la appoggia sul piano in legno, delicatamente.

«Va bene, al suo onorario ci pensi con calma, spero le basti una stretta di mano tra gentiluomini per capire che non scapperò senza pagare. Qui ci sono diecimila euro per le prime spese, confido che si comporterà onestamente con me come io faccio con lei, se le serve altro basta una telefonata. E voglio sapere tutto ad ogni passo».

Oscar prende la busta e la infila nella tasca del soprabito, che non si è levato. Per il resto ha le solite Nike, i jeans chiari e un maglione verde di due misure più largo, sembra uno studente fuoricorso e fuorisede, e invece è Bond, James Bond.

Se ne vanno verso la macchina di Carlo con passo spedito, perché piove ancora, pioverà per sempre, vivremo le nostre vite e ci chiameranno all'ultimo appello a rendere conto di tutte le cazzate che abbiamo fatto, e starà ancora piovendo, e questo a Milano si chiama novembre.

Sette

Pioveva quasi come adesso, ma a loro sembrava normale o non se ne curavano, se ricorda che c'era acqua ovunque è solo perché Giulia era irritata per i capelli.

Avevano passeggiato un po', un solo ombrello che li copriva a malapena, e parlato di tutto, come al solito, e lui si accorgeva che quelle ore passate con lei erano la cosa più preziosa che aveva, ma non voleva dirselo, non voleva confessarlo. Ma sì, a lei l'avrebbe pure detto, ma a se stesso no, non si sentiva attrezzato per una febbre del genere. Sentiva che lei gli si affidava, che si appoggiava a lui senza timori, come se ubbidisse, anche se non c'erano ordini, né imposizioni.

Aveva poco più di trent'anni, era una donna bellissima, e sembrava sola. Probabilmente aveva amici, amiche, una vita sociale, i suoi studi, il suo lavoro, forse addirittura un uomo da qualche parte – questo lo pensava con disagio – ma ogni istante che lui l'aveva accanto pareva solo e totalmente sua, si erano creati una bolla senza chiedersi se era giusto isolarsi così, ma loro due bastavano a riempirla.

Erano stati due giorni insperati ritagliati tra decine di impegni, un incontro saltato sulla collina torinese, certi ricconi che litigavano per i soldi, come al solito, e lui a mettere le cose a posto. Poi tutto era stato rimandato e le aveva chiesto di raggiungerlo. Lei aveva trovato un bell'albergo nelle Langhe e si erano incontrati lì, c'erano solo loro.

Tutto il mondo era solo per loro.

Si erano toccati come facevano sempre, ogni volta che si vedevano. Con furore e con spaventosa tranquillità, parlandosi sempre, sussurrandosi cose che avrebbero dovuto farli arrossire e invece li spingevano sempre più l'uno verso l'altra, l'uno dentro l'altra. Erano stati due giorni così, quasi mai usciti dalla camera, solo per quella passeggiata sotto la pioggia tagliata finissima, e già verso la fine del paese, ancora prima dei margini del bosco, avevano sentito l'urgenza di rientrare, di ritrovare i loro corpi, come per controllare che ci fossero ancora, che fossero ancora disponibili.

Erano tornati a Milano il giorno dopo, spossati, nervosi per il poco sonno, consumati dalla febbre.

«Così ci facciamo male», aveva detto lei in macchina, stirando tutti i muscoli. Ma anche: «Grazie».

Ora il vecchio è seduto alla scrivania con un foglio bianco e una penna. La penna è nera e oro, massiccia, presidenziale.

Scrive in ordine le cose che deve fare, poi comincia le sue telefonate.

Un'ora dopo ha in mano varie stampate, la situazione

patrimoniale di Giulia Zerbi da quando ha aperto il conto in quella banca, febbraio 2008.

È tutto molto semplice, entrate quasi regolari, anzi regolarissime fino al 2013, uno stipendio che arriva puntuale ogni prima settimana del mese. Poi quell'entrata fissa scompare e ne arrivano altre, più saltuarie, più irregolari. La cifra in qualche modo è la stessa, ma tutto si fa più affannoso. La carta di credito, per esempio. La spesa media era sui mille, milleduecento euro al mese, e dopo quel cambiamento non supera i trecento. Il vecchio sa leggere le vite della gente attraverso i soldi, anche se quelle sono cifre minime.

Vuol dire che il lavoro fisso non c'era più – per scelta? per disgrazia? – e significa meno spese, meno libri, teatri, ristoranti, viaggi, meno vita, insomma.

La figlia assorbiva molte di quelle uscite. Una scuola costosa in Francia, alcuni cicli di lezioni, vestiti di scena, e questo lo capiva perché in una sartoria teatrale Giulia non si sarebbe mai servita, non era il suo stile.

Il vecchio si sforzava di immaginare. Un tenore di vita piccolo borghese per una donna che alle prudenze piccolo borghesi, alle convenzioni, al decoro, non dava alcuna importanza. Ma quando? Forse era cambiata. Il vecchio si dice che deve pensare a un'altra persona, non alla Giulia che conosceva lui, e sa già che non ne sarà capace.

Nel 2015 quella relativa tranquillità si era infranta come un vaso di cristallo. I versamenti erano per una clinica. Costanti. Alti per quell'economia sul filo. Se entrano duemila euro, ne escono quattro o cinquemila, non può andare avanti a lungo. Ed ecco il punto di rottura. Umberto Serrani lo vede come se fosse un faro nel porto, di notte. Impossibile essere più chiari. Trentamila euro depositati in due giorni consecutivi, in contanti. Eccolo il bastardo, dice il vecchio come uno che vede un ragno velenoso. Un prestito. Un prestito sozzo, brutto, che puzza fin da qui, fin dalla carta.

Niente di scritto, niente. Solo due volte la dicitura vers. cont. Accanto alle date e alla cifra. Versamento. Contanti.

Da allora quello schemino finanziario così ordinato e controllato era diventato una trottola. La carta di credito quasi ferma, i ristoranti, i viaggi erano spariti. E invece abbondavano i prelievi di contanti, molti, costanti, quasi regolari.

Poi era venuta l'ipoteca sulla casa, pochissimi soldi, come se lei avesse deciso di ipotecarla un mattone alla volta, metro quadrato per metro quadrato.

Cedere terreno, anche poco, anche lentamente ma in modo costante, è un sistema infallibile per andare in rovina. Che si tratti di poche migliaia di euro o di cifre colossali, la regola non cambia: l'erosione è uguale per le isolette e per i continenti. Nella vita di Giulia, nelle sue sicurezze, c'era un rubinetto che perdeva, e quella perdita lei non riusciva a chiuderla. I corsi della ragazza si erano interrotti, forse non ne aveva più bisogno, forse era stata una rinuncia per necessità.

Il vecchio non ha familiarità con quei sacrifici, i soldi non sono stati mai un problema per lui, prendeva il dieci per cento di quello che riusciva a nascondere per gli altri, ed era tantissimo. Quindi non può davvero sapere il bruciore di fare dei passi indietro sulla scala sociale, avere delle cose, anche piccole, anche minime, l'abbonamento a teatro, la pazzia di regalarsi un viaggio, e poi non averle più. La famosa borghesia che manda avanti il paese, che non è quella a cui lui salvava il culo con le finanziarie a Panama, ma madri e padri di famiglia in guerra quotidiana con il bilancio. Il ceto medio, parlandone da vivo.

Ora quella faccenda, a cui non aveva mai pensato, ce l'ha lì sotto gli occhi sui fogli stampati. E il vuoto che ha dentro si moltiplica. Sembrava una piccola grotta, invece è un complesso speleologico infinito, in cui si sente l'eco delle parole di Giulia Zerbi: «Non ce la faccio, Cristo, non ce la faccio».

Giulia aveva una voce particolare. Non proprio roca, ma... ruvida, ecco, gli sembra di sentirla.

Però si riscuote. Fa un'altra telefonata, altra gente che gli deve dei favori. Lui che voleva ritirarsi in buon ordine e scomparire, tagliare con il lavoro di una vita, eccolo a reclamare vecchi debiti, eccolo provare il piccolo disgusto di riascoltare voci che stentano a riconoscerlo, e poi sanno che non possono dirgli di no.

Il re di una catena di grandi alberghi, per esempio, che lo aveva accolto quasi con calore e si era detto «sempre a disposizione». Uno di quelli che aveva salvato tutto grazie a lui.

E poi il ragionier Lecci.

Che aveva risposto al telefono personalmente ed era quasi scattato sull'attenti.

«Come sta, ragioniere?».

«Bene, dottor Serrani, mi fa molto piacere...».

«Cosa fa di bello, Lecci?».

«Oh, poco o niente, sono in pensione e curo un po' di affari».

Lecci era il suo braccio destro, un tempo, se non era un cretino – e non lo era – si era messo via un bel malloppo e ora faceva la bella vita.

«Dov'è, Lecci?».

«Portofino».

Appunto.

«E non verrebbe a darmi una mano per qualche giorno? Le prenoto un albergo, ovviamente stabilisca lei il compenso, Lecci».

«Sta scherzando, vero? Nessun compenso, dottore. E non si preoccupi per l'albergo, ho un piccolo appartamento a Milano, un po' di città mi farà bene, dopo tanto tempo».

Aveva chiamato un negozio di pianoforti, poi aveva cercato il numero di un vecchio amico di sua moglie, uno di quei terrificanti, noiosissimi individui con cui lei cercava di dare un tono al loro salotto, facendone una specie di cenacolo di persone importanti, un docente del Conservatorio. Ricordi vaghi di una vita precedente.

Era riuscito a sopportarlo al telefono per quasi dieci minuti, interminabili, e ora ha sul tavolo un altro foglio con due nomi e due numeri di telefono, uno dei due nomi è tedesco.

Ora Umberto Serrani, instancabile, chiama Oscar Falcone, che risponde senza alcuna cortesia:

«È presto per avere notizie, facciamo che chiamo io, eh!».

Sgarbato come uno che vuole mettere le cose in chiaro, il vecchio lo capisce, non se la prende.

«Io chiamo per darle, le notizie». Un attimo di silenzio, e poi:

«Sentiamo».

«Era finita in mano a un usuraio, Falcone. Dalle carte che ho io, trentamila di debito iniziale... dove fosse poi arrivata la cifra non lo so, comunque è quello».

«Sì, spiegherebbe un po' di cose. Da quanto tempo?».

«Settembre 2015».

«Due anni è parecchio, vuol dire che un po' pagava».

«Sì, pagava... Veda un po' se si è venduta qualcosa, se risulta che...».

«Sento in giro», e Oscar aveva messo giù.

Infine il vecchio si era steso sul letto, era stanco, e aveva aspettato senza fare niente finché non era arrivata una telefonata. Carlo Monterossi.

Il tipo gli piace, è uno che non si fida di nessuno e fa lo scettico blu, ma alla fine siccome quello di cui si fida meno è se stesso, diventa persino comprensivo. E comunque è uno che pare capire i suoi discorsi sul passato e quello che manca a un uomo. Forse sa che mancherà anche a lui, un giorno, e il vecchio giurerebbe che qualcosa gli manca già, anche se è giovane. Sarà sui quaranta, quarantacinque, sì, l'età giusta per spaventarsi.

«Mi dica Carlo, ha fatto in fretta».

«La ragazza sta da un'amica, le ho parlato per telefono e poi sono andato a trovarla di persona, le dico subito che era molto stupita».

«Mi rendo conto... l'invito di uno sconosciuto...».

«Mi creda, non è quello, mi è sembrata una ragazza a posto, ma non una che si tira indietro davanti a una curiosità. Era stupita di avere un ammiratore, ecco».

«E può vedermi?».

«Ho dovuto dirle che era un amico di sua madre, e questo l'ha stupita ancora di più».

«Sì, capisco».

«Può vederla domani... se vuole la mia opinione la signorina potrebbe vederla in qualsiasi momento, ma credo che abbia voluto... non so... fare la preziosa, ha qualcosa di antico, la ragazza».

«Tenga sempre presente che è un soprano, Carlo».

«Vorrebbe dirmi che è una donna?».

«Sì, in certo senso».

«Comunque sarebbe per domani, alle quattro... devo dirle di venire lì?».

«No, non deve dirle di venire qui, Monterossi, la deve accompagnare, come una regina, e se c'è una pozzanghera stendere il suo mantello per farla passare, se non ha una carrozza con un tiro a quattro pazienza, ci accontenteremo della sua macchina... E non qui. Conosce l'Hotel Diana?».

«Certo, mi è capitato di berci l'aperitivo, è buono ma costa come un weekend a Tokyo».

«Bene, allora, alle sedici, la suite».

Carlo dice alla macchina di chiudere la comunicazione. La voce del vecchio risuonava nell'abitacolo come se fosse lì, sembrava più ferma di prima, quando avevano parlato di persona. Ma sembrava anche risentita, più dura. Meglio, se il vecchio si riprende, bene, mi fa piacere, pensa. Però c'è un'altra cosa, piuttosto seccante. Ha iniziato questa storia facendo l'assistente, autista, consigliere, damo di compagnia del suo amico Sherlock Holmes, e va bene, e ora continua facendo il maggiordomo di questo vecchio matto. Sì, certo, è un modo per avere il posto in prima fila, però... checcazzo.

Ora che ha la ragazza, Umberto Serrani fa altre telefonate. Più dispositive, quasi degli ordini. Tutti sono efficienti e gentili, perché tutti hanno ricevuto una telefonata dai piani alti, a volte talmente alti che per loro sono quasi inimmaginabili, siderali. Qualunque richiesta. Qualunque prezzo.

Quasi ride. Non avrebbe mai pensato che il suo nome facesse ancora quell'effetto, che sia gratitudine si sente di escluderlo, forse è paura.

Paura dei vecchi segreti che sa questo povero vecchio, si dice.

In un grande ristorante di lusso, con decine di posate, cristalli e camerieri che ti rabboccano il vino come l'acqua del radiatore, avevano avuto una piccola discussione. Giulia lamentava che lui non fosse geloso, ma lo faceva per provocazione, per gioco.

Lei aveva un vestito nero ed era... luccicante. Loro, erano luccicanti.

Quel tavolo dove erano appena arrivati gli antipasti e lo champagne brillava, gridava a tutti come un banditore del circo: ehi, gente! Qui c'è qualcosa in ballo, signori, venite a vedere! Qui c'è passione, tormenti, schermaglie amorose, c'è odore di sesso!

Sì, scintillavano, scintillavano davvero.

«Potrebbero sbattermi come una troia di strada e non ti interesserebbe».

«Sei ingiusta, non è vero, e lo sai, Giulia... Ho una famiglia, una casa, non posso permettermi di essere geloso... I sentimenti necessitano di piccole... reciprocità, ecco... poi saresti gelosa anche tu e sarebbe l'inferno... perderemmo quello che abbiamo».

Una coppia elegante, qualche metro in là, guardava e non guardava, cercava di sentire, di intuire, attratta dal bagliore.

Giulia si era alzata attirando tutti gli sguardi.

«Devo andare in bagno».

Poi si era chinata e l'aveva leccato sulla bocca. Non baciato, no, gli aveva passato la lingua sulle labbra di-

100

schiuse, ancora bagnate del vino, e poi aveva spostato la bocca accanto a un suo orecchio:

«Segno il territorio, amico mio».

Quando era tornata avevano parlato di tutto, e anche di loro.

Il tavolo era una supernova sparata a velocità folle, una massa infuocata nell'universo scuro intorno, inutile, che continuava a mangiare, che non li riguardava.

Otto

Il piano è di andare dalla Cirrielli a fare quattro chiacchiere. Siccome è la sua zona non possono tenerla fuori del tutto, e poi è stata gentile, e comunque se c'è qualcosa da sapere sui balordi delle sue strade, zoppi o no, dovrebbe saperlo.

«Magari è zoppo temporaneo», dice Carella.

«Cosa intendi?».

«Che puoi essere cionco per tutta la vita o romperti un menisco, e allora sei zoppo per un mesetto, ma prima non lo eri, ti faccio un disegno?».

«È vero, ma quello sembrava zoppo permanente».

«Da qualche foto sfocata in un garage e dai segni nel fango, Ghezzi?».

«Non rompere i coglioni, Carella, se hai di meglio dillo».

«Se è zoppo bene, vuol dire che non è un poliziotto».

Ma prima passano dal bar del cinese. Ghezzi prende il solito caffè, Carella fuma sulla porta, mezzo dentro mezzo fuori, lascia lavorare il socio.

«Era zoppo?».

«Chi?».

«Mio nonno. Era zoppo quello che ti ha fatto il discorso del pizzo? O il suo scagnozzo?».

«Era zoppo?».

«No, cazzo, era zoppo lo dico io!... con calma, eh... quello che è venuto per primo, quello col tesserino da poliziotto... era zoppo?».

«No zoppo».

«Quello che è venuto dopo, te lo ricordi?».

«Sì, ricordo bene, non ha pagato birra».

«Era zoppo?».

«No zoppo, non ha pagato birra! Si fa così? Si fa così?».

La Cirrielli li accoglie nella sua stanza. Conti porta subito tre bicchierini di caffè, giusto per non farsi urlare nelle orecchie. Ghezzi e Carella ringraziano. Siccome quando è uscito di casa non pioveva, Carella si è messo solo una giacca di velluto sopra un golf a girocollo, e adesso che la giacca è fradicia deve pesare due tonnellate. La appende alla spalliera di una sedia che avvicina a un termosifone.

Ghezzi spiega in due parole che sospettano un prestito con interessi un po' eccessivi, e ottenuto senza moduli, insomma usura.

La Cirrielli fa la faccia di quella che pensa.

«Di che zona parliamo, esattamente?».

«Della tua zona».

«No, Ghezzi, non va bene. Questa zona qui, e anche più su, verso nord, da questo lato di via Arbe e viale

Sarca è una cosa; di là è un'altra. Di qua ci sono le ville che avete visto, case borghesi, la Maggiolina, roba per gente che sta bene. Non dico che qui non c'è il fenomeno dell'usura, ma se c'è non lo conosce nessuno, è sottotraccia. Più in là sì, ma è roba grossa, negozi, artigiani, grandi magazzini, lì ci pensano le organizzazioni a chiedere il pizzo. Non credo che sia diffuso, ma sì, esiste, dovresti parlare con quelli della Dia, però, quelle faccende le seguono loro».

«No, Cirrielli, non è quel livello lì...».

«Se no, se parli della zona dopo viale Zara, le case popolari, beh, lì lo trovi al bar quello che ti presta cinquecento euro per cambiare il frigo, che diventano mille se salti una rata, ma quelli sono poveri, sono abituati alle umiliazioni».

«Va bene, Cirrielli, quando fate la rivoluzione telefonami, vediamo se non sono di turno, eh! Adesso però spiegati meglio».

«Ma cosa c'è da spiegare, Carella, dai! E poi, sì, capire un po' il posto dove muoviamo il culo non è male, sai? Qua dietro, le ville, le case per bene, ma anche più su verso la Bicocca, l'Università, il quartiere nuovo... non è gente abituata a queste cose. Alti redditi, dirigenti, professori, le hai viste le case? Questi qui sono nuovi ai debiti a strozzo, sono... diciamo così, un nuovo tipo di clienti per gli strozzini. La crisi colpisce anche loro, li morde, ma fanno finta di niente, tornare indietro è difficile, abbassare il tenore di vita è un bel casino, Carella, se devi spiegarlo ai ragazzini che fanno le vacanze a Londra tutti gli anni».

«Mi stai spezzando il cuore».

«Non fare lo stronzo, Carella, ci sono drammi veri, sai? Magari per una cazzata, per continuare a fare Natale a Sankt Moritz, sì, ma magari anche per esigenze che sono meno assurde: far studiare un figlio, curare un genitore anziano... pensaci, Carella. Arriva uno stronzo che ti presta cinquantamila euro, che poi nemmeno te ne accorgi e gliene devi cento. E non è il funzionario di banca che puoi andare a dirgli sono il professor Taldeitali, veniamoci incontro, no, è gente che ti brucia la macchina, o ti scippa e ti ammazza, come si è visto con la signora Zerbi. È una cosa nuova anche per noi, sai, ma almeno qui sappiamo che esiste, non metterti a fare il figo con me solo perché vieni da Fatebenefratelli, va bene?».

«Ci sono state denunce?», chiede Ghezzi.

«No, non specifiche, ma qualcosa abbiamo sentito in giro, niente che può farci muovere, se no ci saremmo mossi e Gregori sarebbe stato avvertito, che dici?».

Carella allunga le mani come a chiedere pace.

«Non ti scaldare, hai ragione».

«Nomi non ne ho. Ghezzi mi ha parlato di uno zoppo, ho chiesto a quasi tutti gli agenti, niente anche lì. Ne abbiamo uno, ma è un tossico a fine corsa, se non sta da noi in fermo sta da qualche parte a elemosinare metadone, dead man walkin', non sarebbe in grado di guidarla, una macchina, figurati darle fuoco. Poi ce n'è un altro che conosciamo, un balordo da bar, lo trovate sicuro se girate un po', ma questo non è il suo quartiere, sta più di là, Dergano, Bovisa, il nome non te lo so dire, adesso, ti mando un messaggio, va bene?».

«Va bene».

«Carella, lo so che state facendo il vostro lavoro, si dice anche che siete bravi e che non seguite tutte le regole, e a me questo non dispiace. Ma se per fare il vostro lavoro dovete venire a dirmi che faccio male il mio, andate a cagare anche subito».

Ora Ghezzi guarda Carella. Esita. Lo guarda ancora come per capire se è d'accordo. Carella annuisce. Sì, cominciano ad essere una bella coppia, non devono nemmeno parlarsi. Tra un po' si chiederanno: cosa vuoi per cena, caro?, e uno dei due dovrà mettere i bigodini.

«Senti Cirrielli, ti dimostro quanto mi fido di te... Prima che partisse 'sto circo della Zerbi morta ammazzata in uno scippo che non è uno scippo, Gregori ci ha detto di dare un'occhiata da queste parti, perché c'è uno che dice di essere uno sbirro che va in giro a chiedere il pizzo».

Un piccolo lampo d'allarme negli occhi della sovrintendente Cirrielli lo vedono tutti e due, ma è proprio un lampo.

«Mi sembra assurdo, Ghezzi, se tu decidessi di chiedere il pizzo a qualcuno, lo faresti sotto la questura? Nella tua zona?».

«No, infatti, io ci credo poco, però risulta che la cosa è successa qui, e noi da qualche parte dovevamo partire. Ora il caso della Zerbi è più urgente e non è detto per niente che sia collegato, però...».

«Va bene, io apro ancora di più gli occhi e vi dico se vedo o sento qualcosa, ma voi uguale con me. E anzi, se si scopre che quello sporco è uno dei miei lo voglio prendere io, o almeno starci da sola per dieci minuti. Non fate gli stronzi solo perché venite dal quadrilatero della moda, eh!».

«Uh, ma è una fissazione!», dice Carella. «Cos'è, hai il complesso di inferiorità?».

«No, ho il complesso di non farmi prendere per il culo».

«Che modi, contessa!».

«Fuori dal cazzo, che ho da fare».

Carella riprende la sua giacca, che ora, asciugata attaccata al termosifone, sembra un pezzo di legno, un mobile con le ante che si chiudono coi bottoni.

Ora lo sanno tutti, qui: se volete mangiare un panino come si deve, seguite i turchi.

I sovrintendenti Ghezzi e Carella entrano in un döner kebab di piazza Maciachini, e siccome hanno scritto «sbirro» in fronte, il posto si svuota quasi subito, o almeno qualcuno decide che non ha più voglia di farsi il panino, così trovano un tavolino libero.

«Il ragionamento della Cirrielli non è sbagliato», dice Ghezzi.

«È una stronza piena di sé», dice Carella.

«Detto da te, Carella... comunque ha ragione. È un mercato abbastanza nuovo. Gente che i prestiti li ha sempre chiamati fidi, mutui, finanziamenti, e che adesso invece li chiama soldi a strozzo, perché alle banche non conviene più prestarglieli, non si fidano, oppure non ci sono più le garanzie di una volta, quando dicevi: faccio il dirigente d'azienda fin che campo... Non è più così, l'azienda oggi c'è e domani chi lo sa...».

«Ma che è, oggi, tutti sociologi?».

«Aspetta, Carella, non fare il bullo di terza media, dai. Ora, io non sono d'accordo con la Cirrielli che i poveri sanno dove prendere i soldi a strozzo e i ricchi no, mi pare una cazzata. Io per esempio sono un proletario di periferia e non saprei a chi chiedere mille euro nella mia zona. Però non ha tutti i torti, se quei problemi lì non ce li hai mai avuti... a chi chiedi? Chi ti indirizza? Chi ti dice vai da Tizio o da Sempronio?».

«Di solito è qualcuno in banca».

«Bravo, Carella, molto bene... e secondo te come funziona?».

«Secondo me uno va a chiedere un prestito alla sua banca e crede che sia quasi una formalità, invece quelli gli fanno marameo... ah sì? È il professor Taldeitali? È il dirigente Pincopallino? Ha qui il conto da vent'anni? Non ce ne frega un cazzo, prestarle dei soldi non ci interessa, e poi non ha le garanzie necessarie».

«Molto bene, Carella, quando non ti travesti da pit bull sembri quasi una persona normale... poi, quando il professor Taldeitali fa la faccia stupita e trasecola

108

che la banca non gli sgancia i soldi, quando ha quel momento di tramortimento, qualcuno gli dice... ma perché non si rivolge a questa finanziaria? O a questo signore?».

«Bisogna essere scemi», dice Carella.

«O in difficoltà. Pensa alla signora Zerbi, alla figlia, alla casa che abbiamo visto, ti sembrava una scema?».

«No».

«Ecco».

Ora mangiano in silenzio. Il panino è piccante e buonissimo. Bevono acqua minerale perché lì non servono birra, non ai poliziotti comunque.

«Adesso che mi hai spiegato la teoria, Ghezzi, temo che vorrai passare alla parte pratica e io te lo dico subito, non voglio rogne con Gregori. Voglio passare un bel Natale per i cazzi miei e non di pattuglia sulla statale di Alba Adriatica perché ho molestato un direttore di banca».

«Ti facevo più artista maledetto, Carella. Lo vuoi prendere quello che ha dato una frustata in faccia alla Zerbi o no?».

«Secondo te?».

«Secondo me sì», dice Ghezzi, e fa un cenno col mento dall'altra parte della strada, dove c'è la filiale della Zerbi, quella che le ha concesso la piccola ipoteca sulla casa, che le ha negato un prestito, quella dove è andata a versare trentamila euro in contanti.

«Mi hai portato a mangiare qui perché è vicino alla banca?».

«No, perché è un bel posticino, pensavo di prenotare per Capodanno, con la Rosa».

«Bene, così poi digerite per Pasqua e potete tornarci».

Ora sono in banca, nell'ufficio del direttore. Anche se sembrano due fattorini di Amazon che consegnano nella giungla durante la stagione delle piogge, e Carella ha una giacca di compensato, devono avere l'aria da duri.

Il direttore della banca stringe mani e chiede di accomodarsi, ma loro stanno in piedi.

«È già venuto un vostro...».

«Sì, l'agente Sannucci», dice Ghezzi, «ma abbiamo altre domande, vorremmo parlare con il funzionario che...».

«Sì, sì, certo, la povera signora Zerbi... mi dispiace tanto...».

Più che dispiacersi, il direttore è pronto a strisciare, perché sono passate solo due ore scarse da quando ha ricevuto la telefonata dall'alto, di più, dall'altissimo. E la telefonata diceva di mandare tutto a un indirizzo mail, e di soddisfare ogni richiesta possibile su quel conto e... Ora fa due più due e pensa che questa degli sbirri sia la stessa faccenda, che quel sollecito dai vertici stellari della banca valga anche per questi qui.

Efficiente, cortesissimo, untuoso.

«Venite con me, signori».

Fanno un piccolo corridoio e passano in un'altra stanza uguale, forse più piccola, senza ficus, questa.

Un uomo in camicia azzurra e cravatta si alza e stringe le mani, avrà cinquant'anni.

«Sacconi, questi signori sono della polizia, sempre per il dossier Zerbi, li aiuti in tutti i modi».

«Ho appena...».

«Lo so, Sacconi. Hanno altre domande, ci metta il tempo che serve, i suoi appuntamenti li mando dalla Cassinis finché non ha finito».

Sacconi capisce il linguaggio dei capi, perché sta lì da secoli, sa cosa vuol dire: «Questa è una priorità assoluta perché lo dico io». Però si vede che non è tranquillo.

Ora che sono solo loro tre, Ghezzi e Carella si siedono. Sulla scrivania di cristallo c'è un computer, un telefono e qualche foglio, più una cartellina arancione con scritto: Zerbi.

«Le risulta di aver rifiutato un prestito alla signora Zerbi, dottor Sacconi? Diciamo... dopo l'estate di due anni fa, nel 2015, o subito prima?».

«No», dice quello, ma l'ha detto in modo troppo veloce.

Carella fa il sorriso che fanno i gatti quando vedono la lucertola, o forse tendono solo i baffi, ma Carella i baffi non ce li ha, quindi è un sorriso, quasi un ghigno.

«Controlli meglio, dottor Sacconi, perché noi siamo quasi sicuri».

Allora quello prende la cartellina arancione e finge di frugarci dentro. Ghezzi vede che suda, strano, perché non fa mica caldo, lì dentro.

«Ah, sì, ecco, avete ragione... alla fine di agosto del 2015, per la precisione, la signora ha chiesto un prestito... trentamila euro, aveva anche cominciato a compilare i moduli, non era una cifra eccessiva, ma...».

«Ma non gliel'avete dato».

«Non decido mica io, sa? Certo, c'è un minimo di discrezionalità del funzionario, ma se non c'è un piano di rientro... insomma, non avevamo garanzie che la signora sarebbe potuta rientrare, le sue uscite erano superiori alle entrate...», guarda ancora le carte e trova un appiglio buono, «... vedete, non c'è un lavoro stabile, una busta paga...».

«In poche parole, niente prestito».

«Non siamo mica la Caritas qui, che diamo soldi a chi non li può restituire».

Ora si sente più sicuro, il dottor Sacconi, e crede di poterli trattare come clienti. Ghezzi pensa da che parte prendere la cosa, e Carella invece non si tiene, non alza la voce, ma taglia come un bisturi.

«Senti, pezzo di merda, qui non stiamo parlando di quattro soldi del cazzo, stiamo parlando di una brava donna che tirava su una figlia da sola e che si dannava l'anima per non mollare. Tu non le hai prestato i soldi, va bene, non aveva le garanzie, non sono certo qui a fare il pippone etico alle banche, per quanto, quando c'è da prestare milioni agli industriali glieli date anche se quelli non li rendono, e poi magari finisce che li paghiamo noi...».

«Ma...».

«Ma un cazzo. Quello che voglio capire, Sacconi, è se lei alla signora Zerbi ha detto mi spiace signora ma la

112

banca non consente questa operazione, oppure se le ha detto che conosce un tizio... che con le rate un po' più alte... Insomma, non giriamoci intorno, Sacconi, vogliamo sapere se le ha presentato o indicato uno strozzino».

Quello sbianca. Tarcisio Ghezzi si ricorda una massima di Mao Zedong che gli piaceva da giovane: «Bastonare il cane che affoga», una frase a cui pensa spesso durante gli interrogatori, quando l'interrogato crede di poter cedere solo un po' e non del tutto. Capisce che hanno fatto centro e fa la voce più gentile che può.

«Vede, dottor Sacconi. L'indagine non è per usura, si tratta di omicidio. Da come si stanno mettendo le cose omicidio volontario, premeditato e con l'aggravante della crudeltà. Se oggi lei non ci dice niente, noi usciamo di qua e pensiamo: ah, che brav'uomo questo dottor Sacconi, un giorno di questi apro un conto lì. Però se noi nelle indagini, in qualche modo, o quando prendiamo lo stronzo che ha ammazzato la Zerbi, o anche solo ci avviciniamo, scopriamo che gliel'ha indicata lei... guardi che si mette male».

È come la pentolaccia, giocano a chi dà il colpo vincente. Il dottor Sacconi è bianco, ha gli occhi fuori dalle orbite e sta barcollando. Ora Carella:

«Glielo dico meglio, Sacconi. Se lei adesso ci racconta tutto per bene, noi siamo gentili. Non posso garantirle che chiudiamo tutti e due gli occhi, perché magari ci scappa una denuncia da qualcun altro, però quella denuncia non la facciamo noi, ecco, diciamo così. Se invece il suo nome salta fuori dopo, veniamo qui e le tritiamo i coglioni alla julienne».

«Anzi, la accompagniamo da noi e ci resta per un bel pezzo, perché non si tratta più di dire "ehi, quello ha bisogno di soldi", si tratta di complicità in omicidio», e questo è Ghezzi che inchioda la bara.

Ora il dottor Sacconi ha due belle macchie di sudore sulla camicia, all'altezza dei pettorali flaccidi, e anche il colletto vicino alla pelle è di un azzurro più scuro.

«Potremmo vederci fuori di qui? Io esco... tra mezz'ora».

«Va bene».

«C'è un bar qui dietro, all'inizio di via Imbonati, mi aspettate lì?».

Escono senza dire niente, ma passando davanti alla porta del direttore sono tutto un sorriso. Ghezzi sporge la testa nella porta semiaperta:

«Buonasera, direttore, grazie per la collaborazione».

«Fosse sempre così!», dice Carella, salutando con un cenno. Quello si precipita a stringere mani manco fossero il presidente della Bce con la fidanzata.

Fuori ha ricominciato a piovere, via Imbonati è una fila infinita di macchine che si muovono più lente di loro che vanno a piedi. Probabile che più su, dalle parti di Niguarda, sia esondato il Seveso e ci sia il solito allagamento, ma la città è pur sempre un esempio per il Paese, c'è l'acqua alta, ma si tocca, che sarà mai.

Il dottor Sacconi entra nel bar che pare andato sotto un treno. Si è bagnato la giacca e il vestito da ufficio e guarda tra i tavolini sperando di non vederli, magari si dice che è stato solo un incubo.

Invece li vede e si siede.

«Beve qualcosa?».

«No».

Ghezzi guarda il barista che fa la sua domanda con gli occhi e dice:

«Due birre e un whisky per il signore».

«Che whisky?».

«Quanti ne avete?».

«Due».

«Uno dei due».

Poi si rivolge all'uomo che è pallidissimo, quasi trema.

«Allora?».

«Sicuri che non mi arrestate?».

«Dipende da te».

Ora sanno cos'ha fatto quello nell'ultima mezz'ora. Ha messo insieme le carte e si è preparato il discorsetto.

«La signora Zerbi non poteva avere quel prestito, ma vi garantisco che non era cattiva volontà. La banca a uno che non ha uno stipendio i soldi non li dà e basta, chiedete in giro...».

«Questa è la parte che sappiamo», dice Carella. Il tipo beve un sorso di whisky e gli torna un po' di colore.

«E poi non sembrava una messa male... cioè, dava l'impressione di attraversare una difficoltà passeggera, e che poi non sarebbe stato un problema, ma con la banca non si poteva fare, e io...».

115

«Ti ha detto a cosa le servivano i soldi?».

«Per un'emergenza».

«Vai avanti».

«Allora le ho fatto capire che se era una cosa così passeggera e dei soldi per andare in pari le sarebbero arrivati presto, c'era questo tizio che faceva un po' come la banca, soldi subito in cambio di soldi a rate, con in più gli interessi».

«Lo sapevi di metterla in mano a uno strozzino, bastardo».

«Lo sapevo perché ci sto anch'io, in mano a uno strozzino!». Ha quasi urlato.

«Chi è lo stronzo?».

«Rossi, si chiama. Giorgio Rossi».

«Uno ti dice che si chiama Giorgio Rossi e tu gli credi?».

Quello fa la faccia stupita, cominciano a pensare che non sia solo un farabutto, ma anche un cretino, due cose che a volte vanno insieme.

«Descrivici questo signor Rossi».

«Oddio, non saprei... alto come lui», indica Carella, «sui quaranta, forse quarantacinque, ben messo, uno che parla bene... si presenta bene, ecco».

L'occhio clinico del bancario.

«È zoppo?».

Prima non capisce la domanda e resta un po' interdetto, poi si riprende:

«Zoppo? No».

«E come eravate d'accordo?».

«Io avevo bisogno di soldi...».

«Tu ce l'hai lo stipendio fisso, Sacconi, che cazzo dici?».

«Lo so, sono stato un coglione, non volevo chiedere soldi alla banca... c'è un codice... l'ho conosciuto in un locale, mi ha dato cinquantamila...».

«Quando?».

«Quattro anni fa».

«E poi?».

«E poi mi ha svenato, in due anni gliene ho resi più di settanta, ma ancora premeva, minacciava, diceva che per chiudere dovevo tirarne fuori altri trenta... che sa dove vanno a scuola i miei figli...».

«E non hai denunciato».

«No».

«L'offerta di... collaborare... te l'ha fatta lui?».

«Sì, mi ha detto che se gli davo cinque clienti in difficoltà che avevano chiesto un prestito urgente senza garanzie avrebbe chiuso i conti».

«Lo sai che è una cazzata, giusto? Lo sai che se entri in quel tunnel lì non esci più, vero Sacconi?».

«Sì, ora lo so».

«Quanti gliene hai dati?».

«Quattro, la signora Zerbi è stata la prima».

«Come lo vedi? Prende un appuntamento? Lo sai prima?».

«No, viene come siete venuti voi, se c'è qualche cliente aspetta in fila fuori dall'ufficio, o lo faccio passare prima, dipende».

«Quando gli davi soldi invece di nomi e indirizzi dove lo incontravi?».

«Sempre in banca, non l'ho mai visto fuori di lì».

«Ci stai dicendo che c'è un signor Giorgio Rossi che non sai dove sta, dove puoi trovarlo, non hai un cellulare, niente?».

Ghezzi si alza dalla sedia e va verso il bagno, ma intanto tira fuori il telefono dalla tasca del giaccone.

«Gli altri nomi, i tre che hai consegnato allo stronzo».

L'uomo mette una mano nella tasca interna della giacca e tira fuori un foglio piegato in quattro, ci sono tre nomi e indirizzi. Ghezzi torna dal bagno e paga le consumazioni, poi, senza più sedersi, si rivolge all'uomo:

«Tu domani mattina presto, alle nove, vai in questura in via Fatebenefratelli e chiedi dell'agente Sannucci, lui ti porta da uno nostro bravo che fa gli identikit e tu gli spieghi bene che faccia ha questo Giorgio Rossi, capito? Se vuoi che lo diciamo noi al direttore... se no inventati una palla, non lo so, che ci stai aiutando... Sembrava collaborativo».

«Sì, sì, lo avverto io...».

«Se quello, Giorgio Rossi o come cazzo si chiama, viene in banca, tu lo fai aspettare e ci telefoni, va bene? Da oggi non gli dai più niente, anzi sì, se ti chiede un nome dagli questo: Pasquale Carella, via Padova 81, digli che ho bisogno urgente, che sono un buon affare, per lui».

«Va bene... grazie».

«Ecco, bravo, adesso vai a casa, sei sposato?».

«Sì».

«Figli?».

«Due, uno di quindici, la ragazzina undici».

«Vai a casa, Sacconi», dice Ghezzi.

«Mi fai schifo, levati dai coglioni», dice Carella.

Il barista lo guarda male, non vuole delinquenti nel suo locale e quei due lì sembrano proprio brutta gente.

Quando escono è buio, piove, tanto per cambiare, l'aria è pulitissima, trasparente, le luci delle macchine, gli stop, i semafori, le insegne dei negozi, sembrano tirati a lucido con la cera, brillano, bruciano gli occhi. Appena sono seduti, Carella al volante e Ghezzi di fianco, suona un telefono, quello di Ghezzi.

«Dimmi, Sannucci».

«La clinica, sov».

«Quale clinica?».

«La clinica di Como per cui la Zerbi spendeva tutti quei soldi».

«Allora?».

«La madre, un ictus, ricovero, fisioterapia... è morta sei mesi dopo».

«Grazie, Sannucci».

Ora sono imbottigliati anche loro, la macchina puzza e il traffico è impazzito.

«Vuoi che andiamo avanti o ci vediamo domattina?».

«Voglio finire questa storia prima possibile, Carella. Era la madre. La vecchia madre malata da curare, da non abbandonare come un cane. Ha chiesto soldi a un cravattaro...».

Lo ha sussurrato a voce bassa, come a se stesso. A voce alta invece dice:

«Chiamo la Rosa che non torno a cena... noi magari mangiamo qualcosa per strada».

«Dobbiamo aspettare di trovarli a casa, non ci presentiamo prima delle otto», dice Carella.

«Aspettiamo, allora».

Che comunque c'è poco da correre, perché in dieci minuti hanno fatto sette metri.

Nove

Per non sapere né leggere né scrivere, Katrina ha lasciato in frigorifero una specie di pranzo di nozze per duecento invitati che a Carlo Monterossi suona come un «portiamoci avanti col lavoro». In poche parole, nonostante il sesso fuori dal matrimonio sia peccato mortale – e anche dentro il matrimonio, mah, parliamone... – lei spera che questa signorina nuova che lascia in giro la biancheria sia quella buona. Se n'è andata un po' ammiccante, e Carlo ha capito tutto quando è entrato in camera da letto: lenzuola ricamate, fiori freschi, persino due cioccolatini sui cuscini.

Qui si esagera, pensa Carlo.

Gli ospiti sono arrivati alle nove, prima Alex, il giovane autore del programma di Flora De Pisis, con fidanzata scialba. Poi Bianca Ballesi, che si è sforzata di impaginarsi alla perfezione e probabilmente ci ha messo ore, anche se finge di venire di corsa dal lavoro. È carina, questo va detto, anzi bella, il Monterossi è uno che sa essere obiettivo su queste cose, anche se adesso l'umore non è tanto da Romeo e Giulietta.

La ragazza scialba di Alex fa quello che deve fare, cioè la ragazza scialba, bene così, dove la metti sta.

Lui invece apre la sua cornucopia di problemi tecnico-stilistici su un servizio che deve fare per Flora. Per farla breve: viene a chiedere un consiglio all'autore bravo, al maestro, al principe della tivù del voltastomaco.

Modestamente.

Carlo chiede a Bianca di preparare qualcosa da bere e domanda a tutti se va bene mangiare così, un po' informalmente, anche se una cena informale preparata da Katrina potrebbe entrare nelle guide Michelin. Lui mette sul tavolo ogni ben di Dio e cominciano. Bianca ha optato per il Moscow Mule e ne ha fatto una caraffa, bello carico.

Ora il problema è questo: lui – lui Alex, il giovane barracuda – ha scovato questa starlette, una che leggeva le formazioni della serie C su Tele Salerno e che poi ha ballato in qualche show per collaudatori di Viagra, che intende fare coming out. Cioè andare in tivù da Flora, in diretta davanti a sette milioni di persone, a dire a tutti che lei ama una certa ala destra del Brescia, Sergio Filippaccini, e che ne è focosamente riamata, e che non ha paura di rivelare questa loro passione, anche se lui è parecchio sposato, e solo da sei mesi. La storia c'è, l'ha detto anche Flora. Però ha detto che così è debole, bisogna lavorarci.

Bianca Ballesi, con in mano un crostino al pâté, si sente in dovere di intervenire:

«Io c'ero, alla riunione. Ha detto: qui ci vorrebbe quel coglione di Carlo, in queste cose è un genio».

Carlo fa una faccia così.

«Mi spiegate esattamente qual è il meccanismo? Uno dà le dimissioni e se ne va nauseato, e voi lo andate a cercare a casa?».

Bianca Ballesi ride, Alex invece è un po' imbarazzato.

Ora parla la signorina scialba, così scialba che Carlo se n'era dimenticato.

«Hanno scommesso», dice.

Carlo si versa da bere e sceglie un sashimi di salmone che Katrina ha tagliato con sapienza, e che ora gli sta dicendo: sono venuto a piedi dalla Norvegia per te, prendimi!

Quindi la questione è che se lui non aiuta i suoi amici è uno stronzo, o peggio ancora quelli penseranno che non è più capace, che ha perso il tocco. Bianca lo guarda e sorride, lui non sa se irritarsi o stare al gioco e le chiede senza farsi sentire dagli altri:

«Ma tu hai capito che questa cosa non può essere, vero?».

«Sì, ho capito bene, ma per questa volta fallo, così li mandiamo via». È una risposta che contiene una specie di promessa.

Ora c'è Carlo Monterossi in versione merda televisiva che fa il seguente ragionamento.

«La signorina, svestita benissimo, va in tivù a dire che lei ama il calciatore Filippaccini. Chi se ne frega. A meno che il calciatore Filippaccini non vada anche lui in tivù davanti a lei a dire cose come: "Oh, certo,

amo questa donna, è stata anche Miss Palinuro!".
Naturalmente il calciatore Filippaccini può anche
dire: "Non ho mai visto questa donna... Ah, eri tu?
Beh, ero ubriaco", questo a noi non interessa, giusto?».

«Siamo in democrazia», dice Bianca Ballesi, che si
gode lo spettacolo del maestro alla lavagna.

Alex dice che non è tanto semplice:

«Lui ci verrebbe di corsa in tivù, perché della moglie
nuova si è già rotto le palle... Però il suo procuratore
non vuole, e la società nemmeno...».

Carlo sorride. Beata innocenza. Ma dove li allevano,
dalle Orsoline?

«Aspetta. Per prima cosa dobbiamo tirare su 'sto
Filippaccini. Uno del Brescia? Dai, non scherziamo.
Tu devi trovare titoli, filmati, dichiarazioni di esperti,
procuratori, allenatori, che dicono che il Filippaccini
è un talento mai visto. Prendi un pirla qualsiasi, gli
metti il sottopancia "procuratore" e gli fai dire mirabilie sul ragazzo. Il più forte dai tempi di Garrincha.
L'ideale sarebbe un interessamento del Barcellona,
sai quei titoli che si leggono in luglio? Ecco, quella
roba lì: "Filippaccini verso il Real? Ma lo vuole anche
il Milan". Cifre, mi raccomando le cifre, tante cifre
a cazzo, 80 milioni più clausola rescissoria, sei milioni a
stagione più i bonus, le visite mediche... quelle cose
lì. Deve sembrare che il ragazzo sta al Brescia come
per sbaglio, ma se il mondo fosse un posto giusto
giocherebbe insieme a Neymar. Un filmato di due
minuti, massimo tre, veloce, montato bene, convin-

124

cente. Ricordati sempre una cosa, a guardare l'epopea di Filippaccini con la fidanzata nuova, ci sono soprattutto donne, quindi mettici lui che salva il cagnolino, o che visita i bambini malati, e comunque muscoli, sempre, pettorali, addominali, bicipiti... Quando finisce il film quelli a casa devono dirsi: minchia, basta coi dilettanti, Cristiano Ronaldo scansati, che arriva Filippaccini. E le signore devono dire: che bravo ragazzo, a voce alta, e pensare altro, però in silenzio».

«E quindi?», dice Alex.

«E quindi il procuratore di Filippaccini sa che un servizietto così alza le quotazioni del suo ragazzo, che oggi vale dieci e domani, quando nei bar si dice che lo vuole il Real, vale duecento. Se non è scemo lo capisce al volo, se no spiegaglielo tu e vedrai che te lo porta infiocchettato, 'sto Maradona».

Alex ha capito, ha solo un'altra preoccupazione e la dice:

«Ma se la ragazza ci guadagna perché passa da Telesalcazzo alla prima serata con Flora De Pisis, e il ragazzo ci guadagna perché gli salgono le quotazioni, dov'è il drammone? Cioè, Carlo, quand'è che si piange? Lo sai che Flora...».

«Ma sì, certo, certo... ma mi sembra ovvio che si invita anche la moglie, no? Lei lo ama, lui la ama, siamo tutti contenti, e poi entra la titolare della cattedra che fa la scena madre, giusto? Il solito schema, no?».

«Sì, il solito schema, ma c'è un problema. La moglie

è una specie di educanda che rilascia interviste tipo: "Prego il Signore che il mio Sergio oggi faccia tre gol"; e l'altra invece è una che lo farebbe drizzare a un morto, non c'è partita, la moglie verrà fatta a polpette e Flora metterà la panatura».

«Ma a noi che ce ne frega? Mica siamo dell'associazione protezione mogli, no? Noi mettiamo su il circo, i clown e le tigri se la vedano tra loro».

«Siamo in democrazia», dice Bianca Ballesi. È passata ai gamberoni.

«Solo una cosa», aggiunge Carlo.

«Cosa?».

«Quando la vedi incerta o titubante, la diva Flora, spingi un po'. Dille cose come... "Certo, qui devi essere brava tu, Flora!". Oppure... "Qui puoi fare un capolavoro, Flora"... Fidati, funziona, e non risparmiare sulle dosi, i cobra non muoiono mica avvelenati».

Bianca Ballesi sorride come una che le ha già viste tutte, la signorina scialba è tornata scialba e Alex non sa come ringraziare.

Vere lezioni di vita, di lavoro, di tutto.

È il momento: Bianca Ballesi fa il suo capolavoro. Quando quelli stanno per andarsene, sono le dieci e mezza, lei finge di prepararsi per uscire con loro, ma poi, nell'ingresso, davanti alla porta, con già addosso il cappotto, si ricorda di una seccatura di cui deve parlargli, una faccenda noiosa di contratti e firme. C'è un attimo di stallo con i due indecisi se aspettarla o no, poi risolve lei:

«Che palle, andate, andate, io ne ho per mezz'oretta».

Oscar per la migliore interpretazione... and the winner is...

«Scusami», dice lei.

«Figurati», dice lui.

E ora sono sui divani bianchi che parlano del più e del meno, bevono ancora e aspettano che la natura faccia il suo corso, anche se non c'è troppo desiderio, ma si sa com'è, da cosa nasce cosa e magari... Invece suona il telefono. È Oscar.

«Passo tra un'ora e andiamo in un posto».

«Io tra un'ora sarò a letto, Oscar».

«Sei scemo? Sono le dieci e mezza!... Ah, ho capito, non sei solo...».

«Che intuizione! Dovresti farlo di mestiere».

«Non importa, spiega alla ragazza che hai qualcosa di più importante da fare».

«No».

«Carlo, per favore, dobbiamo vedere un tizio e non posso andarci da solo».

Carlo è seccatissimo. Non perché si perde chissà quale notte d'amore, che già comunque è irritante, ma perché vorrebbe disporre del suo tempo e invece Flora... Oscar... il vecchio...

«Spiegaglielo tu», dice, e passa il telefono a Bianca Ballesi, che parla con Oscar a voce bassissima.

Poi lei chiude la comunicazione. Ha uno sguardo strano, come di muta ammirazione, e di sorpresa.

«Davvero lo fai?».

Lui non ha la più pallida idea di cosa intenda, di cosa stia parlando, di cosa le abbia detto Oscar.

«Sì».

Stanno lì ancora un po', lei affettuosa, gentile, non pare delusa che la serata non si concluda come aveva pensato, si comporta come se ci fossero cose più importanti nella vita e lui, lui Carlo, lui l'eroe, lo sa bene. Poi saluta e se ne va.

«Stai attento», gli dice, e gli dà un bacio di quelli che davano le ragazze ai soldati in partenza per il Carso, alla stazione, con il vagone già in movimento.

«Che cazzo hai detto a Bianca?».

«Ma niente...».

Sono sulla macchina di Carlo e stanno andando verso il centro, un locale vicino all'Arco della Pace. Indovinate? Piove.

«Dai, Oscar, non farmi incazzare, ha parlato con te e ha incominciato a trattarmi come Lancillotto, anche se si aspettava un altro tipo di serata...».

«Le ho detto la prima scemenza che mi è passata per la testa, che ti facesse fare un po' bella figura...».

Carlo tace.

«Le ho detto che andavamo a dare una lezione a uno che mena la moglie».

«Cosa?».

Oscar ride. «Su, non rompere, sarai il suo eroe!».

Ora ride anche Carlo. «Sei veramente una brutta persona, Oscar... E invece di andare a menare il marito manesco dove andiamo?».

«A parlare con uno della mafia».

«Occazzo».

Ecco, Carlo vuole bene a Oscar, e questo lo sappiamo, perché ora è fuori al freddo con lui, mentre potrebbe essere dentro al caldo con Bianca Ballesi. Però queste cose non le sopporta. Perché Carlo ha orrore della violenza, dei tipi loschi, degli affari che puzzano e soprattutto dei delinquenti, mentre Oscar sembra sempre a suo agio. Poi di solito, in queste occasioni, lo convoca perché gli serve un testimone e per essere in due, una piccola assicurazione sulla vita. Insomma, Oscar crede che se si presenta accompagnato è meno probabile finire la serata in un fosso.

Ma forse sto drammatizzando, pensa Carlo.

Il locale è di quelli per il dopocena, quindi superalcolici con la luce bassa, gente che li beve e signorine che se li fanno offrire, che è il primo passo per aprire la pratica. Tavoli con uomini d'affari in trasferta, cravatte allentate, lingue straniere.

Loro sono in fondo, una specie di privé, e quello della mafia che magari non è proprio della mafia, qualunque cosa voglia dire, sembra un manager di prima fascia, ma vestito un po' meglio.

Si stringono le mani, ordinano da bere, poi quello comincia a parlare.

«Vi state guardando intorno sul caso della Zerbi, giusto?».

«Giusto», dice Oscar, Carlo sta zitto.

«Vogliamo vederci chiaro anche noi».

Carlo sta per dire «Noi chi?», ma poi si rende conto che domande così fanno male alla salute.

«Allora il patto è che noi vi diciamo quello che sappiamo, però se voi scoprite altro ce lo dite subito».

«È chiaro», sempre Oscar.

«Quella zona lì noi non la copriamo, non ci sembra interessante, ecco, tanta fatica e poco guadagno. Però sappiamo che c'è gente che ci lavora. Prima erano due balordi, non li so i nomi, ve lo dico subito. Facevano affari da poco, anche prestiti, sì, o piccoli ricatti. Uno è un pezzo di marcantonio, non una cima, se volete il mio parere, l'altro un trafichino, scommesse, piccole estorsioni, centri massaggi, quel livello lì... zoppo, oltretutto».

Ma dove siamo, nel neorealismo? Carlo è come ipnotizzato.

«Finché erano quei due lì, va bene, chissenefrega. Ma pare che ci sia uno un po' più intelligente che se li è presi in carico, che... li coordina, ecco. Credo che gli stia insegnando le basi, per esempio che non si ammazza il debitore, se no il debito non te lo paga più».

«Con la signora Zerbi questa astuzia non ha funzionato, però».

«No, infatti, è questo che non ci torna, ma quello grosso è una bella testa di cazzo, può essere che gli è scappata la mano».

«Quindi voi pensate che in qualche modo i due balordi, o uno dei due, siano sfuggiti di mano a questo... a questo boss nuovo».

«Eh, boss... non esageriamo... Comunque sì, non sappiamo chi è, questo, ma si dice in giro che sia un poliziotto».

«Cosa?», stavolta Carlo non si è trattenuto. Oscar lo guarda malissimo.

«Beh, siamo in democrazia, ed è giusto che ci sia un po' di concorrenza, quindi se vediamo in giro dell'iniziativa privata noi lasciamo fare... sempre che non si allarghino troppo. Ma un poliziotto no, non possiamo tollerarlo, non si gioca contro uno che fa anche l'arbitro».

«Posti dove posso trovare questi gentiluomini?».

«Lo zoppo frequenta un bar di piazza Bausan, alla Bovisa, ha un paio di centri estetici, chiamiamoli così, uno è in via Candiani... dell'altro non sappiamo molto, comunque è un coglione che va in giro con un frustino, anche lui di quella zona lì. Tra i due sembra lui il capo, ma adesso hanno un capo nuovo e chi lo sa».

«Se sono stati loro ad ammazzare la Zerbi ora saranno spariti, in vacanza, o via per un po', non crede?».

«Forse sì, forse no. A volte sparire è il modo migliore per farsi notare. Se c'è un delitto e Tizio sparisce, pensano subito a lui. Se si credono al sicuro, se non hanno lasciato tracce e sono convinti che nessuno li stia cercando, magari sono ancora lì che giocano a biliardo».

«Dove la trovo se ho novità?».

«Niente telefoni. Vieni qui e dai un bigliettino al barista, se no ti cerco io».

Poi il tipo si alza e se ne va, non stringe mani, questa volta, però fa un cenno al cameriere come a dire: i signori sono con me.

Ora c'è il miracolo che non piove. Sembra impossibile che ci sia più aria che acqua, fuori, e Carlo abbassa addirittura il finestrino.

«Va bene, interessante, la mafia», dice. «Ora però andiamo a casa, per colpa tua mi aspetta il mio lettino triste e solitario».

«A casa? Ma sei scemo? Non è nemmeno l'una!».

«E dove vuoi andare?».

«Beh, mi pare ovvio, a bere qualcosa in un bar della Bovisa, dai, Carlo, la vecchia Milano, dov'è finito il tuo spirito di avventura?».

Poi Oscar racconta la giornata di indagini. Ha scelto di partire dagli amici, dai colleghi, che per Giulia Zerbi erano la stessa cosa. Professori, traduttori, insegnanti, una libraia della Libreria internazionale. Tutti commossi e stupiti per quella fine che mai avrebbero immaginato. Sì, qualcuno sapeva delle difficoltà della Zerbi, ma nessuno credeva che fossero così gravi, sai com'è, si lamentano un po' tutti, e lei non la metteva giù dura.

Solo con un collega, uno che traduce le sceneggiature in francese, si era aperta un po' di più. Gli aveva chiesto se sapeva dove poteva vendere una collana che aveva ereditato, e lui le ha indicato un gioielliere di corso Vercelli.

«Non so se l'ha venduta, domani vado a ricomprarla per conto del vecchio, se ce l'ha davvero quello lì».

Carlo guida piano e si beve l'aria fredda che gli arriva in faccia.

«Il vecchio vuole altro... vuole sapere come se la passava la signora».

«La risposta è: male, le è morta la madre, era piena di debiti, aveva uno strozzino che le stava col fiato sul collo. Ha messo un'ipoteca sulla casa e ha venduto una collana preziosa...».

«Sì, ma prima... non hai capito che il vecchio vuole gli ultimi venticinque anni, non gli ultimi tre».

«Guarda, per il momento mi basterebbero le ultime tre ore, perché quella non è andata al cinema, la sera che l'hanno ammazzata. Alle amiche che l'aspettavano ha telefonato all'ultimo momento, alle sette e mezza, dicendo che non se la sentiva, che non stava bene, che restava a casa a leggere...».

«Che ne pensi?».

«Non lo so, non penso ancora niente, ma ho appena cominciato... E poi, a quanto dicono gli amici non c'è molto da sapere. Del matrimonio parlava poco, credo sia stato un incidente, una sciocchezza. La figlia era tutto, per lei, le aveva dato grandi soddisfazioni e ora sembrava sul punto di farcela, dopo tanti sacrifici. Anche il lavoro... aveva mollato la casa editrice, cioè aveva mollato il posto, ma faceva ancora dei lavori per loro. Poi un paio di scrittori francesi la pretendevano come traduttrice di fiducia e la volevano con loro all'uscita dei libri, o alle conferenze... Insomma, tutti dicono che sembrava soddisfatta... il problema erano i soldi... ma forse nemmeno i soldi, il problema era essersi infilata in un gioco dove si può solo perdere, essere finita nelle mani di quei delinquenti».

«Senti Oscar, io ho visto solo una foto della signora, ma ho conosciuto la figlia, ho sentito come ne parla il vecchio... una bella donna, interessante ora e ancor più interessante vent'anni fa. Uomini? Non ci credo che era vergine di ritorno, dai!».

«A sentire gli amici niente, oppure ben nascosti. Quello che mi ha detto della collana, il traduttore, mi ha fatto capire che lui ci aveva anche provato, e che si volevano molto bene, avevano fatto qualche viaggio insieme, ma da amici, non mi ha dato l'impressione di essere stato suo amante, o compagno, proprio no».

«Non vorrei che il vecchio si facesse il viaggio che quella è stata un quarto di secolo ad aspettarlo».

«Che te ne frega? Ti hanno dato la rubrica dei cuori solitari?».

«Non so, mi dispiace per lui».

Il bar di piazza Bausan è già chiuso, un viaggio a vuoto. Ma nella città che sgocciola si guida bene, non fa nemmeno troppo freddo, e ora tocca a Carlo raccontare.

«La figlia della Zerbi è stata gentile, ma poteva non esserlo? Dice che non sapeva che mamma avesse tanti amici, grande affetto, più gente di quella che si aspettava, al funerale. Del padre nemmeno l'ombra, ma è probabile che non abbia saputo, non era atteso né desiderato, l'amica Federica non la molla un attimo. È stata lei a dirmi "Venga qui" quando ho chiesto di parlare con la ragazza».

Era stato uno strano incontro. Sonia Zerbi era immersa nel suo dolore stordito, ma aveva anche dovuto uscirne per sistemare le cose pratiche, firmare carte, stringere mani a gente mai vista che sembrava dispiaciuta per mamma, e anche per lei. I compagni di studi, dalla Svizzera, dalla Francia, musicisti, futuri cantanti d'opera, si sono sistemati tutti da questa Federica che sembrava un campeggio dei Berliner Philarmoniker. Quando il vuoto si faceva vuoto, l'amica le stava accanto, e la visita di un misterioso ambasciatore che chiedeva udienza e annunciava l'incontro con un ammiratore già amico di mamma era sembrato un buon diversivo.

Carlo non sa mai come fare quando si trova davanti a un lutto, pensa che le parole non servano e pensa che però bisogna trovarne qualcuna... Invece lì non aveva provato fatica, pena sì, ma non fatica.

Quando se n'era andato, la signorina Sonia Zerbi, giovanissima e con gli occhi rossi, gli aveva lasciato un'ottima impressione e quasi la voglia di rivederla. L'aveva richiamata, poi, per dirle che sarebbe passato a prenderla, il giorno dopo verso le 15, per andare a quell'incontro, lei aveva chiesto dove e lui aveva detto all'Hotel Diana. Lei aveva riso, anche se solo con il rumore della risata, non con il cuore, e aveva scherzato:

«Non sono mica la Callas».

Dieci

Di tutte le telefonate che ha fatto, di tutti i favori che ha chiesto, di tutti i fili riannodati di una vita che aveva già archiviato, una sola cosa gli ha lasciato un cattivo sapore in bocca.

Umberto Serrani non ha mai pensato a sé come a un fuorilegge. Sì, certo, faceva un lavoro strano, sgusciava dalle maglie dei controlli, aggirava le normative, forzava un po' i regolamenti. Ma i regolamenti finanziari sono fatti apposta, ogni paese ha i suoi e certi paesi non ce le hanno proprio, le regole. E poi i reati dei ricchi sono un po' meno reati, no?

Però gli era capitato di trattare con i cattivi veri, quelli le cui fortune erano state messe insieme con metodi non proprio cristallini. Lui parlava con i colletti bianchi, certo, gente in giacca e cravatta che discorreva con una certa competenza di holding, società fiduciarie, scatole cinesi dove nascondere i soldi. Ma sapeva che quelli erano il vertice della piramide e sotto, ai piani più bassi, c'era la manovalanza che faceva funzionare quegli imperi, soldati che assicuravano il flusso di contanti, addetti ai lavori sporchi.

Così aveva fatto la telefonata, una cosa che mai avrebbe pensato, e come si aspettava aveva trovato cordialità, per quanto possono essere cordiali quei tipi lì.

«Nessun problema, dottor Serrani», come prevedeva, come sapeva.

Poi aveva avuto altri numeri e altri contatti, e altre chiamate seguendo una catena, e ora che è mattina presto si trova in un bar di via Comandini, e l'uomo è già lì, vestito come un operaio che fa le riparazioni, ma senza borsa degli attrezzi.

Quando arrivano in via Torelli Viollier, l'uomo parla per la prima volta.

«Che piano?».

«Secondo».

«Io apro e lascio accostato, lei aspetti qui».

Così il vecchio fa su e giù lentamente per quelle vie strane, una Milano che non sembra Milano, anche se a cento metri da lì corrono gli stradoni della circonvallazione. Ma non passano nemmeno tre minuti e l'uomo esce dal portone.

«Può andare. Quando ha finito si tiri dietro la porta, se vuole chiudere con le mandate com'era prima basta dirlo, io sto qui in zona».

«Sì, forse è meglio».

Ora il vecchio è nel piccolo appartamento di Giulia Zerbi. Gli fa male lo stomaco, ha un po' di nausea. Forse non doveva, gli sembra una violazione gravissima, un'intrusione, una violenza inaudita. E soprattutto senza motivo. Perché ha voluto andare lì?

Lui e Giulia non sapevano quasi niente l'uno dell'altra, e non era una cosa casuale. Difendevano la loro sconosciutezza, il loro mistero, come se le rispettive vite fuori dalla bolla fossero accidenti minori, il solito, mentre insieme dovevano essere l'insolito, il miracolo, la rivoluzione. Non aveva mai visto il suo letto, il suo armadio, le piccole cose quotidiane che la circondavano, conosceva l'indirizzo – non questo, quello dove stava una volta – solo perché ogni tanto le mandava dei fiori, dei libri, piccoli regali, niente di prezioso, niente che avrebbe potuto imbarazzarla. E quei piccoli doni volevano dire: «Non ci vediamo da due settimane, ma ti penso, conto i giorni».

Si siede in una poltrona nel salotto. Accanto c'è un tavolino con un libro e una matita. Una matita con la punta perfetta. Era una mania di Giulia, questa delle matite, e infatti ce ne sono ovunque, anche sul comodino, sulla piccola scrivania in camera da letto, una petineuse adattata a tavolo da lavoro.

Naturalmente è lì, in camera da letto, che il senso di violazione gli sembra più grave. Gli gira la testa e deve sedersi, il materasso è morbido e lui sprofonda un po'. Continua a ripetersi che la Giulia che sta osservando attraverso gli oggetti, la casa, le cose, non è quella Giulia là, quella che lo aspettava negli aeroporti con la frenesia di una liceale al primo amore, e di amori doveva averne avuti, una donna come lei. Prima di lui e dopo di lui. Non amori come il loro, magari, forse non a quel modo, ma dicendosi questo ha un piccolo tremore: sarà vero? Oppure Giulia aveva detto ad altri e fatto con altri quello che a lui sembrava così esclusivo, così irripetibile?

C'è da ridere, se si guarda da fuori capisce che è tutto ridicolo: un vecchio che si scopre geloso e possessivo per una donna diventata una sconosciuta, e poi morta.

Non ci sono fotografie, in casa. Solo una di lei con la figlia, belle tutte e due, una serata speciale, forse un concerto, o un saggio di Sonia, e Giulia Zerbi sembra illuminata da dentro. Nell'armadio ci sono pochi vestiti. Pochi, tanti, il vecchio non saprebbe dire, ma gli sembra un guardaroba misero per una donna come Giulia... un pensiero stupido, perché non è che fosse particolarmente elegante o ricercata, o forse invece la faccenda è un po' più complicata. Ne ha tre, di Giulie. La sua, quella nella sua bolla, poi ha l'idea che si è fatto di lei, della sua vita, dei suoi cambiamenti in questi venticinque anni di lontananza, e poi ha, anzi non ha, non avrà mai più, quella vera, quella di adesso, che è morta sul marciapiede lì sotto.

Forse è troppo, per lui. Forse il figlio che gli grida «Papà, hai più di settant'anni, piantala!» non ha tutti i torti. Però c'è qualcosa che lo spinge, e lui si fa spingere, non resiste, non si oppone.

La vera sorpresa è lo stanzino dei libri. Sarebbe una cabina armadio, una stanza cieca con una lampadina nuda che pende dal soffitto. A parte il riquadro della porta, non c'è un centimetro che non sia scaffalato e riempito di libri, documenti, fasci di fogli. In alto i volumi più vecchi, ci vuole una scala, che infatti sta lì. Sotto i libri per il lavoro, poi, e si notano subito, gli scaffali con i grandi amori, i francesi dell'Ottocento in varie edizioni, quasi tutti in lingua. Al piano basso ci sono delle scatole di cartone senza etichette, ma il vecchio non le apre. C'è uno sgabello con poggiata una tazza piena di matite. Perfette, nuove, con la punta nera affilatissima.

Pensa che il mondo di Giulia stava in quella stanza, che bastavano quei pochissimi metri quadrati per contenerlo. Ma sa anche che non è vero, che non è possibile, c'era molto di più.

La stanza della figlia, il soprano che vedrà oggi, è la più luminosa, anche se la luce fuori è debole e malmostosa. Qui ci sono, le foto. Sempre lei, Sonia, spesso con vestiti di scena, o in jeans, con gli amici, qualche locandina con il suo nome. *L'italiana in Algeri*.

Esce quasi subito dalla camera e va a sedersi in salotto.

Cosa sta facendo?

Chiude la porta tirandosela dietro, scende le scale ed è fuori nella via. Tutto tace, o il quartiere deve ancora svegliarsi o si è svegliato e se ne sta in casa. Il vecchio chiama l'uomo della serratura.

«Può andare a chiudere com'era».

«Vado».

«Può essere che ci risentiamo».

«Il capo ha detto a sua disposizione, quando vuole».

«Grazie».

C'è una finestrella di cielo azzurro nel grigio, l'aria è fresca ma non fredda, il vecchio cammina per quelle vie tranquille, passa accanto al commissariato, attraversa via Arbe aspettando il verde e raggiunge piazzale Istria, dove ci sono i taxi.

Deve fare altre telefonate. Deve essere in forma per il pomeriggio, deve ascoltare le prime cose che avrà trovato Oscar Falcone. Mette la mano destra nella tasca del cappotto, mentre il taxi si muove nel traffico. Gioca con una matita appuntita, che gli punge i polpastrelli.

Undici

Il primo nome della lista è uno che si chiama Edoardo Specchi e decidono di cominciare da lui, uno vale l'altro, abitano tutti nel giro di un paio di chilometri e questo sta in via Valtellina.

Al citofono hanno notato quell'esitazione che hanno tutti quando sentono: «Polizia», anche se il Ghezzi l'ha detto in un altro modo:

«Polizia... signor Specchi, possiamo parlare un momento?».

È un tipo così normale che si fatica a vederlo. Una camicia, i pantaloni scuri senza più piega, le pantofole. Li aspetta con la moglie e un ragazzino nel piccolo ingresso, poi li fanno accomodare in salotto. Carella vede che nella cucina che si affaccia sull'ingresso c'è la tavola apparecchiata.

«Dobbiamo chiederle qualche informazione... riservata, signor Specchi, riguarda un'indagine in corso».

Quello fa una faccia a metà tra lo stupito e il disponibile.

«Vai in camera tua, Francesco».

Il ragazzino, avrà dodici anni, è roso dalla curiosità e non vorrebbe andarsene – poliziotti veri! Qui! Ti rendi conto? – ma capisce anche che... insomma, alla fine esce dal salotto.

La signora resta, curiosa anche lei.

Quando hanno finito, la signora Specchi – che si chiama Tania – ha gli occhi lucidi e si è torturata le mani per tutto il tempo. Lui sembra stanco come se avesse trasportato sacchi di cemento per un mese, senza sosta.

Era cominciato perché aveva bisogno di soldi, poca roba, dieci, quindicimila, ma la banca non glieli aveva dati. Non stava messo benissimo col lavoro, in mobilità, come si dice oggi, ma era una cosa passeggera, infatti adesso lavora di nuovo, regolare... finché dura. Però gli avevano indicato questo signor Rossi, che ovviamente era un nome finto, questo lo sapeva. Quella era stata la prima cazzata. La seconda era stata che... già che c'era, e visto che quel signor Rossi la faceva facile, di soldi ne aveva presi di più, trentamila, così in una volta sola tappava anche un paio di buchi, e per l'apparecchio ai denti del ragazzino si poteva fare un lavoro come si deve. La signora Tania, perfetta in quell'interno di cornici di peltro e bicchieri di cristallo chiusi nelle vetrine, moriva dalla vergogna ad ogni dettaglio, ma il marito parlava, diceva tutto, si stava liberando di un peso.

Da due anni pagava il debito e gli interessi. Aveva reso già più di quarantamila, ma quello ne voleva ancora.

«Come glieli dà?».

«Millecinquecento al mese, in contanti, mi dice un posto dove lasciarli».

«Tipo?».

«Tipo una panchina nei giardinetti qua sotto».

«Ma lei l'ha visto almeno una volta, giusto?».

«Solo due volte, all'inizio, quando abbiamo parlato e quando mi ha dato i soldi, sembrava uno calmo, un tipo... se dico un tipo perbene adesso fa ridere, vero?».

Poi ne aveva visto un altro. Un giorno che era in ritardo con la consegna lo aveva fermato sotto casa un tizio, uno meno perbene, che lo aveva chiamato per nome, «Oh, Specchi!», e gli aveva detto che era in ritardo coi pagamenti, a brutto muso, ma era stato l'anno prima, poi tutto tranquillo, a parte che si stava svenando e non ce la faceva più.

«Era zoppo questo qui che l'ha minacciata?».

«Zoppo? No».

«Passiamo dei guai?», chiede la donna.

«Mi sembra che li state già passando», dice Ghezzi.

Poi dicono al signor Specchi che non deve pagare più, e anche che è meglio se cambia banca. L'indagine non è su quelle cose lì, è su un omicidio che pare collegato, quindi se prendono l'assassino prendono anche il suo usuraio, che adesso per un po' se ne starà buono e non verrà a fare il duro.

Dopo, se risolvono l'indagine principale, ci sarà modo di fare le denunce del caso. Gli scrivono i loro numeri: avvertire se si fa vivo qualcuno, giorno e notte, e stare tranquilli, che non c'è niente da temere, li terranno informati. Domani passerà un agente a fargli vedere un identikit, si mettono d'accordo sull'orario.

Quando escono, Ghezzi vede la signora Specchi che mette una mano sulla nuca del marito, un gesto affettuoso, quasi di protezione.

C'è ancora dell'amore, a certe latitudini.

Saverio Gennari non è in casa, viaggio a vuoto.

Dai Betarelli la musica è un po' diversa. Lui è sui quaranta, lei più giovane, niente figli. Il problema è che lui non vuole parlare con due poliziotti davanti alla moglie, se è la moglie, e c'è una discussione. Lei si infila un cappottino leggero, prende l'ombrello ed esce di casa sbattendo la porta.

Più o meno la stessa storia. Questo qui, che non pare un fulmine, si è fatto prestare ventimila euro. Il palazzo aveva fatto dei lavori straordinari, spese... poi lui aveva qualche debito in giro, anche sul lavoro, e quelli doveva coprirli per non complicare le cose, che già c'erano problemi con la ditta.

Ventimila, un anno fa. Ne aveva resi quindici e si era accorto che prima dei trenta, trentacinque se saltava qualche rata, non si sarebbero fermati. E poi uno – no, non il signor Rossi, che sembrava un tipo ragionevole, un altro – lo aveva anche intimidito. Lo aveva aspettato fuori dall'ufficio e gli aveva fatto notare un piccolo ritardo con la rata, non con male parole o gesti aggressivi, ma si ricorda che aveva in mano... un frustino, una specie di scudiscio, se lo batteva distrattamente su una coscia, come i generali di cavalleria, e la cosa gli aveva dato molto fastidio, sembrava un messaggio.

«Lo era», dice Carella.

Ghezzi: «Era zoppo?».

Lui: «No».

«Li avete presi?», chiede, speranzoso.

A lui che c'è un'altra indagine in corso non lo dicono, solo che se ne stanno occupando, di non pagare più, di segnalare qualsiasi cosa e che domani gli faranno vedere una faccia su un foglio.

Quando escono ha ricominciato a piovere, vanno verso la macchina. C'è un bar, lì sotto, e vedono lei, la moglie del Betarelli, se è la moglie, in piedi davanti al bancone che sorseggia una bevanda colorata e chiacchiera e ride con altri avventori.

Dodici

Lo zoppo avrà tra i trentacinque e i quaranta, è tutto diverso da come se lo aspettava Oscar. Però la dritta del concorrente nel ramo pizzo e ricatti, il mafioso elegante che ha incontrato con Carlo, è precisa al millimetro, perché lo zoppo si presenta al bar di piazza Bausan alle nove e mezza, si siede a un tavolino un po' defilato, vicino alla porta del bagno, e aspetta il suo caffè, che arriva subito, con tanti ossequi. Oscar si è già letto la *Gazzetta* due volte, compresi gli sport minori, di caffè ne ha bevuti due e cerca di sembrare quello che è, uno sfaccendato al bar che tira tardi in attesa di chissà che.

Sì, se lo immaginava diverso, il tipo, e anche di un'altra caratura, cioè un balordo, un marginale, uno che scippa le signore anziane, il Rico-Dustin Hoffman di *Un uomo da marciapiede*, ecco. E invece questo è un uomo alto, atletico, la leggera zoppia c'è ma non si nota subito, sembra più un atteggiamento, un modo di muoversi. Chissà quanto tempo ci ha messo a mascherare così un difetto fisico, pensa Oscar. E comunque il tizio sembra un commerciante benestante, sicuro di sé, da cui promana un certo potere – e questo Oscar lo capisce da come tutti lo trattano con rispetto. È l'autorevolezza da bar, una cosa da non sottovalutare, che si costruisce negli anni, anni di morsi e punture, qui nella giungla.

Appena vede che quello si alza, Oscar paga i suoi caffè ed esce, lo aspetta un po' distante, poi gli va dietro, camminando piano e cambiando marciapiede spesso. Il tizio fila deciso, tiene l'ombrello dritto come fosse una baionetta, non si scansa se qualche passante gli contende la strada.

Due ore dopo Oscar Falcone sa tutto dello zoppo.

Che si chiama Nicola Maione, che risulta titolare di quattro centri estetici che sono in realtà piccoli bordelli, che abita in via Bovisasca, ha persino un suo numero di cellulare, anche se quello ha sicuramente più di un telefono, con tutti quegli affari. Non è stato difficile. Lo zoppo ha camminato fino a un centro massaggi a pochi isolati dal bar, si è trattenuto pochi minuti, poi ha camminato ancora verso un altro posto simile, più grande. Il possidente che fa il giro delle sue terre, l'occhio del padrone che ingrassa l'asino, eccetera eccetera. O forse va solo a ritirare l'incasso. Oscar ha fatto due più due e chiamato un suo uomo alla Camera di Commercio: i locali sono intestati alla Pelledisole Srl, titolare Maione Nicola, nato a Marcianise, 1978, residente a Milano, partita iva, codice fiscale, eccetera eccetera. C'è anche un cellulare, intestato alla società che possiede quei... chiamiamoli negozi.

Tutto veloce e pulito, facilissimo, anche se questo non migliora l'umore di Oscar, che fa brutti pensieri.

Poi decide che ne sa abbastanza e che se 'sto Maione c'entra davvero qualcosa con l'omicidio della Zerbi si guarderà in giro con qualche attenzione, e lui si è già esposto troppo.

Allora va dal gioielliere di corso Vercelli, che significa almeno cinquanta minuti di mezzi pubblici, la 92, poi un pezzo di Metro 5, poi il tram numero 10. Così ha tutto il campionario della città dolente, gocciolante, incazzata, che si urta con gli ombrelli, che si affolla davanti alle porte dei mezzi e poi, quando è a bordo, si immerge in un guscio di cuffiette, di telefonini, in una ginnastica di spintoni gentili per guadagnare centimetri.

E ora Oscar Falcone, cullato dai sussulti del trasporto pubblico, può pensare con tutta calma. Troppo facile. Lo zoppo non solo non si nasconde, ma... Va bene non preparare la valigia in fretta e furia, d'accordo, ma nemmeno fare la passeggiata da latifondista nei suoi poderi di signorine asiatiche e di massaggi con l'happy end. E poi c'è qualcosa che stride e questo lo agita come quando vede un quadro storto alla parete, un senso di fastidio. La morte della Zerbi è stata feroce e violenta, sì, ma anche casuale. Un pestaggio che è diventato una caduta, che è diventata letale, una morte non programmata, si direbbe. Questo non toglie niente alla gravità del fatto, ma... rubare una macchina e incendiarla come per una rapina in banca? Perché premeditare un omicidio volontario e poi ammazzare una quasi per caso? Che storia è?

Il gioielliere è una brava persona. La signora che ha portato la collana non aveva fatto giri di parole. Sì, ci teneva, al gioiello, era di sua madre, ma aveva bisogno di contanti e lo ha detto senza ricamarci sopra. Diretta e gentile. E poi gliel'aveva raccomandata un suo amico, un professore. È solo un po' stupito che qualcuno voglia ricomprarla così velocemente.

«Gli eredi», dice Oscar.

«Gli eredi si svegliano adesso, eh? Non potevano comprarla quando quella era viva, che magari la cavavano dai guai?».

Non fa una piega. Oscar dice che la figlia non sapeva... che è un gioiello di famiglia... insomma imbastisce qualche abbozzo di storiella, ma si accorge che a quello non interessa poi molto.

«L'ho comprata per novemila» dice il gioielliere, «se davvero è per i parenti e non è un trucchetto gliela do allo stesso prezzo, facciamo che l'ho tenuta in deposito... mi dispiace per la povera signora... l'ho pulita per bene, è un bel gioiello».

Oscar aveva lasciato mille euro in più, per il disturbo, e quello non aveva fatto il cenno di rifiutare, giusto così.

Poi era tornato ad occuparsi di Nicola Maione.

Sa che per arrivare a quell'altro, il coglione col frustino, basta aspettare, però potrebbe essere una cosa lunga, e lui non ha nessuno che possa dargli il cambio, se resta sotto la pioggia appostato in un angolo di piazza Bausan, o se si fa vedere troppo spesso nel bar, rischia di farla lui la figura di Rico di *Un uomo da marciapiede*.

Lo zoppo lo ritrova che esce da un altro centro massaggi – Primavera Thai, prova le sensazioni di un vero massaggio thailandese! – e secondo i suoi calcoli ha finito il giro, perché quello torna verso la piazza, ma prima fa una deviazione, si ferma sul marciapiede di via degli Imbriani, sotto un balcone che lo ripara dall'acqua, e fa una telefonata. Oscar si ferma e lo guarda da lontano, sembra che stia aspettando qualcuno, e infatti dopo poco spunta un tizio, uno grosso. I due parlano fitto, sempre sotto il balcone, poi si separano e Oscar decide di stare dietro a quell'altro, che fa pochi metri e sparisce in un cortile dove c'è una carrozzeria.

È mezzogiorno passato, quindi c'è qualche speranza che il tizio esca per andare a mangiare, se invece esce in macchina Oscar è fregato. Allora cambia tattica ed entra nella carrozzeria, un po' sperduto, un tizio con una giacca troppo larga gli va incontro e Oscar gli spiega il problema.

«Tutta la fiancata grattata via, porca puttana, stanotte... forse un camion...», e lui che vuole fare il lavoro e rimetterla a posto, ma in fretta, che la macchina gli serve per il lavoro.

Intanto tiene d'occhio il tipo grosso, che adesso sta girando intorno allo scheletro di un macchinone, una Mercedes di quelle costose, e parlotta con un operaio.

Gli indica dove tagliare, come smontare, e come bacchetta, tipo professore alla lavagna, usa un frustino.

Ogni tanto se lo batte su una coscia, un gesto meccanico, come un tic.

Molto bene, pensa Oscar. Molto molto bene.

«Certo, devo vedere la macchina, ma se è tutta la fiancata almeno tre giorni ci vogliono, eh!».

«Va bene, ci penso, la chiamo nel pomeriggio».

Poi è tutta discesa.

Oscar ha seguito il tizio con il frustino fino a uno stabile lì vicino, in realtà una piccola palazzina di due piani accanto a piazza Lugano, che non è una piazza, è una specie di svincolo autostradale dove passa la circonvallazione. C'è un solo appartamento per piano e l'uomo si ferma al primo. Il resto lo fanno le telefonate di Oscar. Alla società del gas, poi a un suo uomo all'anagrafe, e intanto pensa che sta andando tutto liscio, forse un po' troppo.

L'uomo col frustino, quello che probabilmente ha ammazzato Giulia Zerbi, si chiama Franco Ferri, quarant'anni, abita lì da tre, prima stava a Monza. Nient'altro per ora, ma è parecchio per una mattinata di lavoro. In pratica missione compiuta, il vecchio sarà contento e lui si tira fuori da quella storia che non gli piace.

Pensa che ne vuole uscire perché è una brutta storia, certo, una storia di normalissima crudeltà. Ma anche che ne vuole uscire presto, prima che le domande diventino troppo difficili, le vede all'orizzonte, no, le annusa come i cani prima del temporale.

Dovrebbe provare qualche soddisfazione, in un paio di giorni ecco tutto risolto, tutto spiegato, ma Oscar non riesce a mentirsi fino in fondo. È vero, la sua rete funziona. I favori e i soldi che dispensa, le notizie che fa girare... Ormai può dire di avere un buon giro di informatori... senza volere è diventato un lavoro. Ora con i soldi del vecchio per quella missione compiuta olierà altre ruote, manterrà efficienti quelle che già girano. Non esistono informazioni segrete, esistono posti dove stanno nascoste, tutto qui. Forse dovrà allargare la ditta, questa cosa di fare il cavaliere solitario... insomma...

Ma questo piccolo bilancio non basta a mitigare il senso di fastidio per quella storia che non è quello che sembra. Il mafioso là, il criminale incravattato che ha incontrato con Carlo vicino all'Arco della Pace, glieli ha serviti su un piatto d'argento, i due assassini della Zerbi, proprio col fiocco e la confezione regalo. Troppo facile. Se volevano sapere nomi e cognomi, perché non sono andati loro a fare il lavoro, a cercare lo zoppo in un bar? Ma perché poi? Che gliene frega a quelli, che di sicuro hanno affari più grossi in ballo, di sapere chi sono due balordi che hanno ammazzato una signora? Sì, è vero, quello che a loro dà fastidio è quello che... come aveva detto?... l'uomo che li coordina, sì, ecco, quello che forse è un poliziotto. Ma da quel versante non è saltato fuori niente...

Ora è di nuovo in tram, una tradotta della prima guerra mondiale con gli studenti usciti dalle scuole al posto degli alpini provati dalla trincea. È ora di pranzo, il locale all'Arco della Pace non serve più alcolici e signorine, ma raffinate colazioni per impiegati di alto grado, capiufficio, dirigenti. Oscar scrive qualcosa su un foglio e lo dà a un tizio che sta alla cassa, che annuisce e lo fa sparire discretamente.

«Si può mangiare?».

«Si sieda, mando subito la ragazza».

La ragazza arriva, se ne va, poi torna con un piattino: una carta velina di salmone, due foglie d'insalata che fanno da guarnizione, una fettina di pane sottile come un'ostia e un bicchiere di vino bianco. La colazione dei campioni. Trentadue euro. Poi ditemi se non è la capitale morale.

Tredici

Quando arrivano all'Hotel Diana, Sonia Zerbi è accolta davvero come la Callas, anche se il mazzo di fiori che il direttore le porge, in effetti, è un po' più piccolo e Onassis non c'è. Poi vuole la foto, il direttore, mentre dice che sono orgogliosi di avere nel loro albergo la signorina e tutte le manfrine che si fanno agli ospiti d'onore.

Carlo Monterossi in giacca, cravatta, impermeabile chiaro, guarda bene la ragazza e si dice che forse il vecchio ha sbagliato approccio.

Troppo, tutto eccessivo, tutto un po' esagerato.

Carlo l'aveva già osservata nello specchietto retrovisore, mentre guidava. Lei e l'amica Federica – Sonia aveva preteso la sua presenza – due ragazze in mezzo alla tempesta, la mamma morta in quel modo, i poliziotti che chiamano per chiedere precisazioni e dettagli, e ora questo appuntamento assurdo... Si erano sforzate di parlare del più e del meno, degli esami di Federica, degli amici di Sonia che non smettono di passare da Milano per le condoglianze, un abbraccio, un'audizione, un concerto. Ma Carlo se ne intende di cose che ti scavano dentro, e negli occhi di Sonia, catturati per un istante sulla curva dei bastioni, aveva visto proprio quello, l'incertezza, la paura di mettere un piede in fallo. E la consapevolezza feroce che non c'era più la mamma, a spingerla o a tirarla, o anche solo accanto a lei. Sì, Carlo riconosce la mancanza, è una specie di esperto, e adesso ne vede una bella grossa.

Poi, siccome le piccole preoccupazioni scacciano le grandi, Sonia si era agitata. La pioggia, gli schizzi, non voleva arrivare in disordine, anche se Federica rideva e diceva dei piccoli «maddai!», dei confortanti «ma che te ne frega».

Tutta tensione sprecata, perché Carlo aveva accostato al marciapiede la sua carrozza – che di cavalli ne ha trecentocinquanta, altro che tiro a quattro! – e subito un valletto era uscito con un ombrello ad accogliere le signorine.

Il direttore poi li aveva accompagnati nella Suite Deluxe, all'ultimo piano, una camera sontuosa, collegata da una porta a soffietto in legno, come un enorme sé-paré, a una grande sala, divani e poltrone in un angolo per la conversazione, sedie rosse e oro perfettamente allineate alle pareti, broccati, tende pesanti, tappeti, finestre altissime, tutto solenne. C'è un piano Steinway a mezza coda, l'ambiente è elegante, ma anche accogliente, caldo. Su una poltrona è seduto Umberto Serrani, composto, appena un po' teso, con una bella giacca chiara che brilla in tutto quel rosso della sceno-grafia. Un bastone elegante, con il pomo come una palla da biliardo, è appoggiato alla poltrona, Carlo registra questo vezzo del vecchio, questo suo abbandonarsi al sapore di inizio Novecento che c'è lì dentro.

Le presentazioni sono un po' maldestre. Il direttore finisce il suo teatrino e se ne va. Quando il vecchio si alza e tende la mano a Sonia c'è un momento di silenzio assoluto, come quando hai già visto il lampo ma non è ancora arrivato il tuono, una sospensione. Lei è ferita, spaventata, ma anche curiosa, speranzosa non sa di cosa. Una buona notizia, magari, qualche ora di fuga dai suoi pensieri. Lui invece...

Già, si chiede Carlo osservando la scena, e lui? Cosa cerca? Cosa vuole? Un risarcimento per una persona che è stata importante nella sua vita, con cui si sente in debito, e che ora... O forse è solo un'ossessione delle sue, di quelle da «coltivare in santa pace», un capriccio, una mattana da vecchio ricco, da nobile ottocentesco che finanzia il salotto della sua protetta, forse tutto quello Zola che si è fatto leggere a Napoli gli ha fatto male... Ma c'è anche quel discorso dei rimpianti, il tempo che è poco, pochissimo, che fugge via.

Certo, Carlo gli aveva chiesto di spiegargli tutti quegli sforzi, quelle telefonate, quelle indagini, l'incontro con Sonia... insomma, aveva chiesto Carlo: perché?

E quello aveva fatto una risatina dolente:

«Sa cos'ho letto, caro Monterossi? Ho letto che la vita media di un uomo è di quattromila settimane... poche, non trova? Sembra un tempo molto più breve di... settantasette anni. Oh, certo, si spera sempre di superare la media, ma... Quante settimane mi restano, Carlo, trecento? Quattrocento? Fa impressione, non trova?».

Non aveva aggiunto parola, come se quel ragionamento spiegasse tutto, ma proprio tutto, della vita. E pensandoci, poi, Carlo si era detto che sì, da quella prospettiva, vista da quell'angolazione nuova, ogni cosa cadeva male, si spiegazzava.

Settimane, aveva pensato. Settimane, porca puttana.

Ora il vecchio e Sonia sono seduti quasi dirimpetto su due poltrone e tentano di smussare le parole per porgerle all'altro il più gentilmente possibile. Carlo capisce che devono stare soli, così fa un cenno a Federica.

«Lei mi accompagna al bar, vero?».

«Certo».

È un'ora bizzarra per il bar del Diana, è presto per la fauna dell'aperitivo da un milione di dollari, le signore griffate, la gioventù placcata oro, il tintinnare del ghiaccio nei drink che copre le conversazioni. E per fortuna. C'è solo qualche uomo di passaggio, uno che consulta delle carte con un caffè davanti, un paio di modelle che aspettano l'ora di andare al casting, o chissà dove, e una macchina che le venga a ritirare con la bolla di consegna.

Federica parla subito dell'amica, dell'assurda altalena emotiva di questi giorni. I piccoli momenti di leggerezza scavati via a fatica da un grumo durissimo di paura, di tristezza. La polizia che telefona e chiede chiarimenti, informazioni. Gli amici di passaggio che sono un sollievo, ma anche un tormento, perché impediscono di crollare, di cedere nel naufragio liberatorio della disperazione, quando Sonia piange a dirotto per la madre e per sé, e lei la tiene stretta come un bambino.

Ma soprattutto Federica vuole sapere cosa succede.

Sonia è agitata, timorosa, si aspetta chissà che, e al tempo stesso non sa cosa aspettarsi. Un incontro con un ammiratore, perché no, una distrazione, una boccata d'aria, ma lei pensava a un caffè in un bar, un baciamano e un mazzo di fiori, magari, non alla suite del Diana, al direttore che la accoglie come una diva, a una specie di sala da concerto con pianoforte e alcova... che si è messo in testa il vecchio?

Carlo la rassicura. Per quanto ha capito lui non c'è niente di torbido. Il vecchio aveva un debito con la madre di Sonia... non saprebbe dire esattamente che debito, ma certo non una faccenda di soldi. È tentato di farle il discorso dei rimpianti, ma forse lei non capirebbe...

«Quanti anni ha, Federica?».

«Ventisei».

Ecco, si dice Carlo Monterossi, fine psicologo, questo archivia il discorso dei rimpianti.

«Come sta?».

«Gliel'ho detto», scatta quella, un po' nervosa, «è stordita, è triste...».

«No, scusi, non ha capito... come sta lei, Federica?».

Lei lo guarda un po' stupita.

«Sa una cosa? In questi dieci giorni, nessuno me l'ha chiesto. E lo trovo giusto, è Sonia quella che ha bisogno, non io... se me lo chiedessero mi sembrerebbe una domanda fuori luogo, come andare all'ospedale per avere notizie sulla salute dell'infermiere... eppure sì, forse ha un senso... lei lavora per il signor... Serrani, giusto?».

«No, non proprio... diciamo che ci siamo incontrati per caso e mi ha chiesto di fare questa ambasciata alla sua amica. Sembrava anche a me una bizzarria, ma poi ho capito: aveva timore di non spiegarsi, di essere frainteso, un invito al telefono... non so, credo che il vecchio abbia dei sensi di colpa, dei rimorsi, e che non voglia fare errori con la signorina Sonia... Se pensa a secondi fini di tipo... beh, ha capito... lo escluderei, ecco».

«Abbiamo qualcosa in comune», dice Federica.

È carina, non bella, ma gioca perfettamente il suo jolly, quello di avere ventisei anni. Nemmeno mille-quattrocento settimane. Carlo la guarda come per chiedere spiegazioni: qualcosa in comune?

«Massì, sia io che lei siamo dentro questo spettacolo senza avere una parte. Io con Sonia, il sostegno da amica, ho rinviato un esame, ho deciso che starò con lei finché non la vedrò cantare come prima, o ridere... E lei con il vecchio, non sa nemmeno perché, forse soltanto perché è una bella storia, o perché vuole vedere come va a finire... non ne parli con Sonia».

«Ma no, certo...».

«Sonia le direbbe che è solo melodramma, e che per questo è bellissimo. Direbbe... vedi che esiste, il melodramma? A me basta che nessuno le faccia male in nessun modo... ha avuto la sua razione, direi».

Carlo la guarda come per firmare una promessa.

Poi parlano d'altro finché lei non ha finito il suo tè e decidono che possono risalire nella suite. Trovano Sonia e il vecchio come li avevano lasciati, lei ha gli occhi rossi, ha pianto, lui ha l'aria più tranquilla, placata, come se fosse riuscito a spiegare bene le cose, ma quali non lo sa nessuno.

Ora sono seduti in quattro. Con la luce timida che entra dalle finestre, con il pianoforte lucente che riverbera sul parquet lucidissimo, sembra proprio quello che è, un salotto per buona conversazione, ci si aspetta che da un momento all'altro venga annunciato il principe Myškin.

Sonia spiega a Federica la proposta del vecchio, anche se tutti sanno che è solo una parte della storia, e che ciò che si sono detti è cosa loro, in qualche modo inviolabile, come se fosse scritta sulla lapide di Giulia Zerbi.

Ma insomma, il signor Serrani le offre la possibilità di arrivare al concorso di Basilea nel migliore dei modi, quella suite per studiare senza pensieri e, se vuole, da abitare per un po' di tempo, poi qualche agevolazione economica, una mano con le faccende di soldi in sospeso, perché lei non ne sa niente e se ne occupava mamma... Ha parlato anche di un maestro, di concentrarsi seriamente sul concorso... Sonia si torce le mani, si capisce che non sa cosa fare, cerca con gli occhi gli occhi dell'amica per dirle, e ora? Si rende conto che la faccenda è un po'... fuori dalle convenzioni, ma si vede anche che spera di trovare una scappatoia, perché accettare sarebbe dare una svolta, almeno per quei giorni cupi, e poi dopo, chissà...

Carlo sorride: vede quei dubbi e quelle speranze mischiarsi così, in una ragazza con gli occhi rossi che ha tirato fuori il vestito buono per andare in una reggia e poi ha scoperto che... sì, dannazione, è proprio una reggia, e che ci fa lei in una reggia?

Ora Carlo scambia un'occhiata con Federica e comincia a parlare:

«Capisco le perplessità della signorina... un... mecenate... un amico che lei non ha mai visto... Sì, mi rendo conto. Però io credo che la signorina Sonia debba essere un po'... la parola egoista temo sia fuori luogo, ma... Ecco, mi pare un'occasione che sarebbe un peccato perdere... e cambiare idea non costa niente, tra l'altro. Potreste provare qualche giorno, vedere che succede... Federica immagino sia compresa...».

«Oh, sì, certo!», e questa è Sonia.

Il vecchio sorride, ma non è un sorriso di vittoria. Carlo lo guarda. Sta cercando nella ragazza i tratti della signora Zerbi? Nelle espressioni? Nella voce? È qualcosa nella curva degli occhi? Che ricordi ha ora, cosa rimpiange, esattamente, quale enorme, spettacolosa, incommensurabile minuzia di un istante qualsiasi con quella donna? Vai a sapere le cose che ti restano in testa dopo venticinque anni... Un tocco delle mani, un modo di ridere, infinitesimali dettagli che gli si sono conficcati dentro, e ancora bruciano.

«È un regalo enorme», dice ora Federica, facendo un gesto con la mano che abbraccia tutta la suite. «E...

non vorrei essere prosaica, e mi piacciono pure le fiabe, per carità, ma qui si tratta di... una specie di adozione. L'aiuto per il concorso, questa... questa residenza da principesse, il maestro di canto... tutto così improvviso... ammetterete che...».

Ora è il vecchio che vuole parlare, che si agita sulla poltrona.

«Lei si chiede, signorina, cosa può volere in cambio un estraneo, un vecchio che mette a disposizione...», fa un gesto della mano anche lui, in qualche modo le fa il verso. «Ma non è questa la domanda, signorina Federica. La domanda che mi faccio io è perché non prima. Perché non quando Giu... la signora Zerbi era viva, o in tutto questo tempo... La signorina ha ventitré anni, lei... qualcuno in più? Sempre scandalosamente pochi, signorina Federica, ma sempre abbastanza per avere dei rimpianti, domani...».

Eccolo che arriva, pensa Carlo.

«... i rimpianti non sono una cosa che si può quantificare, sa? O forse sì... e in questo caso le assicuro che tutto questo – fa il gesto di prima – non solleva nemmeno una piccola parte dei pesi che porto. Non dirò più di questo, signori, quello che c'è da sapere lo sa la signorina Sonia... per quanto posso capire è una ragazza che apprezza le confessioni a cuore aperto, e si intende di melodramma».

Sonia ride, così anche Federica s'illumina.

Le ragazze si alzano e passeggiano per la grande sala, vanno nell'altra stanza, è un consulto, ma anche un'esplorazione, dove sono finite? La camera, quella che

163

dà sul grande salone, è immensa, con due letti *queen size*, poltroncine, un mobile da toletta antico che metterebbe voglia di sedersi a spazzolarsi i capelli anche a un calvo. Nella stanza da bagno c'è una vasca gigantesca, collocata al centro, con i suoi piedini, si direbbe un liberty tardivo, ammiccante, sbarazzino. Seduta sul bordo, Sonia si morde un labbro, Federica la rassicura e intanto studia il set da doccia, mancano solo una boccetta di Chanel numero cinque e George Clooney che te ne versa una goccia sul collo.

Quando tornano nel salone sorridono, Sonia è più tranquilla, i tratti del volto sono più distesi. Qualche giorno, dicono, poi ne riparliamo. Una piccola vacanza. Un po' d'aria dalla finestra in questo novembre duro e doloroso. E il salotto, naturalmente sarà aperto, al signor Serrani, a Carlo, agli amici.

«Oddio, così mi fate sentire una specie di gran dama che riceve a corte».

«Sarà proprio così», dice il vecchio, «e poi che gusto ci sarebbe, se non la sento cantare?».

Ora che tutto si è sciolto, il vecchio si risiede e invita Sonia accanto a lui. Entra, dopo aver bussato discretamente, un uomo anziano quasi quanto lui, sottile, che si muove a scatti.

«Questo è il dottor Lecci, Sonia. Io lo chiamo ragionier Lecci, ma solo per farlo arrabbiare... è un mago dei conti, sa?».

Lecci si siede, sorride, ha una faccia simpatica che dice: il signore esagera, dai, su, lavoriamo.

«Mi sono permesso di... monitorare la situazione della signorina dopo... dopo il grave lutto. È una situazione che va stabilizzata...».

Poi elenca le cose da fare, riscattare l'ipoteca sulla casa, individuare piccole forme di risparmio, costruire un conto che le permetta di non avere preoccupazioni immediate...

«Bene, Lecci, se ne occupi».

«Mi servirà qualche firma...».

Ora sono loro che si appartano, le due volpi della finanza, il vecchio dà disposizioni secche e veloci, quell'altro annuisce, sempre sorridendo. È vero che sembrano il capufficio e l'impiegato – uno ordina, l'altro fa – ma si parlano come vecchi amici, complici a cui basta un cenno per capire tutto. Poi Lecci saluta e se ne va.

Tornano in quella specie di salottino che occupa un angolo del salone. È arrivata una bottiglia di champagne con gli omaggi della direzione dell'albergo, e hanno brindato, ma il vecchio non ha perso il suo piglio di organizzatore.

«Per quanto riguarda il maestro...».

Sonia è come tramortita. Federica guarda Carlo come dire: visto? Noi siamo il gentile pubblico. Lui annuisce, perché è vero, e perché trova che quell'osservazione della ragazza, quella che ha fatto giù al bar, è particolarmente acuta. Due persone che dicono «che ci faccio io qui?», ma che non possono andarsene.

«Per quanto riguarda il maestro... avrei due nomi, che mi dicono egregi... io non me ne intendo, quindi la scelta è sua, Sonia, a meno che lei non abbia un suo maestro di fiducia... Sono... – estrae un foglio dalla tasca interna della giacca – Gustav Müllander e... Adilio Tononi... non so se...».

«Adilio Tononi?».

Sonia l'ha chiesto come se le avessero detto che sta per arrivare lì Toscanini.

«Tononi è una specie di autorità, di totem... Oddio, ma io... non so se... ci sono soprano affermati, gente che canta alla Scala che vorrebbe... che si taglierebbe un braccio per...».

«Su, su, non esageriamo, ora. Sarebbe... ehm... disdicevole fare Violetta senza un braccio soltanto per cantare un po' meglio. Con tutto che avrebbe già la tisi, no? Che crudeltà!».

Sonia ride e non sa che dire.

Ora sono le sette e mezza. Sonia voleva andare a prendere qualche vestito, a casa di Federica, ma l'amica ha proposto di chiamare gli amici e chiedere se possono mettere qualcosa in una valigia e portarlo lì, quindi è cominciata una lunga telefonata con le indicazioni... no, non quello rosso, e la gonna, quella blu... e anche il vestito di scena, perché no?, sì, è bianco... Cose da ragazze, insomma, per le quali il vecchio sorride con una tenerezza che non riesce a mascherare.

Carlo si chiede cosa gli passa per la testa, se questo spettacolo che ha messo in piedi, che deve costargli una fortuna, questa nuova ossessione, lo sta ripagando. Se i suoi fantasmi si placano mentre guarda le due ragazze organizzare un piccolo trasloco come se dicessero a casa: ma sì, ma sì, a Versailles, la reggia, no? Chiedete della principessa Sonia... subito! Sellate i cavalli!

Il vecchio ora è seduto in un modo diverso. Da padrone di casa è diventato ospite, il suo ruolo di Mago Merlino è esaurito, ha consegnato le chiavi del castello con un sospiro di sollievo.

Le ragazze però non se la sentono di uscire a cena, poi aspettano che gli amici portino un paio di valigie, poi... Sonia ammette di essere confusa, parla in fretta, infervorata, le guance rosse. Federica la guarda come una tigre che sorveglia il cucciolo.

Risolve tutto una telefonata, naturalmente, come si fa a quelle altezze di reddito e di potenza, e un'ora dopo c'è una processione di carrelli con grandi piatti, pietanze, bicchieri, cupole del Brunelleschi in argento che coprono una cena degna di Katrina, che per Carlo è il massimo apprezzamento possibile.

Poi arrivano gli amici delle ragazze, che mangiano anche loro. Uno si chiama Roger, è tedesco, vive in Svizzera, la madre è francese, parla un buon italiano rigido e spigoloso, suona il piano. L'altro è un giovane insegnante di chitarra classica, di Roma, le ragazze lo chiamano Segovia, lui chiama Sonia «mia Divina», scherzano, tengono l'aria frizzante, perché quando un amico ha un dispiacere grosso si fa di tutto per distrarlo. Poi Roger si siede al piano. Si mette comodo, toglie la giacca, appoggia il telefono e il portafoglio sul coperchio lucido dello Steinway e fa qualche scala, prova l'accordatura, annuisce contento...

Federica sa cosa sta per succedere e si mette comoda. Il vecchio e Carlo non lo sanno, e quindi rimangono di sasso, due mosche imprigionate nell'ambra, immobili. Carlo Monterossi si sorprende a trattenere il fiato.

Perché dopo un piccolo cenno d'intesa, il ragazzo ha cominciato a suonare e Sonia ha buttato fuori la sua voce. Una voce sottile, finissima, che si può ascoltare in trasparenza, e al tempo stesso fiera e dritta come una lama alzata verso il cielo, le parole ben scandite, come se andassero in discesa, curvando senza scossoni, fino all'impennata di un gorgheggio mirabolante, intarsiato come una miniatura. La meraviglia.

Il signor Serrani ha chiuso gli occhi, e forse questo è il momento in cui si complimenta con se stesso per quello che ha fatto negli ultimi giorni. Carlo invece guarda tutto, beve tutto, come non volesse farsi sfuggire nemmeno una goccia di quel nettare. Cos'è questa roba divina? Come si chiama questo pezzo di vetrata gotica che illumina la sala con le grandi tende rosse? Forse, pensa, c'è un discorso dei rimpianti anche per la musica: quanta ce ne siamo persa? Quali meraviglie ci sono sconosciute?

Ora i ragazzi prendono in giro Sonia, citano un mondo tutto loro, i nomi dei maestri che avevano alla scuola di canto, in Francia, compositori, direttori d'orchestra, cantanti. Il giovane Segovia punta l'indice contro Sonia e fa la sua recita:

«Questa ragazza, signori, questa giovane donna, vuole passare per un soprano leggero, ma si sbaglia. Per modestia, forse, ve lo concedo... ma ella è un soprano drammatico... l'espressione! La pasta della voce!».

Gli altri ridono.

«No! No! Son leggera! Son leggera!», trilla Sonia mentre Federica ride con gli occhi. Giocano.

Così il tedesco Roger picchia sui tasti l'apertura di un'altra aria, più saltellante, ironica, e lei lo segue subito, felice.

Non si dà follia maggiore...

Questa Carlo la riconosce, e anche il vecchio. È la cavatina del *Turco in Italia*, quando donna Fiorilla dice che sì, insomma, che spreco amare un uomo alla volta, forse che l'ape si posa sempre sullo stesso fiore? Un Rossini giovanissimo, scostumato e ammiccante, l'idolo delle ragazze, una specie di Sinatra nel '43, di Paul McCartney nel '65, con l'Italia ai suoi piedi, la Scala luccicante per la prima, principi e re che se lo contendono, donne, a decine, a centinaia, prese per incantamento, anni di trionfi davanti a sé.

Tante settimane ancora.

Non si dà follia maggiore
dell'amare un solo oggetto:
noia arreca, e non diletto
il piacere d'ogni dì.

Anche se sono solo cinque persone, oltre alla cantante, l'applauso è fragoroso.

«È leggera! È leggera!», dice Federica.

Va tutto bene, va tutto benissimo. Sonia ha gli occhi che brillano.

Verso le nove è arrivato Oscar Falcone, così adesso nella sala dei ricevimenti dove l'usignolo ha appena cantato c'è anche uno vestito male, i jeans, un maglione, una giacca tutta bagnata. Ha telefonato poco fa e Carlo gli ha detto di raggiungerli, il vecchio lo aspetta.

Oscar guarda Carlo come per chiedere che succede lì dentro, perché venendo da fuori la scena dev'essere strana, sì, ma poi si apparta con il signor Serrani. Carlo non resiste e si unisce ai due, mentre i ragazzi continuano a parlare, scherzare, citare nomi famosi e numeri incomprensibili, che però forse contengono altre meraviglie come quelle che hanno appena sentito.

Oscar ha dato qualche foglio in mano al vecchio e ha detto: «Sono loro». Intende gli assassini di Giulia Zerbi, quelli che l'hanno frustata sulla faccia, che le hanno spaccato la testa, che l'hanno spezzata per sempre.

Il vecchio scorre i fogli. Ci sono i nomi, i cognomi, gli indirizzi; di uno, lo zoppo, persino un numero di cellulare.

«È stato facile», dice Oscar, «ma solo perché qualcuno mi ha aiutato, qualcuno che mi ha dato una pista... più di una pista».

Poi spiega: lo zoppo, il Maione, è quello che guidava; l'altro, il Ferri, è quello che va in giro con un frustino, una specie di animale, uno che risponde perfettamente all'idea che la gente ha di un criminale.

«Un risultato strabiliante, giovanotto», dice il vecchio, ma lo dice senza soddisfazione. Due nomi, due cognomi, due indirizzi, è tutto qui? È tutto qui, due fogli di carta, quello che gli rimane in mano di un disastro come la morte della sua Giulia?

«E ora?», chiede Carlo.

«Ora cosa?». Il vecchio non capisce.

«Ora che abbiamo in mano i nomi di due assassini prima della polizia, ora che sappiamo...».

«Io dico che li prendono», dice Oscar, «perché è vero che io ho avuto delle fonti riservate, ma è vero anche che mi sembrano un po' troppo sportivi per quello che hanno fatto. O credono di essere al sicuro per qualche strano motivo, oppure sono proprio scemi. Il primo che ha bisogno di un favore dalla polizia se li vende al volo, senza stare a pensarci nemmeno un minuto».

Però è il vecchio che paga, è lui che decide, e loro lo guardano con una domanda negli occhi: beh, che si fa?

Il signor Serrani fissa ancora i fogli, come se sopra ci vedesse dei volti, anzi, delle vite intere, anche se non c'è nemmeno una foto.

«Ci penserò», dice.

Poi, siccome Carlo e Oscar sembrano stupiti, aggiunge: «Non ora, non oggi, non in questo momento».

I ragazzi chiacchierano tra loro senza affanni, come compagni di scuola. Sonia spiega lo strano accordo con il vecchio, i due annuiscono, anche loro consigliano di prendere quel colpo di fortuna al volo, di mangiarlo come un pasticcino buonissimo, senza chiedersi perché il pasticciere te lo regala. Sonia sembra più serena.

Oscar, Carlo e il vecchio tornano verso il gruppo, ma Oscar trattiene il signor Serrani ancora per un momento, toglie di tasca un piccolo sacchetto di panno e glielo porge.

«La collana. L'aveva venduta a un gioielliere per bisogno di contanti, l'ho ricomprata a diecimila, usando i soldi che mi ha dato. A parte questa, non ho avuto altre spese».

«Domani faremo i conti e parleremo del suo onorario, ragazzo mio, ma sappia che sono impressionato».

«Le ripeto che sono stato aiutato».

«Chi sa farsi aiutare è bravo, ragazzo, non gliel'hanno mai detto?».

Poi il vecchio fa per raggiungere Sonia che sta appoggiata al pianoforte, mentre Roger racconta qualcosa che pare divertente, ma Carlo lo ferma, lo prende per un braccio, anche un po' bruscamente.

«Non ora, signor Serrani».

«Come?».

«Non ora, la collana, aspetti domani, o qualche giorno ancora... Non si rende conto che quella ragazza è tramortita da quanto le sta succedendo? Voleva vedere Cenerentola che diventa regina? Bene, per oggi l'ha vista. Ora sia prudente, la prego, è una ragazzina!».

«Lei è un uomo intelligente, Carlo, per questo mi stupisce che sia anche una brava persona, ma per una volta sono costretto ad accettare l'anomalia».

Poi Umberto Serrani mette il sacchetto di panno in una tasca della giacca e si dirige verso i ragazzi. Chiede se va tutto bene, dice a Sonia e Federica di non esitare, qualunque cosa serva, qualunque esigenza, che non si mettano a fare le timide.

«È nel nostro patto, eh! Mi raccomando».

Ora c'è una quiete di piccole chiacchiere, ma bussano ancora alla porta.

Carlo Monterossi, che ha una sua cultura anche se non si direbbe, si chiede dove diavolo sono finiti. In una commedia di Feydeau, che si apre una porta entra Tizio, poi esce Tizio ed entra Caio, poi...?

Invece entrano i sovrintendenti di polizia Ghezzi e Carella, appena un po' più bagnati del capitano Achab legato alla balena.

Si scusano dell'intrusione, ma devono mostrare una foto alla signorina e...

La faccia che fa Tarcisio Ghezzi quando vede il Monterossi non è descrivibile. La sorpresa di scoprire un guerriero ninja nel frigorifero può rendere l'idea, ma solo alla lontana.

Oscar se ne va all'inglese, anche se quelli lo vedono uscire... C'era e non c'è più, fa così, lui.

Prima il dovere. Ghezzi toglie un foglio da una tasca interna del giaccone, lo spiega per bene e lo mostra a Sonia, che scuote la testa.

«Mai visto? Sicura?».

«Sicura, chi è?».

«Non lo sappiamo ancora», dice Carella.

«È quello che ha ammazzato mamma?».

«No, ma è uno che lo frequenta, se prendiamo questo prendiamo anche l'altro».

La ragazza non riconosce il tizio dell'identikit, e così Ghezzi fa due passi verso il Monterossi, lo prende per un braccio con una stretta sicura e lo porta all'altro capo della stanza.

«Mi dica che non è vero, Monterossi».

«Vero cosa?».

«Che lei in qualche modo, anche laterale, anche lontanissimo, è implicato in questa faccenda della Zerbi».

«Ghezzi, ma noi non eravamo amici? E poi... implicato... che significa?».

«Significa che voglio capire perché ci capita tra i coglioni questa volta, Monterossi. È chiaro o devo farle un disegno?».

Carella si è avvicinato ai due. Sa che Ghezzi ha qualche simpatia per quel tipo, ma lui no, anzi. Lo ha già incrociato in un'altra brutta storia, è uno che si fa un sacco di pippe su quello che è giusto e sbagliato, sui buoni e i cattivi, ma fa solo casino, si concede il lusso di avere un codice etico, mentre loro si fanno il culo con in mano il codice penale.

«Su, sentiamo la cazzata», dice.

Carlo fa segno di non allarmare le signorine e presenta tutti indicandoli da lontano, Sonia già la conoscono, l'altra anche, è la sua amica Federica, i giovanotti sono un pianista tedesco, svizzero, chi lo sa, si è scordato il nome, e l'altro un chitarrista, lo chiamano Segovia.

«Ma secondo me non si chiama davvero così».

«Molto spiritoso», dice Carella. È incazzato come De Gaulle nel '68.

«E il signore?», chiede Ghezzi indicando Serrani.

«Il signore è Babbo Natale, è arrivato un po' in anticipo».

Carella sta per esplodere. Ghezzi capisce che deve mettersi di mezzo lui, capace che il collega fa qualche sciocchezza. Così gli lancia un'occhiata che dice: lascia fare a me, e sposta Carlo qualche passo in là.

«Insomma, che storia è, Monterossi?».

«Non so se le piace la commedia sentimentale, Ghezzi, ma la povera signora Zerbi era una vecchia fiamma del signor Serrani, che vede lì. E lui ha deciso di prendersi cura della ragazza, sa che ha un concorso importante, vero? Ecco, tutto qui, una questione... umanitaria, diciamo, che però ha i suoi risvolti psicologici, ha a che fare con il senso di colpa e il rimpianto, l'amore, la paura di morire... se ha un paio di giorni liberi le spiego meglio...».

«Non faccia il cretino, Monterossi. Mi dica solo se c'è di mezzo un'indagine di quel suo amico odioso, quel... Falcone. L'ho visto uscire, sa, non sono mica cieco».

«Ma no, Ghezzi, cosa va a pensare! Oscar Falcone è un grande patito di lirica, non lo sapeva? È venuto qui perché ha saputo che la signorina teneva... una piccola esibizione, ecco».

«Non ci credo nemmeno se me lo dice la Madonna».

«Blasfemo!».

Tarcisio Ghezzi non è dell'umore giusto, ha preso acqua tutto il giorno, ha fatto vedere quella faccia di cazzo del sedicente Giorgio Rossi a mezzo mondo, e nonostante tutti dicessero sì, sì, è lui, non ha in mano nient'altro, ne sa come prima, la frustrazione se lo mangia.

«Le faccio una promessa, Monterossi. Se nella nostra indagine per omicidio viene fuori anche solo alla lontana, anche di striscio, che lei e il suo amico stronzo c'entrate in qualche modo...».

«Io le rovino la vita, Monterossi, le faccio cagare vetro», chiude Carella, che si è riavvicinato ai due, addirittura minaccioso.

Poi se ne vanno com'erano venuti. Solo Ghezzi ha salutato, e Carella non ha sbattuto la porta soltanto perché è uscito per primo.

Che succede ora, entra un elefante rosa? I Beatles che si riuniscono qui, anche i morti? Cos'altro può accadere?, si chiede Carlo.

Però tutto torna subito alla normalità, i ragazzi chiacchierano tra loro e con il vecchio, si vede che non vuole essere invadente ed entrare nei loro discorsi, ma un po' di classica la conosce anche lui, e sentire giovani poco più che ventenni discutere della *Tosca* e del *Rigoletto*, beh, chi resisterebbe?

Federica, che se ne intende molto meno, chiede a Carlo cosa volevano i poliziotti, no, non l'identikit, il resto. Carlo sta sul vago. Sonia si accorge che in quel bailamme di valigie fatte dagli amici su imperiose direttive telefoniche non ha pensato alla borsa con gli spartiti, gli esercizi, e se arriva Tononi... è disperata. Tutti si offrono di accompagnarla a casa, in mattinata, e lei si rasserena un po'. Carlo pensa che è un bell'ottovolante, per la ragazza, e forse è il momento di lasciarla sola con la sua amica, a piangere e strabiliarsi ancora per la giornata. Il vecchio, come preso da un pensiero improvviso, si tasta le tasche della giacca e lancia una piccola imprecazione. Poi prende dal piano lucido dello Steinway il telefono di Roger, il giovane pianista.

«Posso chiederle la cortesia di fare una chiamata, giovanotto? Una cosa rapidissima, e non ho il mio cellulare».

«Ma certo!», dice il ragazzo. «Nessun problema».

Ci mancherebbe di negare una cortesia al mecenate di Sonia.

Oscar è tornato nella suite quando ha visto andar via i poliziotti e parla con Carlo. Domani per lui la faccenda si chiude. Il lavoro è fatto, se ci saranno sviluppi si vedrà, andrà dal vecchio, parleranno di soldi e magari gli caverà qualcosa in più sulle sue intenzioni. La soluzione migliore sarebbe stata telefonare al sovrintendente Ghezzi e fargli dono di due assassini con nome e cognome, ma con il teatrino di poco fa... e poi la decisione spetta al cliente, cioè a Umberto Serrani.

«Certo che è strano forte, il vecchio».

«È tutto strano, è stata una giornata strana».

Infatti sono tutti stanchissimi. I ragazzi – Segovia e il tedesco – salutano, ringraziano molto il signor Serrani, che ora è in piedi accanto a Sonia e Federica e sorride, si informa se va tutto bene, sembra l'unico nella sala a non essere stanco, anzi, ha negli occhi...

Anche Carlo si avvicina per salutare, è chiaro che la serata è finita e che per oggi basta così, pure troppo, grazie.

«Bene, signor Serrani... posso dire che è stato veramente un piacere. Tratti male questa ragazza... queste ragazze... e la sfiderò a duello».

Ma poi si fa più serio:

«Davvero tanti auguri, Serrani. Credo di poter dire che ha fatto una bella cosa, non capita tutti i giorni, e...».

«Che sta dicendo, Monterossi?».

«Beh, Oscar ha finito il suo lavoro, io il mio...».

«Ma che dice! Lei ha appena iniziato, Carlo! Ora lei si informa per bene su questo concorso di Basilea. E non intendo le date, sa? Intendo come, quando, dove, perché, chi è la giuria, chi paga, chi ha vinto negli ultimi anni, quali sono gli sponsor, se c'è un repertorio più gradito di altri per le concorrenti... tutto».

«Non mi va che la ragazza giochi sporco».

«Nessun gioco sporco, Monterossi, come le viene in mente? Ma notizie sì, la preparazione, i dettagli... c'è il diavolo nei dettagli, sa? E noi lo vedremo bene prima di tutti, perché noi non lasciamo niente al caso, giusto?».

Carlo non sa che dire, ma quello va avanti come un treno:

«E poi dobbiamo parlare, Carlo, anche di come comportarci con quei due... io non voglio avere a che fare con la polizia, non che ne abbia particolari timori, ma... non mi va, ecco. Un ragazzo in gamba ha trovato gli assassini in poche ore e quelli sono là che non cavano un ragno dal buco, vanno in giro con il disegno di uno che non c'entra niente... ammetterà che non ispirano questa gran fiducia... dobbiamo parlare, io e lei... o mi trova così sgradevole?».

«Per niente, ma...».

«Niente ma. Mi chiami domani, nel pomeriggio, forse le ragazze ci inviteranno per il tè, in più domani, o dopo, aspetto conferma, dovrò vedere il maestro Tononi... Da quel che dice la ragazza pare che abbiamo ingaggiato von Karajan...».

Carlo ride. Il vecchio è davvero pazzo, pensa, ma c'è qualcosa in lui che lo rende... non trova la parola. Eccentrico, sì, ma non solo... Libero, forse, sì, libero. Ora capisce il significato di quella frase, «coltivare le mie ossessioni in santa pace». Pensa a quella faccenda delle settimane che dura una vita, ci pensa parecchio, a dirla tutta, e ci pensa ancora quando sale in macchina e si dirige verso casa.

Appena accende il motore parte un vecchio pezzo di Dylan e Carlo pensa che è la cosa più lontana che si possa immaginare da quei gorgheggi divini, però è vero che se esiste un discorso dei rimpianti lui è quello che lo fa meglio, che lo spiega meglio, che lo conficca come una lama e poi gira, impietoso, con un sorriso che pare un ghigno, come una donna amata che ti stende con due parole: «Che ti aspettavi? Io te l'avevo detto».

You'll never know the hurt I suffered
nor the pain I rise above,
And I'll never know the same about you,
your holiness or your kind of love
*And it makes me feel so sorry.**

Appunto.

La casa è vuota. Carlo apre la porta finestra che dà sulla terrazza e guarda la pioggia che viene giù fitta, implacabile, senza redenzione. Piove da quando si ricorda, da quando se n'è andata Maria, da quando ha provato tutti gli unguenti per ustioni, tutti i medicamenti per i tagli, i graffi, le punture di spillo, le fratture che si sente dentro.

Pensa a Bianca Ballesi, ora potrebbe essere lì con lui, forse addirittura gli manca un po', ma è solo egoismo, si dice, voglia di qualcuno che si occupi di lui. E poi non è una notte da stare in compagnia, proprio no, e chiamarla adesso che sono le undici passate vorrebbe dire creare un precedente che... Gli spiace di non aver chiesto a Sonia cos'era quella meraviglia che ha cantato, con quelle guglie di voce che salivano verso il cielo per precipitare giù, acute e maestose. C'era dentro qualcosa,

---

* Bob Dylan, *Idiot wind*: «Non saprai mai il dolore che ho sofferto né la pena che devo sopportare / Ed io non saprò mai lo stesso di te, della tua santità o del tuo amore / E questo mi dispiace».

c'era dentro un senso di morte, di lutto, di sconfitta che però non sembrava solo una preghiera. Sembrava... un arrendersi, ecco, un arrendersi irriducibile e infinito che diceva: questa è la resa, questa è la fine, qui è dove tutto si ferma, dove tutto tace.

E comunque: senti che bello.

Anche il vecchio è uscito dall'albergo, l'impermeabile chiuso fino al collo, il bastone che ticchetta sul marmo della hall e poi sul marciapiede. Sale su un taxi, dà l'indirizzo al guidatore e si abbandona sul sedile con un sospiro. Tutto è andato come doveva, tutto è stato giusto e tranquillo. Quando Sonia aveva pianto, quando erano rimasti soli e le aveva parlato della madre, lui le aveva preso la mano e l'aveva lasciata piangere. Non aveva detto «Su, su», o tentato piccole maldestre consolazioni, quei gesti di conforto a cui nessuno crede. L'aveva guardata piangere, e aveva deciso che la ragazza non aveva molto di Giulia. La forma degli occhi, forse, la linea della bocca, con le labbra sottili, ma senza quella piega di ironia dolce... Meglio così, aveva pensato il vecchio. Non vuole una copia, non vuole un ricordo, gli bastano i suoi.

Erano in un altro albergo, a Milano. Lui rubava i soliti due o tre giorni, lei lo aveva aspettato nella hall e si erano registrati insieme, con addosso la solita febbre, la solita urgenza. Ma lei non aveva voluto salire subito in camera: «Facciamo due passi, vuoi?».

Così si erano incamminati per le piccole vie dietro corso Magenta, fino a via De Amicis e al parco delle

Basiliche. Ad ogni passo lui sentiva qualcosa sciogliersi, come se vuotasse per la via, a poco a poco, un grosso sacco pieno di pesi inutili. Lei sacchi non ne aveva, o così sembrava. Avevano parlato di loro, cercando di analizzare cosa gli stava succedendo, cos'era quella febbre, quell'agitazione.

«Voglia», aveva detto lui.

«Ah, ma non solo».

«Allora non lo so».

«Tu non sai mai niente e poi viene fuori che sai tutto... sono solo attimi, sprazzi, Umberto, un giorno te li ricorderai confusi, vaghi, qualcosa di bello che non saprai dire cos'era».

«Non lo so nemmeno ora».

«Oh, sì che lo sai, sono attimi d'oro con cui ti farai una corona da re».

Tornati in albergo lui le aveva parlato a lungo, in un sussurro, appoggiandole le labbra a un orecchio, dopo averla spogliata piano, pianissimo, come se fosse un cristallo che poteva scheggiarsi da un momento all'altro. Lei poi era diventata violenta, frenetica, il suo piacere glielo aveva quasi urlato. Erano stanchi, svuotati.

«Sono pazza di te».

Lui non aveva saputo cosa dire, travolto e tramortito dalla sensazione che non ci fossero vie possibili, strade praticabili, se non farsi quella corona di attimi e mettersela in testa, proprio come un re.

«Siamo arrivati», dice il tassista. Il vecchio paga e scende, la pioggia confonde tutto, frusta il marciapiede, la strada, le persone che passano, anche se non passa nessuno.

È vero, non aveva saputo rispondere, lei gli si donava in quel modo e lui non aveva regali altrettanto grandi da farle.

Quattordici

Carella è nervoso. Piove troppo, un vero nubifragio, e non può aprire la finestra nella stanza del capo Gregori, così non può fumare, così tra un po' morderà le gambe dei tavoli.

Ghezzi è seduto dritto e composto, Gregori è dietro la scrivania che gli serve soprattutto come tamburo per le sue poderose manate di impotenza. Poi c'è il magistrato titolare dell'indagine, un ragazzo che maneggia un omicidio per la prima volta. Gentile, rispettoso, li tratta da professionisti, chiede consigli, insomma, le indagini le fanno loro, e lui dice sì o no alle carte da firmare. Più sì che no, perché fino ad ora non c'è stato niente da decidere.

Ghezzi ha convinto Carella a non dire niente di quel Monterossi che gli capita un'altra volta tra i piedi. Carella non ci ha messo molto a farsi convincere, ma questo non ha tranquillizzato Ghezzi, perché quel poliziotto nervoso, che fuma sempre e non dorme mai, che mangia il minimo indispensabile, che non trova pace finché non ha risolto il caso che ha per le mani... mah... potrebbe anche prendere iniziative personali, mentre il Ghezzi ha per Monterossi uno strano rispetto dovuto ai loro trascorsi. È uno che potrebbe fare la bella vita senza pensieri, e invece cerca sempre di mettere a posto le cose storte. Certo, a volte finisce che le incasini ancora di più, ma...

«Chi parla?», chiede Gregori. Non ha nemmeno bisogno di dire che le indagini si stanno mettendo male, lo sanno tutti. Allora comincia Ghezzi. Carella sta in piedi vicino alla finestra, ascolta e intanto controlla se per caso si calma il monsone. Il sostituto è concentrato come un lanciatore di coltelli.

«L'idea che ci siamo fatti è questa. Parliamo di tre persone. Sicuramente due hanno bruciato la macchina, quindi c'è da pensare che fossero in due anche mentre aggredivano la Zerbi, uno è sceso, quello col frustino, l'altro ha aspettato in macchina... la cuoca, l'unica testimone, non ci ha saputo dire da quale portiera è sceso il tizio, quindi non sappiamo davvero se era da solo o erano in due, ma logica vorrebbe... e poi via, sono andati in un posto studiato, preciso, preparato prima, a bruciare la macchina. Questo ci dice premeditazione, ed è la prima cosa strana».

«Perché?», chiede il ragazzo che coordina quelle vecchie volpi di strada. È una domanda stupida, ma Ghezzi è un uomo gentile e spiega per bene.

«Perché la morte della Zerbi è accidentale. Un conto è che tu rubi una macchina per sparare a qualcuno e poi corri a bruciarla, un altro conto è che tu fai a pugni... una precauzione spropositata al fatto... che poi il fatto sia diventato tragico è un altro conto... Lo

185

so che è difficile da spiegare, ma è come giocare in un'altra categoria: per due sberle alla signora che salta una rata non è che ti organizzi come Al Capone».

Adesso Carella è più calmo. Non piove più come in Cambogia, ma solo come in Irlanda, e quindi ha aperto la finestra e si è acceso una sigaretta, e ora parla lui.

«Questi qui li prendiamo», dice.

Gregori fa una faccia che chiede chiarimenti. Immediati. Subito.

La frase «Carella, non farmi incazzare» volteggia per la stanza come una farfalla, non deve nemmeno pronunciarla.

«È un delitto cretino, una roba da balordi. E invece la preparazione sembra roba da professionisti. I balordi li prendiamo, perché di una cosa così nel quartiere si parla, perché prima o poi uno dei due fa una cazzata, e poi perché ci stiamo guardando in giro e abbiamo un po' delimitato la zona, Bovisa, Dergano, in linea d'aria non è nemmeno un chilometro da via Torelli Viollier, ma è un altro mondo...».

«Carella, non farmi incazzare».

«Ci arrivo, capo. La cosa difficile è questa. Dei tre che cerchiamo uno è quello intelligente. È quel Giorgio Rossi che non si chiama Giorgio Rossi, che ormai possiamo dire che è il nostro poliziotto. Cioè, chi lo sa se è veramente un poliziotto, spero di no, ma il barista cinese ha visto l'identikit e ha detto che è lui, è quello che gli ha chiesto il pizzo, non direttamente, ma...».

Ghezzi tira fuori un foglio di carta e lo spiega per bene con le mani, poi lo passa a Gregori che lo passa al giovane sostituto procuratore. Giorgio Rossi ha la discreta faccia da coglione che hanno tutti negli identikit – e molti anche dal vero. Un caschetto di capelli neri, gli occhiali scuri a goccia, la bocca sottile, né grasso né magro, il naso importante, come si dice quando non si vuole offendere la gente che ha il naso troppo grosso.

«L'hanno riconosciuto tutti, i tre che pagavano, e naturalmente il funzionario di banca che ci ha aiutati a fare il fotofit; la figlia della vittima non l'ha mai visto, invece».

Carella riprende il filo. Ora che sono tutti concentrati sulle sue parole, si accende un'altra sigaretta senza alcun ritegno.

«L'idea di prestare i soldi a strozzo a uno che ti può dare altri aspiranti debitori, selezionati, buoni cittadini col conto in banca, è ottima, e ha gestito tutti i contatti senza lasciare tracce. E poi le vittime dicono che sa trattare, non sembra un animale, mentre a fare i solleciti, diciamo così, mandava quell'altro, il coglione col frustino, che è evidentemente un bulletto... Ecco, quello che non mi torna è questo: se lui li controlla, quei due deficienti, come è possibile che gli ammazzino una cliente? Non regge. E con quelle modalità, poi, come se fosse un'esecuzione preparata con cura... la parte della fuga e della macchina, almeno».

Il giovane sostituto piega un po' la testa e fissa Carella:

«Lei sta dicendo che è tutta una messa in scena e che quella della Zerbi è stata un'esecuzione mascherata da incidente? Oppure che i due con la macchina rubata e un posto pronto per bruciarla stavano andando a fare qualcosa di brutto... di più brutto, diciamo, e per caso sono incappati nella Zerbi? Un po' assurdo, non crede?».

«Credo di sì», dice Carella, «le cose non mi tornano, appunto».

Ghezzi sta per parlare ma gli suona il telefono, si sposta in un angolo, la faccia verso il muro, e si sentono solo frasi smozzicate:

«Ma dove?... Solo adesso, cazzo!... Ho capito...».

Poi si gira verso gli altri:

«Abbiamo un'impronta».

Siccome c'è un attimo di silenzio, Gregori ne approfitta per tirare la sua manata sulla scrivania, il che provoca un tuono spaventoso.

«Dopo dieci giorni abbiamo un'impronta, porca puttana? Dieci giorni? E dove cazzo sta questa impronta? Di chi è? Dai, Ghezzi, non farmi incazzare! Cosa dicono gli scienziati?».

Il giovane magistrato guarda la scena come se fosse al cinema, molto preso dalla storia, se qualcuno gli allungasse un bicchierone di popcorn sarebbe perfetto. Ghezzi invece lascia posare la polvere e poi spiega.

«Ci hanno messo una vita con la macchina, capo, sa che non si sa mai, poi la borsa della signora, niente nemmeno lì. Solo dopo hanno avuto l'idea delle taniche. Una era tutta sciolta e distrutta all'interno della macchina, ma... poteva bastare una tanica sola, piccola, per fare quel falò in pochi minuti? Sappiamo che erano

188

in due, sul posto, perché Ghezzi, qui, è andato a fare l'apache e ha trovato due serie di impronte di scarpe. Due uomini, due taniche, no? Rizzini, quello giovane della scientifica, è tornato là e ha cercato meglio, ha girato un po' tra i cespugli e ha trovato l'altra tanica, e lì c'era l'impronta, e non era facile con quest'acqua che viene, capo. Ha fatto un buon lavoro, invece...».

«Dieci giorni, porca puttana!».

Passa qualche minuto e hanno la scheda completa, cinque fogli tenuti insieme da una graffetta, recapitati a mano da uno che sembra un ragazzino e invece ha due lauree.

«Vede, capo», dice, «le corrispondenze...».

«Ma che cazzo me ne frega delle corrispondenze, Rizzini. Se tu mi dici che l'impronta è di questo qua, per me va bene», e corre all'ultima pagina del rapporto, che legge ad alta voce. «Nicola Maione, classe 1978, di Marcianise... ma è milanese da sempre perché noi lo conosciamo dal... 2004, furto con scasso, un appartamento. Poi ha rigato dritto, tutto sistemato, tanto che gli hanno pure dato le licenze per aprire quattro negozi di... boh, lettini abbronzanti, massaggi, che ne so, saranno bordelli».

Il giovane sostituto studia le carte – lui le guarda, le corrispondenze delle impronte, foto millimetrate che non lasciano dubbi, se uno se ne intende – ed è già lì che firma dei fogli.

«Andate a prenderlo», dice, «io chiedo gente per fare i controlli nei... negozi».

Ghezzi e Carella escono con il mandato, lui raccoglie le sue carte e le infila in una valigetta marrone. Saluta Gregori con un cenno del capo.

«Buon lavoro», dice.

Gregori non capisce se è un complimento o un augurio, se gli ha detto «bravi» o se è uno di quelli che dice «buon lavoro» come si dice buongiorno e buonasera. È una cosa che fanno a Milano, sapete, come il panettone, l'indice Mib e l'apericena.

I sumeri si sono estinti per molto meno.

Quindici

In un'ipotetica classifica delle cose che fanno incazzare un uomo, non molto staccato dalle cartelle esattoriali e dalla lite per il parcheggio, c'è il telefono cellulare che scivola e s'incastra tra il sedile e la plancia del cambio della macchina. Carlo impreca come un affiliato alla camorra a cui hanno rubato in casa, scava con la mano nell'intercapedine strettissima, considera quel problema un affronto personale. Possibile che gli ingegneri che hanno costruito quel gioiello di alluminio, radica, cuoio, computer di bordo, lucine, sensori, meccanica sopraffina e telecamere posteriori, non abbiano pensato che – porca puttana – ti può scivolare qualcosa in quella fessura?

Dopo vari tentativi recupera il cellulare intatto e la mano un po' ferita: c'è un taglio sulle nocche, il posto dove fa più male.

Così quando si vede a cena con Bianca Ballesi, in un ristorante di pesce che finge di essere una pescheria, con il banco e tutta la scenografia da porticciolo in Liguria, lei pensa che quel taglio sulle nocche sia frutto della spedizione punitiva contro il marito manesco, una ferita da cavaliere che ha sconfitto il drago. Carlo si agita, per questo: una bugia cretina di Oscar lo fa sembrare quello che non è, lui non vuole spiegare tutto, lei non chiede com'è andata la missione contro il cattivo e si crea un non detto che non si risolverà mai. Possibile che in ufficio, là da Flora De Pisis, la cosa sia già diventata leggenda: uh, il Monterossi che fa l'angelo vendicatore!

Però Bianca Ballesi è molto carina, spigliata, non pensa alle paturnie della diva Flora e ha il buonumore di chi sta sulla riva del fiume ad aspettare il cadavere. In ufficio circola come un samizdat clandestino una copia del libro di Flora. Prima un file pdf che tutti si passano via mail, poi brani scelti corredati da vari commenti.

C'è il capitolo in cui Flora, ragazzina di belle speranze, si nega al grande industriale che la vorrebbe nel suo harem e si lancia in un'accorata lezione sull'amore e su quanto sia sbagliato ricavarne indebiti vantaggi.

Bianca ride di gusto.

«È come se Hitler dicesse che la violenza non paga».

Poi ci sono le pagine in cui parla del suo pubblico, delle signore che le scrivono sul consorte apatico e assente, sul fidanzato della figlia, per cui si sperava un po' meglio, sull'amica del cuore – non io, una mia amica – che ha perso la testa per un collega del marito, e lei che ha una parola per tutte, che passa le notti a leggere quelle missive che sgorgano dai cuori della sua audience, «perché il mio pubblico è tutto, per me». E poi pettegolezzi, retroscena, aneddoti, storie, da cui la diva Flora esce come un misto tra Madre Teresa di

Calcutta, Marie Curie, Greta Garbo, che però sa essere cattiva come Uma Thurman in *Kill Bill*, severa ma giusta, con chi se lo merita.

Carlo ha un moto di disgusto. Va bene il cinismo, va bene la finzione e tutta la paccottiglia, ma chi conosce Flora De Pisis, chi l'ha vista anche solo una volta per pochi minuti, sa che quel *mémoire* può essere solo un'autocelebrazione senza freni e senza pudori. Purché non parli di me, pensa.

«E poi parla di te».

Ecco.

«Dice che sei un genio ma anche un ingrato, perché è grazie a lei che il programma è diventato un successo, e quando lo hai capito te ne sei andato, offeso. Dice che tu sei un bravo autore, ma che lo spessore umano che ci ha messo lei... beh...».

Carlo è seccato, ma anche divertito, finire in un libro...

«E poi dice che ti vuole in trasmissione, quella puntata lì dove lei si intervista da sola, perché le piacerebbe che tutti quelli bravi che hanno lavorato con lei passassero a omaggiarla, a baciarla sulle guance, a celebrarla, a dirle: Flora, ti devo tutto».

«Piuttosto mi cospargo di benzina e mi do fuoco».

«Oh, a lei andrebbe benissimo, a patto che lo fai in diretta. Me la vedo che dice... E ora pompieri e... pubblicità».

Ridono, mangiano il pesce, bevono vino bianco ghiacciato, poi finiscono a casa di Carlo, ovvio, e Bianca Ballesi scherza, leggera e piacevole: chi li interromperà questa volta? A quale missione da giustiziere sarà chiamato Carlo, il supereroe, impedendo alle cose degli uomini e delle donne di fare il loro corso?

Bevono ancora, Carlo si occupa della musica, una playlist di voci femminili che cantano Dylan, compresa una versione di *License to kill* sussurrata dai Cowboy Junkies che ha scoperto da poco.

Poi le racconta del vecchio, della giovane soprano nelle vesti di Cenerentola, da orfana indebitata a regina, della sua amica che gli ha detto una cosa notevole a cui pensa da ieri: lui è solo uno spettatore, sta dentro alle storie ma non ci sta dentro veramente, le attraversa, le osserva seduto in prima fila, ma declina ogni offerta di entrare nello spettacolo da protagonista. Insomma, si siede lì e lascia accadere quello che accade, a volte traendone qualche lezione, a volte ricamando le sue riflessioni.

Le dice anche quella cosa delle settimane, che l'ha colpito, e che lui ha calcolato che gliene restano milleseicentocinquanta, se tutto va bene, e gli sembrano pochissime.

«Mmm... milleseicentocinquanta settimane... Quindi se sprechiamo due ore non è grave, giusto?», dice lei, che già guadagna centimetri di divano verso di lui, che non arretra, ovvio.

Dopo, lui ha portato da bere e ha cambiato disco, e le chiacchiere sono riprese, appena un po' più intime, non fosse altro per l'abbigliamento che è proprio succinto, anzi non c'è per niente.

«Che delusione, Carlo. Uno come te che pensa al tempo che gli manca, che luogo comune, che banalità».

Lui ride. Ha ragione Bianca Ballesi, così rischia di diventare patetico, una caricatura. Ma lei è una donna intelligente, sa che a lui manca qualcosa – qualcuno – e che non è lei, nemmeno lo pretende, nemmeno lo vorrebbe, forse. Ma pensa anche che non vuole essere trattata come un lenitivo, una cura per l'acidità, un sistema semplice per non restare solo in una notte di pioggia come quella, come tutte, ormai. È quello che è e basta, perché complicarsi la vita?

«Perché vieni qui? Perché vieni a cena con me? A letto? Che ci trovi?», le dice Carlo.

Lei fa finta di pensare.

«Vediamo, discreta conversazione... buona capacità di spesa, frigo ben fornito, bella casa... non mi viene in mente altro... un po' noiosa la musica, ma il letto è comodo... Ah, e mi piace il telefono della doccia, la mia ha poca pressione e preferisco farla qui».

Lui le tira un cuscino e combattono una piccola battaglia.

Quando Bianca Ballesi se ne va, allegra com'era arrivata, Carlo si sforza di capire se sente la casa più vuota, e non sa rispondersi, però c'è ancora una scia di profumo che lei ha lasciato, e gli piace. È venerdì sera, il che significa che domani è sabato, poi domenica e le settimane diventano milleseicentoquarantanove.

Il Concorso Internazionale di Canto Lirico di Basilea, la sezione per soprano, l'anno scorso l'ha vinto una russa, carina con la sua faccia da contadina delle grandi pianure, e l'anno prima una cinese di Shanghai. Ora una canta per la Vancouver Opera e ha fatto una *Turandot* da urlo, dicono le recensioni. Dell'altra – ventun anni – si parla come di un miracolo di tecnica, un soprano che canta Händel come poche, e gira il mondo tra festival e serate di gala.

È questo il sogno di Sonia Zerbi? È lì che vuole arrivare? A raccogliere rose tirate dal pubblico su un palco, fare l'inchino, mostrare alle prime file gli occhi che brillano come pietre preziose, abitare in grandi alberghi? Può darsi, anzi certamente. Un obiettivo chiaro, un sogno preciso, coltivato con passione e disciplina, con la madre che la spronava e l'aiutava, e ora quel vecchio pazzo che fa il tifo per lei. Tutto semplice e diretto, tutto dritto come un colpo di fucile, che invidia.

Mentre lui è lì che aspetta non si sa cosa. Il programma nuovo è solo un'idea abbozzata malamente. Sta costruendo la squadra, contatta autori, seleziona la redazione, ma si è arenato al momento di scegliere la produttrice, perché sa che Bianca Ballesi ci terrebbe, ma... perché complicarsi la vita? Così mette via i bicchieri, spegne la musica e le luci, cerca di dare una forma al letto un po' sconvolto e disordinato dopo quell'oretta di benedetto agitarsi in coppia.

Sul telefono c'è un messaggio di Bianca: «Grazie per la bella serata. Coraggio, meno 1650!», e una faccina che strizza l'occhio.

Non male la ragazza. Poi, mentre lo sta posando sul comodino, il telefono gli suona in mano, è Oscar.

«L'hanno preso».

«Eh?».

«Lo zoppo, l'hanno preso oggi pomeriggio, ora beccheranno anche l'altro».

«Bene, così non abbiamo l'imbarazzo di dire che sapevamo già tutto».

«Già», dice quello, e mette giù, con l'arroganza irritante di chi ha a disposizione più di duemila settimane.

Sedici

«La vede la trincea, sergente?».

«No, capitano, con quest'acqua non si vede niente!».

«Maledetta pioggia, andiamo!».

Si muovono così, come soldati nella bufera, bagnati, stanchi, frustrati.

Lo zoppo non era a casa, Carella voleva entrare forzando la serratura, ma Ghezzi gliel'ha impedito. Ora che sanno chi è non è il momento di fare cazzate, di rovinare tutto.

La macchina, una Bmw nuova di zecca, la trovano in una via laterale, perfettamente parcheggiata, quindi se Nicola Maione si è reso irreperibile non l'ha fatto guidando, non la sua auto, almeno.

Il primo centro massaggi che visitano ha aperto da poco e le ragazze sono sedute ad aspettare i clienti. Ci sono manifesti che illustrano tecniche ayurvediche, mari orientali, un Buddha che guarda tutto e non può scuotere la testa solo perché è di legno dorato, ma quello che pensa lo si vede bene.

Ghezzi ha dovuto telefonare al giovane sostituto procuratore per pregarlo di aspettare con le perquisizioni ai negozi, perché se quello non è già scappato è meglio non metterlo in allarme.

«Certo, Ghezzi, per chi mi prende?».

«Mi scusi, ha ragione, ma è un momento delicato e...».

«Su, Ghezzi, ci siamo quasi».

Lui sta al caldo, alla scrivania, il massimo rischio che corre è macchiarsi con la stilografica, mentre loro fanno quel lavoro di piedi, ogni attraversamento di strada un guado di fiume, le macchine che alzano spruzzi, il colore del cielo che suggerisce di costruirsi un'arca e radunare un po' di animali, poi speriamo per il meglio.

Ora devono fare una cosa, ma non sanno se funzionerà. Se il Maione è abituato ad avere a che fare con un poliziotto sporco – che è tutto da vedere, ma è un'ipotesi – è possibile che dica qualcosa per cercare un accordo con loro. Quindi è inutile fare gli sbirri regolari, seguire il manuale. Certo, con un'accusa di omicidio sul groppone quello dirà tutto, e prima di tutto il nome del complice, il coglione col frustino, e poi magari anche del capo, Giorgio Rossi. Il rischio è che ci vogliano giorni, mentre loro hanno bisogno di informazioni subito. Se parla col giudice prima che con loro, magari con un avvocato che fa il difficile, le cose si fanno lunghe, il suo amico scappa e un caso facile diventa una rogna.

Alle quattro e un quarto, finalmente, lo trovano.

Sta uscendo da un Sun Center di viale Bodio, l'ombrello tenuto dritto, la leggera zoppia mascherata con

199

il ritmo del passo, un po' obliquo ma elegante, sicuro. È l'unico per la strada che considera la pioggia un fatto naturale e ovvio, mentre tutti gli altri pedoni pensano che sia un ostacolo alla produzione, all'efficienza, al poco tempo che c'è per fare le cose.

Gli si mettono dietro e avvertono Sannucci di venire con una macchina. Ghezzi su un marciapiede, Carella sull'altro, distanziati, asimmetrici, ora lenti, ora veloci. Il Maione è facile da seguire, perché con quell'ombrello scuro che tiene dritto sembra una guida turistica cinese.

Quando Sannucci avverte che è da quelle parti, smettono di fare il teatrino e lo seguono quasi plateamente, venti metri indietro, appaiati, fradici, come in marcia.

Poi sbucano in piazza Bausan e lo vedono entrare al bar, sedersi a un tavolino in fondo, togliere il soprabito assurdamente asciutto, mentre loro sembrano due della staffetta dei quattrocento rana. Allora entrano, vanno verso di lui, Ghezzi prende una sedia da un altro tavolo e Carella usa quella libera che c'è lì.

«Maione, quanti caffè ti sei bevuto da quando hai ammazzato la signora Zerbi?».

L'uomo sussulta un po', ma meno di quanto si potrebbe pensare. Se sbianca in faccia non si può dire, perché con quella luce, la pioggia, novembre, Milano, tutto sembra girato in bianco e nero.

«Io non ho ammazzato nessuno».

«Ma sì, ovvio, c'è il sostituto procuratore che ti aspetta, così lo dici a lui».

200

«È un arresto?».

«Tu cosa dici?».

Ora sono in macchina, nel traffico, e gli schizzi ai passanti li tirano loro. Nicola Maione non ha detto una parola, li ha seguiti docile fuori dal bar evitando le manette, e già questo lo ha trovato un po' strano. Non gli sembrano sbirri normali, quei due lì, mentre quello che guida la macchina, uno sbarbato in divisa, sì.

«Fai bene a stare zitto, Maione, mi sa che ogni parola che dici sono due anni in più», dice Ghezzi.

«Dai, lascialo stare, avrà dei pensieri, no?», e questo è Carella.

Sannucci guida piano perché gli hanno detto di metterci un po', e si prepara allo spettacolino. Assistere a un interrogatorio così vale mille ore di lezione alla scuola di polizia.

«Voglio chiamare il mio avvocato», dice il Maione.

«Porca miseria, abbiamo uno che vede i film americani».

«Mi oppongo, vostro onore», ride Ghezzi.

Si vede che non hanno fretta, e poi stanno andando fuori Milano, ora sono ad Affori, sempre nel traffico, vedono che Maione se ne accorge. Carella, che gli sta accanto sul sedile di dietro, finge di guardare fuori, come un turista in taxi.

Poi Ghezzi, che sta sul sedile del passeggero, senza nemmeno voltarsi, comincia a parlare:

«Te lo dico subito, coglione, hai lasciato un'impronta digitale sulla tanica, un bel pollice opponibile, strano per un primate come te. Poi abbiamo un bel filmino con uno zoppo che ruba una macchina in un garage di Monza...».

Il Maione, che finora è rimasto quasi impassibile, sussulta come punto da un'ape quando sente la parola «zoppo». Carella se ne accorge, Ghezzi no perché non lo sta guardando, e quindi continua:

«Noi non siamo Perry Mason, però sappiamo fare due più due. A, uno ruba una macchina; B, quella macchina finisce bruciata, e a rubarla e a bruciarla è stata la stessa persona. In mezzo tra A e B c'è un omicidio, commesso con la stessa macchina, abbiamo le telecamere. L'idea che ci siamo fatti è che il guidatore ferma la macchina, scende, picchia a morte una povera donna e poi scappa, tu cosa penseresti, Maione?».

«È inutile che fate la scenetta, non parlo se non ho il mio avvocato seduto di fianco».

«Ma sì, ma sì, certo, mica ti sto chiedendo di parlare, Maione. Parlo io, così, per passare il tempo, non vedi che c'è traffico?».

Sannucci sorride, conosce Ghezzi, il sov, e anche Carella gli piace. Ora vanno verso Bollate, su una strada stretta, una strada di campagna, anche un cieco capirebbe che non stanno andando in centro, in questura, e nemmeno al commissariato di zona. E non c'è traffico per niente.

Ora tocca a Carella. Non fanno il buono e il cattivo, sono cattivi tutti e due.

«Ti spiego cosa succede adesso. Tu ti siedi lì con l'avvocato e il magistrato. Prendi tempo, costruisci una storiella che ti cava un po' dai guai. Sì, hai rubato la macchina. Sì, l'hai bruciata, ma dell'omicidio non sai niente. Intanto incomincia a piovere merda. Se nei tuoi negozi trovano anche una ricevuta non fatta, una bustina di coca, un preservativo usato, una signorina che non ha ancora diciott'anni, il livello della merda si alza. Quando il tuo avvocato capisce che sei una causa persa, un cliente che non saprà come pagarlo, che ha tutti i conti bloccati e degli amici che fingono di non averlo mai visto, ti saluta cordialmente, e la merda arriva al pomo d'Adamo, ma solo se sai stare sulle punte come Nureyev».

Carella tiene in mano il telefono del Maione. Serve un codice per sbloccarlo, però spera che suoni, che si veda il numero del chiamante sul display, se lui risponde il telefono dovrebbe sbloccarsi, no? Boh...

«In soldoni», dice Ghezzi, «ma la sto tagliando giù a fette grosse, sai, io sono solo un poliziotto... in soldoni... vediamo... omicidio premeditato, furto d'auto, sfruttamento della prostituzione, mettiamoci anche minorile, se sei proprio sfigato, usura, intimidazione e minacce... affari a rotoli, debiti, avvocato d'ufficio, di quelli che fanno il sudoku mentre il pm ti interroga... Poi arrivo io all'udienza, in divisa, un vecchio poliziotto perbene con venticinque anni di servizio, e dico che la Zerbi l'hai frustata in faccia, una cosa che non si fa nemmeno coi cani rabbiosi... Io dico dai trentacinque all'ergastolo. Niente di personale, eh, Maione».

Quello sta zitto. Ora c'è l'assolo di Carella.

«Anch'io se fossi in te starei zitto, e lo sai perché, Maione? Perché uno che sta zitto riesce a pensare.

Ora sei confuso, ma tra un po' ce l'avrai chiaro. Tra... diciamo cinque o sei ore, noi abbiamo dei fogli con tutto quello che c'è nei tuoi telefoni, nella tua posta elettronica, in casa tua, in macchina, in casa delle tue donne, se ne hai... andiamo a rompere il cazzo a tutti quelli che conosci, ai parenti... tiriamo i fili, stabiliamo i collegamenti, come quei braccialetti che fanno le bambine, hai presente... una perlina, un'altra perlina... Magari ci mettiamo giorni... Ecco, tra... diciamo... cinque o sei giorni, col fermo tramutato in arresto, ti svegli e pensi che l'unico modo per salvare il culo è che la Zerbi l'abbia ammazzata qualcun altro, e se sai chi, e tu lo sai, puoi trasformare trentacinque anni di galera in dieci o quindici. Attento però, che quando chiami per essere sentito dal magistrato, non è mica detto che quello corre da te come il cavallo di Zorro, eh! Magari è in ferie, magari ha altri casi più urgenti, e tu stai lì a dire: sono innocente... Ci stai pensando, vero, Maione? Una decina di anni invece di trentacinque... Ora ti sembra un dettaglio, ma dopo tre giorni dentro ti assicuro che anche un quarto d'ora di sconto fa la differenza...».

«Cazzo, Carella, parli come un libro stampato. Ma perdi tempo... e soprattutto perdi il mio», dice Ghezzi. «Molliamo 'sto stronzo in questura, firmiamo le carte e andiamo a casa, non è che mi pagano milioni, eh, e le mie ore le ho fatte, per oggi».

Ora c'è silenzio. Lasciano che quell'ultima uscita di Ghezzi scavi piano piano nel cervello del Maione. E in effetti... Lui sa che l'unica scappatoia è che prendano il Ferri e che si dimostri che la Zerbi l'ha ammazzata lui. Sa che succederà e che deve gestire bene la situazione. Ma quel poliziotto là sul sedile davanti lo preoccupa. Magari non gliene frega un cazzo di prendere l'assassino, magari vogliono solo un colpevole, chiudono qui le indagini, e lui ci rimane impigliato dentro per sempre. Impagliato, anzi, come una volpe nel salotto di un cacciatore. Oppure passano due o tre giorni, il suo arresto finisce sui giornali e il Ferri fa perdere le tracce. A quel punto, hai voglia ad accusare uno che non si trova...

Ghezzi fa un cenno a Sannucci che si infila nel parcheggio del centro commerciale più grande d'Europa, l'ex Alfa di Arese, una sterminata galleria di negozi dove c'è un'agitazione da formicaio sotto attacco, perché tra un mese è Natale e la gente ci tiene un bel po'.

Si mettono tra due macchine, in un parcheggio che ne conterrà centomila. Sannucci spegne il motore, Carella abbassa il finestrino e accende una sigaretta, ora Ghezzi si volta verso i due dietro.

«Mi fai schifo, Maione, quelli come te mi fanno schifo. Sai cosa mi fa schifo?... Non che sfrutti le donne e ammazzi la gente, no, i figli di puttana come te ci sono sempre stati... No, non è quello... È il fatto che siccome tu fai la bella vita fuori dalla legge, consideri un po' coglioni quelli che rigano dritto, quelli che si fanno il culo per mille o duemila euro al mese, che tu li alzi in due giorni, vero? È per questo che mi fai schifo, Maione, perché guardi con disprezzo quelli in fila, mentre tu sfrecci nella corsia privilegiata, perché hai preso la scorciatoia e pensi che quelli che non la prendono sono dei cretini. La signora Zerbi era una di quelli lì, niente scorciatoie, niente trucchi. I conti che non tornano, una figlia da far studiare, un lavoro onesto, una vita onesta... E l'unica volta che ha sgarrato chiedendo dei soldi a strozzo per bisogno, ha trovato uno come te che l'ha ammazzata. Ma vedi... tra te e me c'è una differenza. Per te ora è la battaglia della vita, letteralmente, non è un modo di dire. Per me invece è un caso come un altro, non me ne frega niente. Prendi trent'anni? Ne prendi dieci? A me non me ne frega un beato cazzo, Maione, e lo sai perché? Perché domani corro dietro a un altro Maione, stronzo come te. Quando uno spala la merda guarda la vanga, cerca di non sporcarsi, ma non è che sta lì a dirsi, oh, povera merda, dove finirà? Che ne sarà di lei?».

«Minchia, Ghezzi, che poeta».

Ma Ghezzi ora non ha voglia di scherzare. Dà la colpa all'acqua che ha preso, alla stanchezza, ma sa che non è quello. È la delusione, sempre uguale, quando arriva a quel punto delle indagini. Dopo giorni in cui ha tentato di mettersi nei panni del cattivo, di ragionare come lui, di chiedersi cosa farebbe al suo posto, quando lo prende vede tutta la disarmante pochezza della faccenda, nemmeno la banalità, ma la sciatteria del male. Sempre lo stesso schifo, i soldi, la roba, gli affari zozzi. È tutto lì, è tutto tragicamente lì, non c'è niente da scoprire, niente da scavare, niente su cui riflettere. Uno che guadagnava coi centri estetici, i massaggi, le ragazze che la danno via a pagamento, salvo incidenti poteva andare avanti così per sempre, e invece si è fatto avido, si è infilato in una storia di pizzo, e poi in un omicidio...

«Non l'ho ammazzata io, la Zerbi».

«Forse non hai capito cos'ha detto il sovrintendente Ghezzi, Maione. Noi stacchiamo qui, il nostro lavoro è finito. Tu, un altro, che differenza fa? Non vorrai mica che ci mettiamo a fare gli straordinari per salvare il culo a te cercando un altro assassino che magari non esiste! Dai, Maione, scendi dal pero, non siamo mica don Mazzi che ti fa lavare i piatti coi carcerati vip, noi ti portiamo lì e poi sono cazzi tuoi».

«Quello che l'ha ammazzata si chiama Franco Ferri, abita in piazza Lugano, al 31, le palazzine basse».

«E tu facevi l'autista?».

Ma quello ora non parla più davvero, muto, assente. Sta facendo i conti tra la vita che aveva prima e quella che avrà da adesso in poi, e sono conti che non gli piacciono per niente. Ghezzi gli fa vedere l'identikit di Giorgio Rossi.

«Questo qui lo conosci? Lui dove lo troviamo?».

Quello guarda il foglio, ma non fa una piega, se finge, finge bene. Ora è chiaro che non aprirà più bocca, ha fatto un nome perché è l'unico modo che ha di non beccarsi l'omicidio della Zerbi, e basta.

Sannucci guida spedito, adesso, la macchina scivola sulle pozzanghere, ha messo il lampeggiante ma non la sirena. Carella ha chiamato Gregori per dirgli che stanno andando lì, e poi il sostituto. Gli ha chiesto tutti i mandati, quello per perquisire le proprietà del Maioni ce l'hanno già, ora vogliono un mandato di cattura per Franco Ferri e tutte le altre carte che servono.

Quando arrivano in questura, consegnano il Maione come se fosse un pacco postale, non lo salutano, non lo guardano nemmeno. Poi salgono da Gregori.

«Uno l'abbiamo preso, capo, lo zoppo, quello che guidava».

«E per sapere chi era l'altro dobbiamo aspettare l'avvocato, il magistrato e la Madonna pellegrina, Carella?».

«No, capo, ci ha dato il nome e adesso lo cerchiamo, prima vogliamo farci un'idea di chi è, un tale Franco Ferri».

«Va bene».

«Se potesse dire al sostituto che non c'è fretta... voglio dire, se va tutto bene tra qualche ora prendiamo 'sto stronzo col frustino e li interroghiamo tutti e due in stanze separate... È tanto lavoro in meno, capo, e soprattutto...».

«Sì, sì, Ghezzi, non stare a spiegarmi il mio mestiere».

Franco Ferri è un balordo con un pedigree da balordo, una faccia da balordo, nessun guizzo d'intelligenza negli occhi, ma quelle sono foto segnaletiche, meglio non fidarsi. Nato a Baranzate, quarant'anni tondi, aveva due carrozzerie ma le hanno chiuse perché trafficava in pezzi di ricambio. Altri peccati, quanti ne volete, rissa, due volte, poi denunciato per molestie e per sfruttamento della prostituzione, ma la cosa è caduta perché mandava a battere la fidanzata, e la ragazza ha testimoniato che i soldi li teneva lei, lui non la sfruttava, anche se la suonava come un tamburo, la solita storia.

«Bel pezzo di merda», dice Carella.

«Ti aspettavi don Matteo?».

Suona un telefono, è Gregori. Dice che il magistrato, convinto da lui, ha avuto un attacco di raffreddore, è a casa con la febbre, ha firmato i mandati dal suo letto di dolore e il Maione lo interroga domani.

«Non è che domani mattina leggiamo sui giornali che l'abbiamo preso, capo?».

«No, Carella, ma dopodomani sì, quindi muovete il culo e andate a lavorare».

«Non ci siamo fermati nemmeno per pisciare, capo».

«Ecco, bravi, tanto con l'acqua che viene anche se vi pisciate addosso non se ne accorge nessuno».

L'appartamento di Nicola Maione non è né bello né brutto. La zona è quella che è, d'accordo, ma è un'abitazione, non un covo. Sono tre stanze, tutte ben tenute, ordinate, si vede che c'è una donna di servizio, perché i pavimenti sono lucidi, anche lo specchio del bagno e il box doccia, sono lavori che un uomo non fa.

Cercano nell'ordine armi, carte e soldi. Armi non ce ne sono, anche se trovano una mazza da baseball, di legno, un po' incongrua lì dentro, il Maione non sembra uno sportivo, e non è il tipo che gioca a baseball. Sulla mazza non ci sono macchie, però non si sa mai, potrebbe essere stata anche quella, oltre al frustino e alla caduta, a far male alla Zerbi.

Tra le carte c'è la documentazione dei negozi, quella legale, atti d'acquisto, fatture delle forniture, luce, gas, le bollette. C'è un foglio con nomi femminili, quasi tutti stranieri o finti... Lilly, Lory, Roby, alcuni con una riga sopra, altri con delle date e dei numeri accanto. Le dipendenti, pensa Ghezzi, faranno con calma i riscontri.

Trovano quattromila euro in biglietti da cinquecento in un cassetto di un mobile nel piccolo salotto. Poi altri soldi nel cassetto del comodino, settemila e cinquecento, in biglietti di taglio più piccolo, questi, cento e cinquanta euro.

Di uno che si chiama Franco Ferri nessuna traccia, di uno che si chiama Giorgio Rossi nemmeno, ma questo non se lo aspettavano, si sono fatti l'idea che il Maione e il Ferri erano assidui e si frequentavano, mentre l'altro no, l'altro non è un cretino come loro. Trovano due telefoni, uno senza scheda. Non perdono tempo a studiare la personalità del tipo guardando casa sua, perché l'hanno già preso e non c'è fretta. Uscendo, mettono i sigilli alla porta e vanno.

Ora – miracolo – non piove, e sono parcheggiati in piazza Lugano, vicino a una caricatura di giardinetti che divide le vie piccole dallo stradone della circonvallazione, dove fa la curva. La palazzina ha due piani, al primo è tutto buio e spento.

Aspettano, ma Carella sta diventando nervoso. Ghezzi pensa che vorrebbe essere a casa con la Rosa che borbotta e che gli dice che non vanno mai da nessuna parte, nemmeno al cinema, Tarcisio!

«Cosa cazzo stiamo aspettando, Ghezzi?».

«Che quello torni. O esca, ma secondo me è fuori, quindi sì... che torni».

«E se torna giovedì prossimo noi che facciamo qua, i funghi?».

Alle otto e dieci non ce la fanno più, entrano nel portone e salgono una rampa di scale. Carella si china sulla porta e la apre in un minuto perché è chiusa solo con lo scatto.

Poi entrano, ma devono passare di profilo perché la porta non si apre del tutto, c'è dietro qualcosa che la blocca, un ostacolo. Ghezzi fa più fatica, Carella che è magro come un chiodo, entra senza sforzi.

Franco Ferri è a terra nel piccolo ingresso, la testa spaccata, una macchia di sangue che copre un paio di metri quadrati di pavimento, è uscito dall'orecchio destro e dalla parte di dietro del cranio, tutte cose che si vedono appena si accende la luce, anche senza toccare il corpo. Non ci sono segni di lotta, anzi lì vicino, nell'ingresso, c'è un tavolino con un vaso sopra, vuoto, ma insomma, se due si fossero presi a botte in quel piccolo spazio non sarebbe lì intero, ma in cocci sulle piastrelle ottagonali nere, bianche e rosse.

Per essere uno che è morto così, ammazzato a martellate, il sangue non è moltissimo, pensa Ghezzi, ma chi lo sa, gli scienziati diranno la loro.

Carella chiude la porta, scavalca il corpo, sta attento a non mettere i piedi nella pozza marrone, che ormai è rappresa. Ora fanno un giro dell'appartamento, senza dire niente. Questo sì che somiglia a un covo. Il letto è una branda, il cesso in condizioni pietose, Ghezzi trova in un armadietto due bustine, cocaina, più altre pasticche che non riconosce. Carella apre un cassetto del comò, in camera da letto, e dentro ci sono due pistole, avvolte in panni gialli, ben tenute si direbbe, con i caricatori estratti e le scatole dei proiettili. Nello stesso cassetto c'è una busta bianca da lettera con dentro settemila e cinquecento euro in biglietti da cento e da cinquanta, proprio come a casa del Maione, stessa cifra. Niente carte significative, a una prima occhiata, ovviamente dovranno tornarci per il lavoro di fino, ma adesso non c'è urgenza perché il padrone di casa non ha l'aria di uno che si lamenterà delle procedure, né di nient'altro, poco ma sicuro.

«Guarda qui», chiama Ghezzi. Mostra a Carella un altro vaso, più piccolo, su una mensola in salotto, dove invece di fiori o piante ci sono sei frustini da cavallerizzo, come quello che hanno trovato nella macchina bruciata. Strani fiori davvero. Di Giorgio Rossi, o come diavolo si chiama il terzo uomo, che forse fa il poliziotto e forse no, non c'è traccia. Anche se non si aspettavano granché è una piccola delusione.

Ora chiudono la porta tirandosela dietro, scendono le scale e risalgono in macchina. Carella si accende subito una sigaretta e soffia il fumo fuori dal finestrino, Ghezzi fa le telefonate che deve fare. A Gregori, che manderà la scientifica, e all'ambulanza per il morto. Alla Rosa per dire che non rientra. Poi, mentre aspet-

212

tano i rinforzi, quelli della scientifica che si mettono le tute, il 118 e tutto il circo, Ghezzi trascina Carella in un bar lì vicino.

«Dobbiamo mangiare qualcosa».

Il bar è vuoto, forse stanno per chiudere. Il barista è cinese, ma la ragazza che li serve no. È una nera bellissima, con i capelli crespi e due occhi da gazzella che li guarda senza guardarli davvero, annoiata, sprecata lì dentro, glielo diranno tutti.

«Mi fa un toast? E una birra piccola», chiede Ghezzi, e poi a Carella: «E tu cosa mangi?».

«Un caffè».

La ragazza si mette al lavoro e loro si spostano un po' dal bancone, vicino alle macchinette del videopoker, non si siedono ai tavolini. Il caffè è pronto, per il toast bisogna aspettare. Carella torna da Ghezzi con la tazzina in mano.

«Parlami, Ghezzi».

«Va bene... c'è uno che gestisce un giro di usura, forse è uno dei nostri e forse no, accantoniamo questa cosa, per il momento... Insomma, c'è questo Giorgio Rossi che come soldati ha quei due lì, il Ferri e il Maione. I due mandano in malora un affare, ammazzano un debitore, la signora Zerbi, e questa è già una cazzata bella grossa, che uno in gamba non potrebbe tollerare. Come sempre quando succede una cosa grave, la banda litiga, non ti so dire chi contro chi. Forse il Maione è incazzato col Ferri e lo considera un pericolo. Forse il Rossi si è rotto le palle di tutti e due, inaffidabili, uno col frustino, l'altro con l'aria

213

da boss... meglio scaricarli. Chi lo sa, magari se non lo andavamo a prendere noi, adesso era morto anche il Maione».

«Gli farà piacere saperlo».

«Comunque i casi sono due: o il Maione ieri notte è venuto qui a ammazzare 'sto stronzo, oppure ci è venuto quell'altro. Ora sentiamo cosa dice il dottore, ma mi sono fatto l'idea che il Ferri è morto almeno da un giorno, e per il Maione poter buttare tutto l'omicidio della Zerbi su un morto è un bel colpo».

Ghezzi divora il toast in quattro morsi e si rende conto che ne vorrebbe altri centoventi, subito. Anche la birra sparisce in fretta.

Pagano ed escono dal bar, davanti al 31 di piazza Lugano ci sono i lampeggianti, due macchine in borghese, una volante e un'ambulanza.

«Questo cazzo di signor Rossi, però, non compare mai».

«Se lo troviamo morto vuol dire che il Maione ha fatto strike».

«Il sostituto lo sente domani, noi possiamo parlargli subito».

«Sì, domani mattina. Prima di parlargli, però, vediamo cosa ci dicono questi della scientifica e guardiamo almeno i tabulati dei telefoni, quindi direi di vederci presto».

«Con gli straordinari di questo caso mi compro una Porsche».

«Figurarsi, è tanto se ci esce un pieno di benzina... E poi che cazzo te ne fai della Porsche, Carella, che stai sempre in strada a cercare i delinquenti. Finisce che te la rubano».

Ha ricominciato a piovere, dicono che smetterà intorno al 2035, ma vatti a fidare.

Diciassette

Carlo Monterossi si sta abituando a vivere fuori della sua epoca, e la cosa non gli dispiace. Ora è seduto nello studio di Umberto Serrani, foderato di libri, dischi, stampe antiche, legno. Un club per gentiluomini inglesi, di quelli vietati alle donne, coi camerieri indiani e le mappe delle colonie appese ai muri. Sono seduti su due poltrone, una dirimpetto all'altra, dalle casse dello stereo, che in effetti hanno un suono perfetto, esce una melodia bellissima, che si fatica a non seguire.

«È l'Adagio per archi opera 11 di Samuel Barber».

«Non me ne intendo, lo sa, ma mi pare... beh, dire bello è banale, vero?».

«Lo suonarono ai funerali di Kennedy, John, non Bob. Sì, si può dire bello, direi di sì, lo sento quando piove».

Quindi sempre, che palle, pensa Carlo Monterossi, l'uomo spiritoso.

Prima di andare da lui ha parlato con Oscar, che ha incontrato il vecchio e chiuso la pratica. Si sono visti in un bar di via Moscova e Oscar non era né contento né scontento, come al solito.

No, la vita precedente della signora Zerbi al Serrani non interessa più, ora può parlarne con Sonia in modo... intimo, farsi raccontare, insomma, non c'è bisogno che estranei ficchino il naso. Del lavoro dei due delinquenti, invece, Serrani era davvero ammirato, ma questo Oscar glielo ha detto per la cronaca, senza nessuna soddisfazione particolare.

«È una storia che non mi è piaciuta dall'inizio».

«Come tutte. Dai, Oscar, hai fatto un buon lavoro, no? Uno l'hanno preso, prenderanno anche l'altro, il vecchio poteva aspettare qualche giorno e risparmiava sull'investigatore».

«Ci sono altre cose».

«Tipo?».

«Ho avuto molto culo e la dritta giusta, ma non posso lavorare così, mi serve un socio».

«Non guardare me».

«Figurati, mi serve uno bravo».

«Grazie».

«Niente. Non fare il cretino, intendo uno che ha un po' di mestiere».

Il vecchio gli ha dato ventimila euro, un'enormità per due giorni di lavoro, e un'offerta di amicizia, che significa – spiega Oscar – qualunque tipo di assistenza finanziaria, come aprire un conto nei posti più assurdi del mondo, nascondere soldi, cose così, la sua specialità, insomma, una sapienza che potrebbe tornare utile, soprattutto se capiterà qualche indagine in cui bisogna seguire la pista del denaro.

Poi Oscar se n'era andato quasi senza salutare, come suo solito, e lui aveva guidato fino alla casa del vecchio, dove Carlo gli ha riferito qualche dettaglio che ha scoperto sul concorso di Basilea, non era difficile, bastava aprire il sito.

Il main sponsor è una banca svizzera, e il vecchio sorride. La giuria cambia ogni volta e quella di gennaio non è ancora pubblica, ma ha guardato i nomi delle scorse edizioni. Direttori d'orchestra, cantanti famosi, critici riveriti e temutissimi, maestri di canto, anche Adilio Tononi, il campione che si occupa di Sonia, è stato nella commissione, nel 2012 e nel 2015. Le cantanti devono portare due pezzi scelti dalla direzione del concorso, di epoche diverse, e un brano a piacere. L'orchestra è quella della Filarmonica di Basilea, roba buonissima, e gli ultimi tre soprani che hanno vinto oggi girano il mondo e sono quasi star.

Umberto Serrani pare soddisfatto, ma Carlo non ha voglia di parlare di quello. O meglio, ha il sospetto che non sia per quel compitino da terza elementare – aprire Google e cercare informazioni – che il vecchio lo ha voluto ancora lì. Allora cambia discorso.

«Ha visto che l'hanno preso?».

«Sì, me l'ha detto il suo amico Oscar, dice che è quello che guidava, l'altro, l'assassino di Giulia non ce l'hanno ancora».

«Potremmo darglielo noi, da bravi cittadini».

«Lo prenderanno loro, da bravi poliziotti».

Il vecchio non ne vuole parlare. Forse è passato alla fase successiva, ora che deve sovrintendere alla carriera di Sonia, che deve asfaltarle la strada in modo che a

Basilea ci arrivi in carrozza, vive quell'ossessione dal di dentro, e la questione degli assassini di Giulia Zerbi gli sembra risolta, archiviata. Ma non ha ancora finito di comporre quel pensiero che il vecchio parla, e lo fa come se gli avesse letto dentro.

«Ha ragione, Monterossi, le devo una spiegazione. Volevo sapere chi ha ucciso Giulia, voglio che paghi per quello che ha fatto, e nemmeno quello servirà a qualcosa. Ora che so chi è... cosa posso fare? Consegnarlo alla polizia, sì, certo, non è detto che non lo faremo...».

«Faremo?», pensa Carlo.

«... ma vede, sarà inutile. Per avere rimorsi, rimpianti... bisogna conoscere quello che si è perso, amarlo... a posteriori, se capisce cosa voglio dire. Un animale che frusta una donna per la strada e l'ammazza, non la conosceva, non le aveva dato niente e non aveva avuto niente da lei... che rimpianto può avere? Nessuno. Il rimorso? Solo per gli anni in galera, non certo per la perdita inflitta...».

«Ho capito bene? Le è indifferente la sorte dell'assassino di Giu... della signora Zerbi perché sa che quello non ne avrà il rimpianto?».

«Non è così semplice, Carlo, ma la sintesi è... beh, sì, capisco che suoni assurdo».

Forse è per questo che il vecchio Serrani vuole Carlo con sé. Gli serve qualcuno a cui ribadire il concetto, uno sensibile al tema, a cui fare ancora e ancora, in mille varianti, in mille declinazioni, il suo discorso dei rimpianti. Ma Carlo non è d'accordo. Intanto non ci sta a fare il punching ball delle teorie filosofiche di un vecchio matto. E poi no, così non può essere, e glielo dice.

«Caro Serrani, io lo capisco il discorso dei rimpianti, creda, ho un paio di questioni che me lo ricordano tutti i giorni. Però non sono convinto che si possa misurare tutto su quello. Sì, certo, ci sono i rimpianti, e anche le cose che era giusto fare, quelle che non riusciamo a spiegarci, quelle che semplicemente sono girate così, in un modo che non ci è piaciuto. Nella vita ci sono anche i rimpianti, come no, ma mica solo quelli, altrimenti ogni azione ne genererebbe migliaia. Io sono qui con lei, non credo che domani avrò il rimpianto di non essere andato al cinema. Non sono mai stato alle isole Fiji, può anche essere che sul letto di morte sarò colto da una fitta di rimpianto... ah, non sono mai stato alle Fiji, ma anche chissenefrega, Serrani, lei non può campare così, è solo un'ossessione».

«C'è una variante che lei non considera, Carlo, eppure gliene ho parlato...».

«Ma sì, le settimane. Lei è convinto che meno tempo uno ha e più i rimpianti si fanno feroci. Non lo so, forse ha ragione, ma continuo a dire che non può essere solo quello. Mi sono fatto un'idea abbastanza chiara, e non so se mi piace o mi fa paura...».

«Paura? Addirittura? Dica!».

«Io credo che lei sia spaventato, che la questione del tempo che ha di fronte... trecento settimane, ha detto? Ecco, che sia un'ossessione. È una paura legittima, io ce l'ho già ora, quindi capisco bene. Ma credo che lei reagisca a questa paura collezionando altre ossessioni, cose da fare assolutamente, missioni... estreme, diciamo così. Alla sua età la gente va sul lago a prendere il sole, leggere il giornale e giocare a bocce. Lei no, lei ingaggia un investigatore per trovare degli assassini, poi sembra che la faccenda non le interessi più. Io credo che è perché ora ha per le mani un'altra ossessione, Sonia e la sua carriera... la sua felicità, diciamo... Quale sarà la prossima, Serrani? So che lo dico male e che la questione è più profonda, e che per lei Giulia – questa volta non si ferma prima di chiamarla per nome – è stato l'assillo principale, il rimpianto di una vita, ma... ha presente quei sessantenni che si comprano la macchina scoperta, che affittano una venticinquenne per le vacanze?... ecco, qualcosa di simile... a livello più alto, questo glielo concedo».

Umberto Serrani ride.

«Va bene, è giusto, una mattana senile, diciamo, una specie di rincoglionimento, seppur a fin di bene... Chissà, Carlo, forse ha ragione, ma forse si sbaglia. La ringrazio di questa... ehm... analisi. Ma posso mettere un paio di punti fermi che le impediscano di esagerare con la superficialità. Il primo riguarda l'assassino di Giulia, vede, quello che le ho detto poco fa, che non può provare rimpianti... mettiamola in un altro modo. Penso che sia un animale, una belva feroce, come se Giulia fosse uscita di casa, non lì, ma in un bosco, o nella savana, e avesse incontrato un serpente, o una tigre... Sì, certo, puoi uccidere il serpente, e anche la tigre, ma... un po' tribale, vero?».

«Uffa, Serrani, lei ci gira intorno, magari catturare il serpente farà in modo che nessun altro venga morso, che dice?».

«Sì, c'è del vero... ma l'altra parte del discorso è più importante, Carlo. Non può dire che Sonia sia una nuova ossessione, anzi Sonia è la fine di un'ossessione, è accettare qualcosa di enorme, che mi è sembrato enorme per anni. Che Giulia non ci fosse più, e ora non c'è più davvero, per sempre, ma avevamo un patto, sa? Un patto che lei avrebbe rispettato, e ora è come se io rispettassi il mio. Non chieda più di questo, Monterossi, è una cosa che riguarda l'amore, forse, e non mi va di parlarne... non ho più l'età, ecco, così è contento con le sue teorie della demenza senile... L'ho convinta?».

«No. Io l'ho convinta?».

«No».

Poi si è alzato dalla poltrona e ha detto: «Andiamo», ha preso un soprabito e ha guardato Carlo come dire: su, su, cosa aspetta?

Il maestro Adilio Tononi è entrato nella grande sala rossa della suite del Diana a suo agio come un Vittorio De Sica in smoking, con lo stesso sorriso radioso e l'atteggiamento modesto e amichevole di chi ha il mondo ai suoi piedi, come uno che dice magnanimo: no, no, non inchinatevi. Con Umberto Serrani, però, parla da pari a pari, e ben presto l'atmosfera si scioglie. Ci sono Sonia, con gli occhi sbarrati perché ha di fronte a sé una specie di mito vivente, il vecchio che deve prendere accordi, Carlo e Federica che fanno come al solito il gentile pubblico delle emozioni altrui, se avessero dei cappellini con la visiera sembrerebbero gli spettatori al Roland Garros. *French Open*

Ora Sonia e il maestro parlano piano, lei fa qualche piccola risata lusingata, lui pare paterno ma anche severo. Gli esercizi li fa? Anche quelli di respirazione? Per la gola prende qualcosa? Poi si mette al piano e le chiede delle cose, che lei esegue, qualche semplice arpeggio, una scala, poi la stessa scala più veloce, poi più lenta, poi più piano, più forte... Sonia ha messo alcuni spartiti sul pianoforte, il maestro li sfoglia. Ha la faccia soddisfatta, ma Carlo non ci capisce niente, per lui è arabo, è come vedere due ingegneri aerospaziali che discutono della massa di un satellite, bello, ma bisogna fidarsi.

Ora il maestro tiene le mani di Sonia nelle sue, la guarda negli occhi.

«Lo sa che dobbiamo lavorare insieme, le va?».

«Se mi va?», ha le guance rosse come una pastorella alle sorgenti del Danubio, se ce ne sono ancora.

«Voglio dire... sarà faticoso, anche stressante. Io sono un orso cattivo e le cantanti, beh... non ammetto capricci o pose da diva. Accetto volentieri questo incarico per... le modalità dell'ingaggio, ecco. E anche perché, mi accorgo ora, e mi complimento, lei ha delle qualità inaspettate, addirittura sorprendenti. Ma lei capisce che il maestro Tononi non può andare a Basilea a fare una figura meschina».

Ha parlato di sé in terza persona, come Maradona, come Napoleone. Ma quel che chiede è chiaro: qui si gioca duro, signorina, qui si combatte per entrare in un club molto ristretto. Lei è un criceto che vuol salire sulla ruota e può anche farcela, ma poi vorrà correre? Vorrà tenere il ritmo?

A Sonia si spegne il sorriso:

«Io ho solo me stessa a cui badare, non sono una ragazzina viziata».

Carlo vede che il vecchio chiude gli occhi. Chissà se questo fa parte del patto che aveva con Giulia. Che patto, poi? Che accordo possono avere due persone che non si vedono per venticinque anni?

Ora Tononi e la ragazza parlano della scuola, degli studi, quali corsi, quali professori, sì, ne conosce un paio, sembra soddisfatto. Poi le chiede cosa canterebbe ora se avesse una platea davanti. Non quello che le viene meglio, non quello che le piace di più, no, quello che avrebbe veramente voglia di dire.

Lei ci pensa un attimo e dice: «Il *Vidit Suum*», e indica uno spartito.

Il maestro Tononi annuisce: «Lo *Stabat Mater* di Pergolesi, certo, capisco», poi mette le dita sul piano e tira fuori l'introduzione del pezzo che aveva strabiliato Carlo l'altra sera.

Non se ne intende abbastanza da valutare l'interpretazione, da trovare le differenze, ma gli sembra che qui sia tutto più fluido e meno aspro, più morbido ma al tempo stesso imperioso, forse dipende dal fatto che al piano c'è un campione e non un ragazzo tedesco appena diplomato. Ma l'effetto è lo stesso, quando

Sonia finisce sono ancora tutti a bocca aperta, anche Federica, che deve averla sentita cantare decine di volte. Il maestro annuisce, ma le spiega delle cose. Su «Spìritum» doveva tenere di più la nota, e poi scendere piano, invece ha fatto come un sussulto, un portamento, sì, qualcuna la canta così, ma è una concessione al loggione, una raffinatezza estetica che tradisce lo spirito di Pergolesi...

Forse è per questo che si prende un insegnante, pensa Carlo.

Ma insomma, Sonia è promossa a pieni voti, avrà per maestro un mito della sua arte, un signore sorridente, elegantissimo e severo che sa cosa voleva dirci esattamente Pergolesi, uno morto a ventisei anni quasi tre secoli fa, e infatti gliela fa cantare di nuovo, e questa volta sullo «Spìritum», qualunque cosa sia, lei fa tutto alla perfezione.

Ora si mettono d'accordo su orari, mattine, pomeriggi, incastrano le lezioni con l'agenda del maestro, ma si capisce che per lui Sonia sarà quasi un impegno a tempo pieno. Lei è esterrefatta, combattuta tra la gioia e l'incredulità. Pensava a qualche lezione, a qualche ora rubata chissà come a una celebrità simile, e invece...

Poi Tononi e il vecchio si appartano, forse parlano di soldi. Sonia si ritira in camera e Carlo invita Federica al bar, sta diventando un classico.

«Allora?».

«Allora niente, la ragazza mi preoccupa, queste montagne russe di emozioni la distraggono, sì, ma mi chiedo quanto può reggere. Questa notte vagheggiava di recital a New York e di come dovrei farle da manager e agente... cinque minuti dopo mi si aggrappava in lacrime chiamando la mamma. Insomma, anch'io non sono mica di legno. Questa mattina sono uscita a fare un giro, e ho avuto l'impressione di tornare nel mondo vero, dove piove, la gente si insulta per il parcheggio, gli uomini ti guardano il culo e le radio trasmettono canzoncine del cazzo. Poi sono tornata qui a gridare "Viva Verdi", a cacciare gli austriaci e a trepidare per il melodramma. Io studio economia, Carlo, all'opera lirica posso dedicare qualche ora se mi ci porta uno simpatico che mi offre anche la cena e magari qualcos'altro, se esistono ancora uomini che lo fanno».

Carlo ride. Dice che lui ha più o meno lo stesso problema col vecchio.

«È anche piacevole, pronto, in qualche modo... sorprendente. Ma spiega tutto quanto con la sua teoria dei rimpianti che sì, va bene, capisco, ma... Insomma, anch'io avrei un lavoro, ho un programma da inventare, gente da scegliere, una macchina piuttosto grossa da mettere in moto, e sto qui a... Ma la cosa irritante è come lui dia per scontato che la gente sia al suo servizio... tutti, intendo, il direttore dell'albergo, il maestro Tononi... mi dà l'impressione di uno che possa alzare il telefono e parlare con un capo di Stato, e che quello si metta sull'attenti».

Ora ride lei. Parlano ancora un po', di niente, e risalgono.

Sonia è ancora nella sua camera, Serrani e Tononi stanno discorrendo come vecchi conoscenti, di amicizie comuni, forse, o di posti che hanno visto.

È in quel momento che a Carlo suona il telefono. Oscar.

«Dimmi».

«L'hanno trovato».

«Il Ferri? Bene».

«Un po' troppo bene, forse. L'hanno trovato morto, ammazzato a sprangate, o una cosa del genere, a casa sua».

«Così ora quell'altro, lo zoppo, butta tutto sul morto e la sfanga, giusto?».

«Sì, a meno che non l'abbia ammazzato lui, secondo me ci stanno pensando».

«Ma se l'hanno preso!».

«Il Ferri è morto prima che lo prendessero, la sera prima, l'altro ieri... vabbè devo andare, se vuoi dillo al vecchio, forse anche la ragazza dovrebbe saperlo».

Ora Federica è andata in camera a recuperare Sonia. Carlo si avvicina al vecchio che sta parlando con il maestro, si china per sussurrargli a un orecchio, scusandosi per l'interruzione.

«Hanno trovato il Ferri, morto».

Umberto Serrani tace per un attimo, come per valutare la notizia. Poi dice:

«Bene».

E riprende a chiacchierare con Tononi, amabilmente, annuendo e controbattendo. Sì, Monaco di Baviera gli piace molto, anche se purtroppo conosce meglio Francoforte, ci andava per affari e...

Carlo è sempre più stupito. Ogni volta che si aspetta una reazione, il vecchio ne ha un'altra. Allora si avvicina a Federica, la porta in un angolo del salone e le spiega. La polizia ha arrestato uno dei due che hanno ammazzato la madre di Sonia, l'altro l'hanno trovato morto, crede che Sonia debba saperlo, vuole dirglielo lei? Scegliere il momento migliore? Può essere una consolazione?

Federica lo guarda con un rimprovero negli occhi: non è che adesso ci carichiamo altri pesi anche noi, che siamo spettatori? Però annuisce.

Carlo decide che è ora di andarsene, ma proprio in quel momento Sonia torna nel salone, ha un vestito bianco lungo, molto elegante, con una scollatura generosa.

Porta uno spartito e si avvicina al maestro. È una cosa che sta studiando, può darle un parere? Adilio Tononi guarda lo spartito e fa una faccia perplessa, la partitura è per chitarra, ma poi legge l'intestazione e annuisce, si siede al piano e studia per qualche secondo le pagine, poi attacca, e Sonia entra con la sua voce nella melodia. Leggera e dolente, scherzosa e seria.

Se son lontana dal mio diletto
Freddo sospetto mi agghiaccia il cor...

Ma soprattutto Sonia interpreta, muove le mani e le braccia, compone quegli scherzi e quei dolori che canta

228

anche con le espressioni del viso. Alla fine dell'esecuzione il maestro Tononi è ammirato e lo dice:

«Ragazza mia, Les Ariettes per voce e chitarra di Ferdinando Carulli rubate a Rossini sono una raffinatezza! Lei non smette di stupirmi, e questa volta... un'esecuzione perfetta, impeccabile...».

Sonia brilla letteralmente, il vecchio incassa un'altra soddisfazione, dà l'impressione di godere dei successi della ragazza come se fossero suoi. Federica invece è triste, preoccupata, pensa alla notte che arriva, a lei che dovrà dire a Sonia, sai li hanno presi, uno è morto, non sa che reazione aspettarsi.

Ora Carlo saluta ed esce veramente.

È la seconda volta che quella Federica dice una cosa notevole. Fuori dal Diana, lontano dai tappeti e dai broccati, dallo Steinway lucido e dalle poltrone coi braccioli dorati, prova anche lui la sensazione di tornare nel mondo normale, gente con le buste della spesa, passanti affannati, la pioggia che frusta tutti, il traffico. Decide di bersela tutta, quella contemporaneità pasticciona, così lontana dai trilli e dagli acuti di Sonia, gli basta salire in macchina e guidare per nemmeno un chilometro. Però si dice anche che nel mondo reale si sente solo, mentre là, nei secoli scorsi che ha appena lasciato, tra affari di cuore, cospirazioni, emozioni forti e bel canto, si sentiva come in famiglia. Allora fa una telefonata. Chiama Bianca Ballesi e si accorge che il numero non deve più cercarlo, lo ha memorizzato.

Attento, Monterossi, è così che si comincia, si dice.
E poi nel telefono:

«Non volevo chiamarti, ma dovremo cenare, prima
o poi, no?».

«Già, ci stavo pensando anch'io, è seccante ma bisogna farlo».

«Allora facciamolo».

«Da te?».

«No, pensavo di cenare fuori».

«Uh, che rammollito!». Ride.

Si danno appuntamento davanti al bar Magenta,
così lui può passare al negozio di dischi famoso che sta
lì, deve fare un po' di spesa.

Poi venitemi a dire che le ossessioni non sono con-
tagiose.

Diciotto

Alle sette del mattino è ancora buio, la pioggia si è calmata per qualche minuto, come se volesse prendere fiato, è stanca anche lei. La città è lucida, smerigliata da tutta quell'acqua. Quando Ghezzi entra nella stanza di Carella lui è già lì e si salutano con un grugnito. Allora Ghezzi decide per la missione umanitaria, va alla macchinetta in corridoio e torna con due caffè. Carella fa lo stesso grugnito di prima.

Ha davanti delle carte, dei moduli, fogli stampati fitti fitti divisi in colonne, i telefoni del Maione. Su un altro tavolo ci sono decine di sacchetti trasparenti con dentro carte, oggetti grandi e piccoli, quello che ha portato la scientifica dalla casa del morto, il Ferri. C'è anche un rapporto preliminare, i dettagli verranno in giornata, e saranno altre carte, forse se fanno in fretta addirittura i risultati dell'autopsia.

Ghezzi si mette lì, in piedi davanti al tavolo, e comincia a studiare, metodico. Ci sono i frustini, chissà perché li hanno presi, forse per confrontarli con quello tutto bruciato trovato nella macchina, giusto, così si può collegare il Ferri al pestaggio della Zerbi senza passare soltanto dalle testimonianze del coimputato

Maione. Poi tre telefoni. Ci sono le pistole che avevano visto, ma Ghezzi le mette da parte, non c'entrano col caso, finora non è partito nemmeno un colpo, solo mazzate. A proposito di bastoni, c'è un sacchetto pesante che contiene tre manganelli, roba buona, con l'anima d'acciaio, l'impugnatura ergonomica, aggeggi per gente che picchia duro, per fare male. C'è la busta con dentro settemila e cinquecento euro. Poi ci sono le cose che piacciono a Ghezzi. Dettagli, oggetti che magari non c'entrano niente. Quei sacchettini che ha lasciato per ultimi sono il paradiso delle false piste. Magari c'è qualcosa che stava sui pavimenti da settimane e ora balza agli occhi come se fosse un indizio, una prova, bisogna stare attenti, con le antenne alzate.

I mazzi di chiavi sono tre, uno dell'appartamento e gli altri due non si sa, ma uno ha un portachiavi strano, una moneta francese. Ghezzi gli scatta una fotografia col cellulare e prende un appunto mentale, poi va avanti con i pacchettini, come un bambino il giorno di Natale. Ci sono le chiavi della macchina, e quelle se le mette in tasca. I guanti di lattice gli danno fastidio, ha freddo perché Carella tiene aperta la finestra, ma gli sudano le mani. Nel portafoglio del Ferri ci sono i documenti, carta d'identità e patente, due carte di credito, un foglietto con dei numeri di telefono ma senza nomi, e una foto di lui un po' paramilitare, maglietta mimetica e pantaloni sportivi, un cavallo sullo sfondo, ed ecco la passione per i frustini, si dice Ghezzi. Forse, chi lo sa.

Carella, alla sua scrivania, sta zitto e continua a segnare con la penna i suoi fogli, tira righe, confronta numeri, soprattutto guarda il rapporto sulle celle telefoniche, che gli possono dire gli spostamenti del Maione la sera del delitto del Ferri, giovedì verso mezzanotte e mezza, ora più, ora meno.

Negli altri sacchetti ci sono cose incomprensibili, o che non servono a niente, ma nel dubbio, per non sentirsi dire dopo che hanno lavorato col culo, quelli della scientifica hanno imbustato tutto. Ghezzi cerca le foto, ogni oggetto deve avere l'immagine di dove è stato raccolto. Un pacchetto di medicine che stava sotto un mobile, una tesserina magnetica di quelle che aprono le porte o i cancelli, ma è bianca, sopra non c'è scritto niente, Ghezzi se la mette in tasca. In un altro sacchetto c'è uno strano ricciolo metallico, sembra argento, un fregio, un gioiello, no, un frammento di gioiello, sarà lungo un centimetro e mezzo, al massimo due. Ghezzi cerca le foto e vede che è stato trovato in un angolo del soggiorno, lontano dal corpo del Ferri, chissà cos'è. Scorre la lista e vede che è repertato come «023. Frammento argento (gioiello?)». Poi c'è un bottone, grosso, marrone, il bottone di una giacca, o di un cappotto. Questo era accanto al battiscopa nell'ingresso, vicino al corpo, sotto il tavolino con il vaso, Ghezzi se lo mette in tasca con tutto il sacchettino di cellophane.

Ora si siede e legge il rapporto. La morte risale a mezzanotte, più o meno, quindi il corpo è rimasto lì quasi ventiquattr'ore, il Maione era ancora libero. Il

Ferri non ha lottato, si può dire che non ha sofferto. Tre colpi in testa, fortissimi, non per tramortire, per uccidere. Secondo l'esame preliminare – ma il rapporto mette mille mani avanti, «si aspetta l'esito...», eccetera eccetera – il primo colpo è stato letale, alla base della nuca, ha fratturato il cranio e, per reazione, lesionato seriamente due vertebre del collo. Altri due colpi alla tempia e su un orecchio, quando il corpo era già a terra, questo lo sanno da come è schizzato il sangue, probabilmente non servivano. Ghezzi chiude gli occhi e guarda la scena. Il Ferri era uno grande, grosso e rissoso. Uno con le pistole e i manganelli da pestaggio in un armadio non si fa ammazzare con una manata, come una zanzara. Quindi è stato preso di sorpresa, di più, è stato preso in un momento in cui proprio non poteva aspettarselo, e chi l'ha ammazzato non ha voluto parlargli, offenderlo, guardarlo negli occhi. No, non è stata una lite o una rissa, è stata un'esecuzione. Cerca una cartellina tra quelle che ha portato la scientifica. Sulle impronte devono ancora lavorare, ma possono dire che quelle del Maione ci sono, anzi ci sono in tutto l'appartamento del Ferri, nel piccolo salotto, anche in cucina.

Ora Ghezzi prende il suo giubbotto da elettrauto polacco e fa per uscire.

«Ci vediamo tra... due ore, va bene?».

Carella grugnisce ancora.

Alle undici e mezza sono nell'ufficio di Gregori, a fare il punto.

234

«Oggi il sostituto sente il Maione, voi dovete esserci, eh!».

«Sì, capo, volevamo arrivarci con più materiale possibile, e adesso ne abbiamo un po'».

«Possiamo andare a prenderlo noi, il Maione, per l'interrogatorio? Così ci facciamo una chiacchierata, capo».

«Una chiacchierata con le sberle, Carella, o senza sberle? C'è una certa differenza, e non lo conosciamo, 'sto sostituto, metti che il Maione mi arriva qui con cinque dita stampate in faccia...».

«Tranquillo, capo», dice Ghezzi.

«Va bene, è fissato per le tre, andate a prenderlo un po' prima e fate 'sta chiacchierata. Dai, su, sentiamo».

Carella e Ghezzi si guardano, chi comincia? Poi parte Ghezzi.

«Non c'è stata lotta. L'idea che mi sono fatto è che qualcuno aveva le chiavi, è entrato e l'ha aspettato lì con una mazza in mano. Una cosa non spigolosa, arrotondata, un manganello, una mazza da baseball, non una cosa che taglia, ma il colpo è stato potente, gli altri due poteva anche non darglieli. Siamo stati lì, la dinamica è abbastanza semplice. Se stai al buio, zitto e fermo, quello entra e si gira per chiudere la porta mentre accende la luce... un gesto meccanico. A quel punto... bam, il Ferri magari non se n'è nemmeno accorto, è morto e basta».

«Un'esecuzione».

«Sì, non sono stati a chiacchierare come nei film. Ho fatto un po' di giri questa mattina... dunque... il Ferri aveva un box che si apre con una chiave elettronica, la macchina è una Mercedes, dentro c'erano due bustine di coca e nient'altro. Tra le chiavi trovate a casa sua ci sono quelle di casa della Zerbi... ho mandato la foto all'amica della figlia, quella che sta là nell'albergo figo a giocare al Risorgimento, e lei l'ha fatta vedere alla ragazza. Conferma, è un portachiavi con una vecchia moneta da dieci franchi francesi... Ci sono altre cose strane, ma quelle che ci sono sempre, oggetti sulla scena, boh, ci studieremo».

«Hai rimesso i sigilli?».

«Ma sì, capo. Poi sono stato a casa del Maione, no, non dentro. Ho fatto il percorso a piedi da casa sua a quella del Ferri, a passo svelto ci vogliono venti minuti».

«Spiegami meglio, Ghezzi».

Invece parla Carella.

«Il cellulare del Maione è stato agganciato dalla cella che copre la casa del Ferri, giovedì sera, da mezzanotte meno qualcosa all'una e qualcosa, più di un'ora, dopo è tornato a dormire, perché all'una e un quarto il telefono era agganciato alla cella che copre casa sua. Quindi possiamo dire che è stato lì un'ora e poi è tornato a casa, difficile sbagliarsi. Poi ho guardato nelle cose sequestrate al Maione, c'era un mazzo di chiavi che non sapevamo cosa fosse, e ora lo sappiamo, un doppione delle chiavi di casa del Ferri».

«Quindi aveva le chiavi per entrare e sappiamo che stava lì all'ora del delitto? Direi che è fatta... manca l'arma, ma già così è un bell'andare».

«Gli scienziati hanno analizzato la mazza da baseball che stava a casa del Maione, ma niente, sia il luminol che... beh, non è con quella che gli ha spaccato la testa», dice Ghezzi.

«Va bene, ora mando qualcuno a fare la strada a ritroso e vediamo se ha mollato un tubo, un manganello, una sbarra da qualche parte sul tragitto... voi che ne pensate?».

«Che rimane ancora in sospeso la questione del signor Rossi, ma insomma... a voler ammazzare il Ferri erano in due, il Maione, che ha il movente più forte, perché il Ferri morto per lui vuol dire uscire tra dieci anni e non tra quaranta... Anche 'sto Rossi avrebbe avuto i suoi interessi per farlo fuori, un balordo di cui non poteva più fidarsi e che aveva ammazzato la Zerbi... ma di lui non sappiamo niente».

«Dai, andate a lavorare, ci vediamo qui alle tre quando portate il Maione».

Ora bevono un caffè vero, al bar.

«Perché il Ferri si sarà tenuto in casa le chiavi della Zerbi? Bisogna essere scemi forte».

«Era scemo forte, allora».

Carella sta pensando delle cose, Ghezzi delle altre. È come la vita di coppia, sapete, ogni tanto esplode la voglia di farsi i cazzi propri.

Sannucci li aspetta e li porta al carcere. Si registrano, firmano dei moduli, prendono in consegna il Maione e gli mettono le manette, poi lo infilano in macchina sul sedile di dietro, accanto a Carella, Ghezzi davanti, Sannucci guida. Come l'altra volta, gli hanno chiesto di andare con molta calma, non è nemmeno l'una e devono essere da Gregori alle tre. Sannucci mette in moto e si muove piano perché sono in centro, va verso i Navigli, ha ricominciato a piovere, ma il traffico è sopportabile.

«Stai ancora zitto e muto, Maione? Non vuoi sapere se abbiamo beccato il tuo amico?».

Quello tace. Ha la faccia un po' più grigia di quando l'hanno preso, forse anche più spaventata, perché un conto è dire: «La galera, la galera, uh, che brutto!», e un conto è starci dentro. Pare stanco e ha capito che per anni quella sarà la sua situazione abituale.

Sannucci si aspetta uno spettacolino come l'altra volta, ma Carella non ha voglia di giocare al gatto col topo, è incazzato per qualcosa, ma chissà cos'è.

«Ti portiamo dal giudice, per noi la storia finisce qui. Giovedì sera tu verso mezzanotte sei andato a casa del Ferri, sei entrato con le chiavi che avevi, e che ti sei riportato a casa, per dire quanto sei coglione... e quando lui è entrato gli hai spaccato la testa. Poi hai chiuso e sei tornato a casa, il giorno dopo ti abbiamo preso senza saperlo, ma adesso lo sappiamo. Avevi le chiavi, eri lì, cioè sei uno che va ad ammazzare la gente col telefono in tasca, ti dico solo questo, Maione, per spiegarti che mi facevi schifo ma mi sbagliavo, mi fai ridere».

Ghezzi si è girato per guardare la faccia del Maione. Non stupita, non spaventata... sì, c'è anche tutto il campionario della costernazione, ma domina una smorfia di attenzione. È concentrato, sa che ha pochi minuti per valutare come uscirne, trovare una spiegazione, cosa raccontare e cosa tacere.

«Davvero è morto?».

«Parecchio morto, sì, ma tu, Maione, sei quello che lo sa meglio, quindi non farmi la recita di Natale, abbiamo più prove di quelle che ci servono, se ci dai anche l'arma ci fai un favore, ma anche chissenefrega, per noi basta così, e il sostituto la pensa come noi».

«Mi appioppate il Ferri e caso chiuso, giusto? Così salvate il culo a uno dei vostri che è più sporco della merda, coprite tutto, magari se lo beccate lo trasferite lontano e tanti saluti al cazzo, non è così? Ora, dal magistrato, ci sarà anche il mio avvocato e vediamo se vi va così liscia».

Ghezzi sospira, è tornato a guardare la strada e parla col tono di chi si annoia parecchio.

«Liscia, gassata... dai, Maione, te l'ho già detto che a noi non ce ne frega un cazzo. Davanti al magistrato vuoi fare il teatrino e darci anche il capo, e dire che a ammazzare il Ferri è stato lui? Benissimo, andiamo a prendere anche lui, poliziotto o non poliziotto. È solo lavoro, Maione. Però se accusi uno di omicidio devi avere qualche asso nella manica, perché le prove che abbiamo contro di te sono piuttosto... vabbè, dai, tempo perso».

Ora sono lungo il Naviglio Pavese, sui cinquanta all'ora, le macchine dietro scalpitano, ma nessuno osa sorpassare un'auto della polizia in una carreggiata con la riga continua.

Carella invece fa l'aria di quello che vuole capirci di più.

«Quindi secondo te noi ti molliamo due omicidi invece di uno solo per proteggere uno di noi? Beh, sì, forse fai bene a pensarlo... però, vedi, Maione, sei messo come l'altra volta, anzi peggio».

«Tutte le volte che vieni in macchina con noi sei nella merda», dice Ghezzi, «perché non prendi il tram?».

«L'altra volta se ci davi il Ferri ti si mettevano un po' meglio le prospettive. E adesso se riesci a dimostrare che l'assassino del Ferri è il terzo uomo ti risparmi qualche guaio grosso, anche se non di molto, perché la Zerbi ce l'hai comunque sul groppone...».

«È stato il Ferri a ammazzare la Zerbi! Lo sapete anche voi!».

«Ma noi non contiamo niente! Noi siamo sbirri. Poi c'è il giudice, il pm, la parte civile, le perizie... vai a sapere... si chiama verità processuale, lo sai, vero, Maione? La chiamano così perché con la verità non c'entra un cazzo».

«E poi», questo è Ghezzi, «andiamo per logica. Non hai ammazzato la Zerbi ma eri lì. Non hai ammazzato il Ferri ma eri lì, chi cazzo sei, Maione, Mister Magoo che passi sempre per caso in mezzo ai disastri e te la cavi? Comunque la scelta è fidarsi di te, che sei un delinquente, o fidarsi dei fatti e delle prove, e io scelgo le prove. Avevi le chiavi...».

«Perché avevi le chiavi del Ferri?».

«Quel posto lo usavamo anche come deposito... se dovevo prendere delle cose...».

«Che cose?».

«Cazzi miei».

«Giusto, Maione, così mi piaci. Uno che sta nella merda fino al collo non è che se ne mangia un cucchiaino per golosità, bravo, ti stimo».

Ora hanno prati a destra e a sinistra, a sinistra c'è anche il Naviglio che va verso Pavia, con un'acqua scura, quasi nera, mentre il cielo è grigio chiaro, ottusamente. Stanno zitti un po'. È chiaro che il Maione parlerà, ma sa che presto vedrà il magistrato e il suo avvocato, quindi non ha fretta, e intanto raccoglie le idee.

Ghezzi capisce che bisogna stupirlo, che bisogna bluffare un po'. Sta zitto ancora, poi si volta e lo guarda negli occhi.

«Quand'è che vi siete divisi i quindicimila?».

Quello sgrana gli occhi, come se gli si illuminasse nelle pupille la scritta: «Cazzo, siete già così avanti?». Quel coglione del Ferri l'ha detto a qualcuno? Carella ha fatto anche lui la faccia stupita, ma ha capito dopo tre secondi.

Ah, però, il Ghezzi. La mossa è geniale, azzardata ma geniale. Allora gli batte una mano sulla spalla:

«Cazzo, Ghezzi, non dovevi dirglielo!».

«Eh, mi è scappata, pazienza».

Adesso il Maione sta pensando come un supercomputer, ottocento milioni di connessioni logiche ogni nanosecondo, se gli mettete in testa un pentolino potete fare le uova sode. Quindi è il momento di insistere.

«Comunque, Maione, non per farci i cazzi tuoi, che siamo rispettosi della privacy, però secondo noi il Ferri ti serviva più vivo che morto. A quanto si capisce era un coglione, tu se eri bravo a recitare passavi per l'amico scemo che guidava la macchina. Invece da morto... mah... i tribunali tra un vivo e un morto tendono a mandare in galera quello vivo... comunque avrai fatto i tuoi calcoli, io sono per il libero arbitrio».

«Non l'ho ammazzato io, infatti».

«E chi, allora?».

«Il vostro collega».

«Così è troppo facile, Maione. Ci serve un nome, un indirizzo, dove lavora, che turni fa, quando lo vedi, come comunicate, tutta la storia... O forse pensi che sei già abbastanza fregato così e tirare in mezzo uno sbirro può solo complicarti la vita... anche questa è un'opzione...».

Quando arrivano in questura, si vedono tutti nella stanza di Gregori.

Il Maione, sempre in manette, ha parlato un quarto d'ora con il suo avvocato, un tipo grasso vestito da avvocato, che quando si è riavvicinato alla scrivania di Gregori e si è seduto ha tirato un sospirone. Ha detto che il suo cliente intende collaborare, che si dichiara innocente sia dell'omicidio della Zerbi che di quello del Ferri, che però ha bisogno di tempo per elaborare date, nomi eccetera eccetera, e che quindi per ora si avvale della facoltà di non rispondere, ma che se gli danno ventiquattr'ore di tempo, o anche quarantotto, poi dirà tutto per benino. Sì, lo sa, è una richiesta... irrituale, ma lui in cambio offre due cose. Non chiede la scarcerazione, non fa appello, non tira in ballo il riesame, che vuol dire un sacco di carte in meno, e soprattutto non parla coi giornali. Tradotto in italiano significa: non chiamo i cronisti per dire che c'è di mezzo un poliziotto. L'aria è quella di uno che dice: il piacere lo faccio io a voi, avete un paio di giorni per metterci una pezza.

Gregori si agita. Fronteggiare i giornali con il sospetto di uno sbirro che gestisce un giro di usura e magari ammazza pure i complici... Il sostituto non ha fatto una piega. Ora guarda l'avvocato come si guarda un cane che caga.

«Si rende conto, avvocato, che se al presunto poliziotto ci arriviamo prima noi, senza la collaborazione del suo cliente, le cose possono solo peggiorare, vero?».

«È un'ipotesi, sì, lo capisco, dottore. Ma con l'accusa di due omicidi che non ha commesso, il mio cliente crede che peggiorare ancora sia difficile».

«Hai ammazzato anche l'altro, Maione? Dai, diccelo, non farci scarpinare», e questo è Ghezzi.

«Ma come si permette!», tuona l'avvocato, senza crederci nemmeno lui.

Il sostituto manda un'occhiataccia, poi, quando a Ghezzi suona il telefono, sbuffa irritato. Lui va a parlare piano in un angolo della stanza.

«Ghezzi, sono la Cirrielli».

«Sono in un momento un po'... dimmi veloce».

«Venite qui».

«Sì, facciamo così... appena liberi...».

«Venite qui, cazzo, subito», e mette giù.

Quando Ghezzi si gira verso gli altri il Maione è in piedi, l'avvocato sta stringendo la mano al sostituto, che andrà subito a sterilizzarla. Carella si rimette la giacca.

«Però non lo riportiamo noi a San Vittore, eh, mica facciamo il taxi per questo coglione qui», dice il Ghezzi. Intanto guarda fisso Gregori, vuole dirgli qualcosa, ovvio.

«No, no, lo mandiamo con una pattuglia, voi state qui, che dobbiamo fare il punto».

Poi escono tutti. Ghezzi si rivolge a Gregori: «Grazie, capo».

«Grazie un cazzo, Ghezzi, vorrei sapere cosa succede».

«Dobbiamo andare in un posto, io e Carella».

Adesso anche Carella lo guarda strano.

«Urca, Ghezzi, dovete andare in un posto segreto, che io non devo sapere?».

Ma quello ha già preso Carella per un braccio e sono usciti di corsa. La frase «Ghezzi, non farmi incazzare» li ha inseguiti per il corridoio e giù per le scale, ma li ha solo sfiorati, nessuno si è fatto male.

Quando sono in macchina, col fiatone, Ghezzi dice a Carella di mettere la sirena e di correre dalla Cirrielli, al commissariato Greco-Turro, dove hanno ammazzato la Zerbi. Poi non parlano più, perché chiacchierare durante un rally urbano in mezzo al traffico, alla pioggia, ai pedoni che si avventurano fuori dalle strisce, ai semafori, non è facile. Carella ci mette sei minuti e mezzo, senza ammazzare nessuno, e questa è la cosa più strabiliante.

La Cirrielli è livida, incazzata, fuori di sé. Chiude la porta della sua stanza e li fa accomodare, niente grida selvagge per l'agente Conti, niente caffè di benvenuto, si vede che si è preparata un discorsetto.

«Non lo so perché parlo con voi, in realtà avrei dovuto chiamare Gregori».

«E allora chiama Gregori, no?».

Ghezzi sbuffa. Carella ogni tanto lo fa davvero incazzare, sembra un bambino di quelli polemici. La Cirrielli è una brava collega e non c'è bisogno di prenderla di punta. Quella va avanti come se non avesse sentito.

«Mi sono fatta l'idea che voi siete in gamba, lo dicono tutti, dal caso dei sassi in poi, e se si prende il pollo, come lo si prende non ha tanta importanza, giusto? Ora io ho preso il vostro pollo, ma diciamo che ho fatto una... forzatura alle regole. Che ne dite, ne parlo con voi e pensiamo al risultato, oppure vado da Gregori a beccarmi una sospensione?».

«Dai, Cirrielli, racconta tutto, non fare la verginella, a meno che non hai ammazzato qualcuno, per quanto possibile, noi ti copriamo».

«Ok, comincio dall'inizio». Poi si accende una sigaretta e ne offre una a Carella. Scambiatevi un segno di pace, fratelli.

E dunque la storia era questa.

Anche prima che loro andassero lì a dirle che c'era uno in zona che faceva discorsi strani e si presentava come un poliziotto, lei aveva alzato un po' le antenne. C'erano stati un paio di fatti sospetti, nei mesi prima. Tre negozi svaligiati alla maniera classica, piede di porco, su la serranda e via in fretta con poca roba. Furti da ragazzini, una banda di dilettanti che rischiava lo scasso per... duecento euro? Qualche telefonino? Niente di strano, però la infastidiva il fatto che le volanti stavano sempre lontane. Insomma, tre colpi su tre e ogni volta loro erano da un'altra parte. Lo aveva detto in riunione, coi poliziotti del commissariato: che sfiga, ragazzi, è come se sapessero i nostri turni e i nostri itinerari. E come per magia i furti si erano interrotti... e questo... un sei mesi fa, sì, perché ricorda che dopo è andata in ferie... Poi aveva avuto altri segnali...

«Perché non ce l'hai detto, quando siamo venuti qui?», chiede Carella.

«Lo sai perché... perché non avevo niente in mano... e poi una cosa che succede qua la voglio risolvere io».

«Vai avanti, Cirrielli», dice Ghezzi.

«Il giorno prima che voi veniste qui, il giorno prima dell'omicidio Zerbi ho deciso di fare un po' di casino. Ho cambiato i turni a sorpresa, praticamente senza preavviso».

Ghezzi sa cosa vuol dire, è una cosa che rasenta il mobbing. Tu conosci i tuoi turni e prendi un impegno, o hai un lavoretto extra, oppure la famiglia, e da un momento all'altro la sera libera ti diventa di pattuglia, la domenica diventa un lunedì.

«Starai sul cazzo a tutti, Cirrielli».

«Puoi giurarci. Però mi ha insospettito di più uno, un vicesovrintendente che l'ha presa proprio male, ha fatto una scenata, ha detto, che cazzo, non si può lavorare così, eccetera, ha tirato giù i santi e le madonne... sembrava uno sfogo... spropositato... qualcosa di più di un extra saltato o di una scopata sfumata».

«Fino a qui non c'è nessuno strappo al regolamento, Cirrielli, ci arriviamo o facciamo notte?». Stavolta Carella non si è tenuto.

«Ci arrivo. Comunque questa cosa, questa della scenata, è successa proprio il giorno in cui è morta la Zerbi, cioè è avvenuta alle due del pomeriggio, e la Zerbi è morta alle undici di sera... Insomma, mi ero insospettita e ho fatto una cosa che non va fatta... Sono scesa di sotto e ho aperto il suo armadietto... sono bravina con le serrature, comunque è un lucchetto da due lire...».

«Dai Cirrielli, cazzo».

Lei apre un cassetto della scrivania e tira fuori due cose. Una è un foglio con l'identikit di Giorgio Rossi e l'altra è uno straccetto nero, a vederlo così, ma che si rivela un parrucchino di capelli scuri. Li mette sulla scrivania uno accanto all'altro.

«Vicesovrintendente Roberto Baraldi, dieci anni in polizia, stato di servizio impeccabile, un po' rigido, magari, ma mai un problema, fino alla scenata del cambio turno che vi ho detto».

«Non è detto che basti, Cirrielli... è calvo, 'sto Baraldi? Magari il parrucchino gli serve per conquistare le ragazze».

«Ha i capelli cortissimi, a spazzola, rasati, insomma... vabbè, tu mettigli 'sta parrucca e gli occhiali a goccia e hai il tuo identikit, uguale sputato».

«Altro?».

«Sì. La volante che è arrivata per prima sul luogo dell'omicidio... in via Torelli Viollier, dalla Zerbi... c'erano lui e un altro, un ragazzino. Hanno aspettato l'ambulanza, poi sono saliti in casa... pochi minuti, credo, perché dopo il caso è passato a voi, e noi una vera perquisizione non l'abbiamo fatta».

«E come sono entrati in casa della Zerbi?».

«E che ne so, Carella, avranno usato le sue chiavi, no?».

«No, Cirrielli, perché chi ha ammazzato la Zerbi si è portato via la borsa, e le chiavi le abbiamo trovate a casa del Ferri buonanima... hai detto che c'era un giovane agente insieme al Baraldi?».

«Sì».

«Vedi se sta qua... me lo chiami?».

«Vediamo».

Due minuti dopo hanno davanti uno alto come una pertica, magro, ventun anni, piemontese, come si sente appena apre bocca.

Sì, è intervenuto sul luogo del delitto con il vicesovrintendente Baraldi. No, lui non è salito, è salito solo il sov. Chiavi? Lui non ne sa niente, è stato giù a mandar via i curiosi, pochissimi per la verità, e a parlare coi medici.

«Nel rapporto si dice che siete saliti insieme».

«Ah, sì? Non lo so, il rapporto l'ha scritto il sov, io l'ho firmato, non è che l'ho letto tutto, se non ti fidi di un collega...».

Ora devono solo pensare a come prenderlo. Parla Carella.

«La cazzata non è stata aprire l'armadietto, Cirrielli, su questo non diremo niente, ovvio. La cazzata è stata prendere la parrucca e non lasciarla lì, ora quello non la trova e capisce tutto».

Lei si morde un labbro. «Sì, hai ragione, ci ho pensato dopo».

«Che turno ha il Baraldi oggi?».

«Ha iniziato alle tre e finisce alle undici, per quello vi ho fatto fretta, quando scopre che non c'è la parrucca bisogna che ci sia qualcuno che gli parla...».

«Così perdiamo un vantaggio, però» dice Ghezzi. «Tu non saresti capace di riaprire e rimetterla nell'armadietto?».

«È un po' pericoloso, giù c'è sempre un viavai. Se io maneggio un armadietto dagli uomini si nota, eh, è un rischio».

Carella la guarda. L'aveva giudicata male, invece è una disposta a giocarsi la carriera per prendere uno stronzo. Però questa è una considerazione sua, che non c'entra col caso, non bisogna lasciare che i sentimenti... Allora dice:

«Tu hai rischiato il culo per prenderla e tu adesso rischi il culo per rimettercela. In cambio noi ti facciamo giocare e il Baraldi lo prendiamo insieme. Se viene fuori l'encomio è tutto tuo, noi abbiamo già dato e le cerimonie non ci piacciono».

«Mi ci pulisco il culo, con l'encomio, io voglio prendere quel...».

«Dimmi come possiamo aiutarti», e questo è il Ghezzi che ha sempre una parola buona per tutti.

Ora sono le sei e mezza, tra mezz'ora finisce uno dei turni, cioè tornano due o tre volanti, difficilmente tornano prima, semmai un po' dopo. Il commissariato ha un corridoio che fa da sala d'attesa, da una parte si va agli uffici, vicino alle macchinette del caffè c'è una scala che scende agli spogliatoi per gli uomini e per le donne, che sono due stanzoni coi cessi, gli armadietti e le panche, tipo palestra. La Cirrielli scende le scale, Ghezzi e Carella si mettono sulla porta, infilano le monetine nel distributore, chiacchierano del più e del meno. Poi arriva uno che si avvia verso la scala, per scendere, però non ha fretta, li saluta, loro lo fermano con una domanda, non possono impedirgli di scendere, ma rallentarlo sì.

«Hai visto la Cirrielli? Non è nella sua stanza, e avevamo appuntamento...».

«No, torno adesso da fuori, sarà al cesso».

«Senti, tu ne sai qualcosa dell'affare della Zerbi?».

«Quello che sanno tutti, che l'hanno massacrata come un cane e il caso l'hanno dato a voi del centro perché siete bravi coi giornali».

«Ah, si dice questo?».

«Niente di personale, eh».

250

Ora c'è qualcuno che sale le scale e sbuca dove stanno loro, è la Cirrielli. Saluta con un cenno il collega e finge stupore che Ghezzi e Carella siano lì.

«Sono già le sette?», dice.

«Meno un quarto», dice Carella.

«Allora siete in anticipo, cos'è, non si può nemmeno pisciare in pace?».

Va a passo di carica nel suo ufficio, prende un soprabito blu che la fa più piccola ancora di quello che è, poi torna in corridoio e dice:

«Andiamo».

Diciannove

Era un giorno che Giulia tornava da Parigi. Aveva amici là, le sue traduzioni, i suoi contatti, tutte cose che lui conosceva vagamente, che non voleva esplorare. Anche i suoi movimenti, quelli che non lo riguardavano, erano sempre un mistero. Ogni tanto una telefonata: sono a Parigi, sono a Lione, spesso affidati ai centralini, agli appunti delle segretarie che gli portavano dei foglietti durante riunioni in cui si decidevano le sorti di interi patrimoni: «Messaggio dalla dottoressa Zerbi: questa sera firmerà il contratto a Bruxelles», un linguaggio in codice, un altro gioco tra loro.

Lei tornava da Parigi e lui era andato a Linate a prenderla, a sorpresa, alle cinque di un pomeriggio di maggio, luminoso, speranzoso, frizzante. Aveva scritto su un grande foglio bianco «dottoressa Zerbi», come gli autisti che aspettano gli ospiti delle aziende da scarrozzare in giro, e l'aveva attesa lì. Quando lei era uscita dal ritiro bagagli – ma aveva solo una borsa da viaggio – l'aveva visto subito, in giacca e cravatta con quel cartello in mano, e la sua risata aveva illuminato il mondo, sciolto i ghiacci eterni, riaperto il passaggio a nord-ovest, fatto invidia alle lune di Giove. Avevano preso una macchina a noleggio, una sportiva, e davanti al desk lui le aveva detto:

«Dottoressa Zerbi, ogni vostro desiderio è un ordine, mettete un dito sul mappamondo, o mia regina, e lì vi porterò a cena».

Lei era stata al gioco. La loro era una specie di sfida allo stupore reciproco.

«Oh, mi piacerebbe tanto il Je ne sais quoi di Ginevra».

Lui non aveva fatto una piega, aveva chiesto all'impiegato della Hertz di concedergli una breve telefonata e quello, figurarsi, uno che prende un macchinone così perché la signora vuole andare a cena a Ginevra... Così aveva ordinato a qualcuno dall'altra parte del filo, qualche segretaria efficientissima, di prenotare per... le dieci? Va bene... ed erano partiti. Lui guidava, lei aveva reclinato il sedile e aveva dormito fino a dopo il tunnel del Monte Bianco, si era svegliata mentre lui domava la macchina nella discesa verso la Francia.

«Ho fame».

«Manca poco, un'oretta».

«Perché lo fai?».

«Cosa?».

«Tutto questo».

«Voglio che il tempo che passiamo insieme sia diverso da tutto l'altro tempo».

«Stai teorizzando una doppia vita».

«Certo».

Era una serata gloriosa. Dal ponte sul lago si vedeva la città illuminata, con il cielo non ancora nero e un rimasuglio di tramonto sul fondo. Lei aveva recuperato la sua borsa nel bagagliaio e si era cambiata in macchina, anche le scarpe, una specie di metamorfosi veloce.

Al ristorante aveva giocato lei. Faceva la parte della giovane assistente zelante, forse una escort di lusso, una geisha con il suo samurai. Parlava con i camerieri dicendo, per me la religieuse de fois gras de canard, il signore prende... Oppure: mi raccomando, la cottura del filet mignon aux agrumes del signore...

«Dunque sono alle prese con uno che vuole due vite, che arroganza, nemmeno Faust!».

«E senza vendere l'anima!», aveva detto lui.

«Questo non si sa».

Poi gli aveva raccontato di questo scrittore francese, uno agli esordi, ma già lanciatissimo, un fenomeno delle classifiche, che voleva lei e solo lei per tutto ciò che riguardava l'Italia, traduzioni, contatti, manifestazioni pubbliche, incontri... Lei era lusingata, ma quello ci provava, aveva fatto delle avances...

«È affascinante?».

«Mah, come sono affascinanti i francesi... uno può essere un tipo interessante, va bene, ma non è necessario tatuarsi "guarda come sono charmant" sull'uccello».

«E tu gliel'hai visto, l'uccello?».

«È il massimo che sai fare in tema di gelosia?».

Passeggiavano sul lungolago, calmi, rilassati, lui come al solito svuotava il suo sacco di cose inutili e si sentiva leggero. Le aveva spiegato che non era questione di gelosia, era un'altra questione, più complicata. Lui era così preso di lei, che quando erano insieme non c'era nient'altro. Se lei si fosse innamorata di qualcuno lui sarebbe impazzito... Ma non era una tragedia che potesse impedire. Nemmeno con le bombe a mano, il gas nervino, milioni di milioni in valuta pregiata, diamanti, dichiarazioni in lacrime e in ginocchio nelle aree di servizio, implorazioni patetiche nelle stanze d'albergo... Non l'avrebbe fatto, certe cose non si possono fermare, se uno vuole andarsene se ne va, e lui accettava questo rischio come si accetta che si può precipitare quando si sale su un aereo. Quello che lui voleva era che lei fosse libera, totalmente libera, padrona di se stessa, perché solo quella libertà totale rendeva inestimabile la sua scelta di stare con lui in quelle ore rubate. Ma lei aveva cambiato umore, non aveva più parlato, e quando erano arrivati in macchina davanti al parcheggio dell'Hotel d'Angleterre aveva detto no.

«Riportami a casa».

Erano ripartiti senza dire altro. Lei non sembrava né triste né allegra, solo lontana. Gli aveva messo una mano su una coscia mentre lui guidava, ed era stata ferma così. Lui sentiva la sua mano addosso e aveva pregato per centinaia di chilometri che lei non la togliesse, e lei non l'aveva tolta. C'era e non c'era, ma era lì, mentre lui guidava nella notte.

Appena arrivati a Milano, quasi all'alba, lei aveva detto: «Fermati qui», aveva recuperato la borsa, era salita su un taxi. Poi aveva chiesto al tassista di aspettare, era scesa, aveva aperto la sua portiera e lo aveva baciato.

«Scusami», aveva detto, «ma io tenderei ad avere una vita sola». Però il bacio diceva altre cose.

Era sempre così, ogni volta che si staccavano era un addio, e quando si rivedevano una specie di prima volta in cui dovevano sedursi daccapo. Non che facessero fatica.

Ora gli sembra di aver avuto quella mano sulla coscia, un segno di possesso, un «io ci sono», per tutti quei venticinque anni che non l'aveva vista. Si ricordano le grandi cose, le date importanti, i grandi eventi, certo. Ma sono le schegge invisibili che ti feriscono per sempre, che rimangono nei tessuti, che fanno infezione.

Il vecchio è seduto su una poltrona del suo studio, la finestra aperta, guarda la pioggia che cade. Gli piace che non smetta, gli sembra che stia gareggiando per qualche tipo di record, piove da venti giorni, forse sarà così per sempre. Pensa a com'è possibile che la gente non capisca il peso insostenibile delle cose andate, la ferocia del fatto che non puoi più riaverle indietro, fanno finta di niente, vanno avanti, si abituano. Anche quel Monterossi, quel suo nuovo amico, che sembra uno che di nostalgie se ne intende, ma insomma... anche lui minimizza, anche lui dice quelle cose superficiali... su, su, tutto si sistema, c'è anche la vita, no?

Lui si sente stanco.

Se chiude gli occhi avverte la vibrazione della macchina, il motore che ronfa, la mano calda di Giulia sulla coscia, come un segno di protezione e di possesso, ma chissà chi dei due possedeva l'altro, in quel viaggio di ritorno che li portava ancora una volta fuori dalla loro bolla.

Lui aveva dormito un'ora nel parcheggio riservato, sotto l'ufficio. Poi era salito per un'altra giornata di lavoro, una camicia pulita, le solite riunioni, altri soldi da far sparire in fiumi sotterranei, altri imperi da salvare. C'era una leggerezza speciale in quegli addii che suonavano come degli arrivederci.

Era felice.

«Devo uscire di qui o impazzisco, mi offre il pranzo?».

Federica, l'amica di Sonia, gli lanciava una richiesta d'aiuto e Carlo non poteva rifiutare. Così si era presentato all'albergo, al Diana, e l'aveva caricata al volo, ma lei l'aveva fatto fermare e camminare un po', per approfittare di una tregua della pioggia, anche se il cielo diceva: non rilassatevi troppo, è solo un intervallo.

Lui aveva proposto un ristorante lì vicino e lei aveva detto: «Per carità, se mangio ancora roba da ristorante muoio sul colpo».

E ora sono seduti da McDonald's, in piazza Oberdan, vicino alla cineteca, tra ragazzini usciti dalla scuola che urlano, lavoratori di passaggio che fanno scorta di calorie da scaricare nella produzione, poveri che risolvono il pranzo con cinque euro.

«Ci mancava il matrimonio».

«Eh? Si sposa?».

Lei ride: «Ma no, che scemenza, e con chi, poi?».

No, la faccenda del matrimonio era una novità, una cospirazione del vecchio con il maestro Tononi, un pericolo pubblico, quei due, adesso che erano amiconi.

Quindi lei spiega quello che sa, che ha sentito dai discorsi del vecchio, dalle esortazioni del maestro e dalle paure miste a frenesia di Sonia.

«Sabato a Stresa c'è un matrimonio di quelli superblindati, molti vip, classe dirigente, milionari... La figlia di Faraboli e...».

«Faraboli il banchiere?».

«Sì... lei e un rampollo di non so che famiglia francese, Quatraud, non so se le dice qualcosa...».

No, Quatraud non gli diceva niente, ma Faraboli era un po' poco definirlo solo un banchiere. Sì, ora è a capo di un grande gruppo bancario, quelli con i profitti privati e le perdite pubbliche, comodo. Ma prima era stato presidente di altri enti, o fondazioni, altre banche, aziende a partecipazione statale, cioè quelle privatizzate mille volte ma ancora sul groppone del contribuente. Un pilastro del potere italiano, insomma.

«Si sposano due imperi, ecco, e non so chi, se il vecchio o Tononi, hanno avuto l'offerta di... o l'idea è loro, non so... beh, gliela faccio breve... Sonia canterà al ricevimento, un suo recital di venti minuti, con il maestro al pianoforte... non è il tipo di matrimonio in cui si fa il trenino e il taglio della cravatta... Tononi insiste che Sonia deve sciogliersi davanti a un pubblico vero, che finora ha studiato bene, ma deve padroneggiare anche l'onda emotiva... ha detto così, giuro, e poi può essere una prova generale in vista del concorso di Basilea».

«Il vecchio sta esagerando, Sonia non è di gomma, rischia di esplodere, la ragazza».

«E io non rischio di esplodere?».

Già.

Quindi lei aveva spiegato che Sonia non la teneva più, come un cavallo del Palio di Siena, una doccia scozzese continua. Le aveva detto degli assassini della madre, uno arrestato, l'altro morto, forse ammazzato proprio da quello che hanno preso. Insomma, la storia era finita, restavano il lutto e il dolore, ma la giustizia, almeno quella, sembrava correre come un treno. Però aveva pianto. E aveva pianto anche prima, quando lei era stata costretta a mostrarle la foto del portachiavi di mamma. Sì, erano le sue chiavi di casa... altre lacrime. E poi invece la frenesia del matrimonio. Cosa canto? Cosa mi metto? Tononi le aveva fatto una vera lezione: il pubblico sarebbe stato ricco, colto, selezionatissimo, molti con un palco alla Scala. Ma l'aveva anche ammonita di non fraintendere: non avrebbe avuto davanti esperti di lirica e bel canto, ma solo benestanti mediamente acculturati, gente che conosce le arie famose, e solo quelle. Dunque più un recital che una prova, ma con un pubblico davanti...

Lei, lei Federica, questa altalena non la sopportava più. Tononi veniva alla mattina e al pomeriggio, ogni giorno, Sonia studiava come una matta, la sala grande della suite risuonava di scale, arpeggi, esercizi, Sonia faceva l'aerosol prima di andare a dormire, consumava immense colazioni a letto, appena sveglia, alla vita da regina si era abituata subito...

«Cosa vuole da me, Federica?».

«A parte quello che non si può dire?», ride lei, ammiccante, per prenderlo in giro.

«A parte quello, certo».

«Che venga con me al matrimonio. Voglio bene a Sonia, lo sa, e non intendo sottrarmi a questa... avventura che le sta capitando, ecco... non voglio che un giorno possa avere il rimpianto di non averla vissuta fino in fondo...».

Carlo fa quel suo sorrisetto che piega un po' le labbra.

«... Ma fare la dama di compagnia a tempo pieno non è... non sono io, ecco, mi sento a disagio. Ora quello che voglio da lei, Carlo, è che venga a quel matrimonio con noi, che faccia il mio damo di compagnia, che mi stia vicino, che mi porti in giardino a fumare tra una portata e l'altra, che parli con me impedendomi di fare figuracce con la crema del capitalismo finanziario europeo, che mi procuri una sedia in prima fila quando Sonia canta. Non le chiederò di tenermi la mano, ma di esserci sì».

Oscar, Flora De Pisis, il vecchio... e ora questa qui. Carlo si chiede se qualcuno non abbia messo un annuncio a sua insaputa: bellimbusto offresi per incarichi da chaperon...

«Sa, Federica, io coi matrimoni...».

Poi aveva detto di sì.

Un po' per lei, che ora sembra sperduta come Sonia, anche se senza morti in famiglia. E un po' perché quando sei in ballo devi ballare, e in cuor suo era già rassegnato ad arrivare fino a Basilea, al grande concorso, al momento della verità, trionfo o delusione, vita o morte...

Poi l'aveva riportata all'albergo.

«Sale?».

«No».

«Lo sapevo, si salvi, lei che può... se non ci vediamo prima... A sabato!».

Carlo raggiunge la macchina e mette in moto, ma non parte. Si appoggia allo schienale e chiude gli occhi, una pallina da flipper sballottata tra i respingenti, le scorie delle vite di tutti che gli si attaccano ai vestiti. Ha ricominciato a piovere, ma lui non ha alzato il finestrino, l'acqua gli bagna la manica sinistra dell'impermeabile, cade sul cuoio del sedile, pensa che i rimpianti di tutta quella gente dovrebbero allontanare i suoi, distrarlo.

E invece no.

Ventuno

Il vicesovrintendente Roberto Baraldi, smontato dal turno alle undici e mezza, è sceso a cambiarsi negli spogliatoi, poi è uscito ed è filato a casa, a Sesto San Giovanni, in viale Antonio Gramsci, un palazzone di sette piani che avrà mille appartamenti.

Speravano che sarebbe andato da qualche parte? Con la sua parrucca in testa? Scemi.

Quindi la mattina dopo alle otto sono di nuovo lì, questa volta con la macchina di Carella. Gregori ha già chiamato ululando: dove cazzo sono finiti? Anche se è domenica sono tutti di turno, e poi con un caso così per le mani, i turni e i riposi...

«Poi le spieghiamo, capo, oggi ci calcoli in ferie», aveva detto Ghezzi.

«In ferie? Ghezzi, non farmi inc...».

La Cirrielli aveva telefonato all'agente Conti, tirandolo giù dal letto, dicendogli che aveva un brutto raffreddore e che sarebbe rimasta a casa. La sera prima aveva controllato i turni e visto che il Baraldi aveva la giornata libera, il che poteva essere buono, per loro. E ora è lì, sui sedili posteriori, la coppia è diventata un trio.

Baraldi esce alle nove, vestito bene, tutto diverso rispetto al Baraldi che arriva in commissariato in jeans, maglione sformato e giubbotto di pelle. Ha fatto il giro dell'isolato ed è salito su una Peugeot di quelle grosse, lunga come un autotreno, loro dietro, attenti, perché un bravo poliziotto si accorge se qualcuno lo segue.

Guida né piano né forte fino al centro di Milano, poi parcheggia in corso di Porta Romana. Quando scende dalla macchina ha la parrucca nera e gli occhiali a goccia, anche se il sole non c'è. Uguale al fotofit, identico, sembra che il foglio che ha in tasca Ghezzi abbia preso vita. Cammina per qualche centinaio di metri, gli va dietro Carella, a distanza, il Ghezzi sta sull'altro marciapiede, la Cirrielli è rimasta in macchina.

Baraldi sparisce in un portone, Carella si mette in un bar lì di fronte, Ghezzi sotto una pensilina del tram, aspettano.

Baraldi esce dopo dieci minuti e torna a passo svelto verso la macchina. Ghezzi chiama la Cirrielli e la avverte, loro gli stanno dietro, abbastanza vicini, a rischio di farsi scoprire, ma adesso non è importante.

Poi tutto succede in un lampo. Baraldi apre la macchina con la chiave elettronica, si siede al volante. La Cirrielli sale dal lato del passeggero, si siede anche lei, impugna la pistola d'ordinanza, che in quella mano piccola sembra un cannone della prima guerra mondiale. Intanto dietro entrano Ghezzi e Carella.

«Che storia è?», chiede lui. È stupito più che spaventato, non capisce cosa succede.

«È una brutta storia, Baraldi, una cosa di cui dobbiamo parlare».

«Tenga giù la pistola, sov».

«Col cazzo».

Ora Baraldi guida, gli hanno detto di andare verso la questura, perché Carella ha deciso che parleranno nel suo ufficio. Ghezzi, seduto dietro il posto di guida, ha allungato una mano e gli ha tolto la parrucca, quello ha fatto un gesto rabbioso, per quanto si può essere rabbiosi con una pistola puntata alle costole.

Così sono arrivati nell'ufficio di Carella. Sannucci è lì e si stupisce.

«Non eravate in ferie?».

«Solo per Gregori, Sannucci».

«Vuol dire che se me lo chiede io non vi ho visto?».

«Cazzo, Sannucci, mi fai preoccupare, dall'intuito che ti è venuto».

Poi gli fanno segno di andarsene.

E ora è esattamente come lo volevano loro, in un angolo. In un angolo letteralmente, perché Carella sta alla sua scrivania, Ghezzi vicino all'altro tavolo, su una sedia, la Cirrielli sta in piedi e Baraldi, alias Giorgio Rossi, su una poltroncina scomoda tra l'armadio di alluminio e la finestra.

«Voglio il mio avvocato».

La Cirrielli si avvicina, si china un po' mettendosi all'altezza del suo volto, lo guarda negli occhi. Poi gli sputa in faccia.

Lui ha un sussulto ma non si muove.

«Tenete buona questa troia», dice.

Carella si alza, fa il giro della scrivania, si mette davanti a lui e gli molla una sberla forte, a mano aperta, che fa il rumore di un cocomero che cade dal sesto piano.

«La sovrintendente Cirrielli è un bravo poliziotto e tu invece sei un pezzo di merda e forse un assassino. Niente di personale, metto solo le cose in chiaro».

«Cosa cazzo volete?».

«Tutta la storia».

Quello fa una smorfia come per dire: sì, figurati, la racconto a te, tutta la storia.

Allora parla Ghezzi.

«Tu sei un poliziotto, Baraldi, lo sai come vanno queste cose, ma io voglio fare in fretta, con te, per cui ti dico quello che abbiamo in mano. Abbiamo un funzionario di banca che dice che tu lo ricatti, almeno tre persone che ti pagano interessi da strozzino, alcune delle quali possono denunciarti anche per minacce. Una delle tue clienti è morta male, e possiamo provare che eravate una banda... Poi abbiamo il Maione che ti accusa dell'omicidio del Ferri, e noi abbiamo una gran voglia di credergli».

«Tutte cazzate».

Carella sospira, sapeva che non sarebbe stato facile.

«No, queste sono le cose sicure, Baraldi. Le altre verranno fuori appena guardiamo in casa tua, dell'ex moglie, dei parenti, degli amici, nei posti dove vai di solito, nel tuo telefono, nel tuo computer, nel tuo armadietto al commissariato e in tutti gli altri angolini della tua vita di merda che ci verranno in mente».

«Voglio chiamare il mio avvocato».

Ora tocca a Ghezzi.

«Sì, sì, certo... ma sai che abbiamo qualche giorno per il fermo, no? Abbiamo un sostituto procuratore che è un babà, sai? Noi gli diciamo interrogalo e lui ti interroga. Noi gli diciamo aspetta qualche giorno e lui aspetta qualche giorno... Cosa preferisci come posteggio, Baraldi, Opera o San Vittore? Sai che sono carceri sovraffollate, non potranno metterti in una singola, mi dispiace. Dovrai andare in una cella da quattro o da sei, magari con il secondino che ti accompagna e dice a tutti che sei uno sbirro, così, per agevolare i rapporti umani. Dai, Baraldi, solo tre o quattro notti prima che ti senta il magistrato, cosa vuoi che sia... tu sei un duro, no?».

«Uff... sono le stesse cose che dico a quelli che prendo io...».

«Quindi sai che sono vere, no? Non si sta tanto bene là dentro. Se tutti sanno che sei un poliziotto, poi, si sta pure peggio».

Ora interviene la Cirrielli, che ci mette il carico da undici, perché per lei non è solo un delinquente, è un traditore.

«Ma non è questo, stronzo... non è una faccenda dei primi giorni. Perché noi prendiamo tutti i casi tuoi degli ultimi anni e cerchiamo qualcuno che se l'è cavata perché ti ha comprato. E speriamo che sia uno grosso, Baraldi, perché noi lo troviamo e gli apriamo il culo col trinciapollo, e gli diciamo che te la sei cantata. Ti piace il programmino? Così gli annetti che ti fai in galera te li fai sveglio e vigile come un morto che cammina».

Questo lo scuote, di scheletri nell'armadio deve averne un bel po'.

«Io vi racconto la storia e cosa ne ricavo?».

«Vediamo... Tu ci racconti tutto, dall'inizio. Poi noi facciamo i riscontri, andiamo a casa tua, la rivoltiamo come un calzino, vediamo se ci hai detto la verità e se ce l'hai detta tutta. Se viene fuori che hai fatto il bravo e che non hai ammazzato tu il Ferri puoi cavartela con qualche anno, siccome sei dei nostri terranno basso il caso con la stampa, tenderanno a distinguere le tue porcate da usuraio dagli ammazzamenti degli altri due imbecilli, magari addirittura fanno uno stralcio del processo... Ma metti che invece a casa tua troviamo un manganello o una sbarra di ferro, o qualcos'altro che va bene per spaccare la testa alla gente, allora non solo ti fai i tuoi trent'anni guardandoti le spalle, ma abbiamo promesso alla Cirrielli, qui, che ti lasciamo un po' solo con lei, sai, è una passionale...».

«Che paura», dice lui. Fa il duro, ma ha paura davvero. «Ho dei soldi».

«Quanti?».

«Quattrocentomila».

Ghezzi: «Eh, che sfigato, Baraldi. Cioè per noi quanto farebbe?... Nemmeno centocinquanta a testa?».

Carella: «Quest'ultima cazzata facciamo finta di non averla sentita, Baraldi, perché se no davvero viene la tentazione di affogarti nella tua merda e fare una festicciola».

Ora chiamano Sannucci e Ghezzi gli parla piano, in un angolo, senza farsi sentire.

«Sannucci, ci serve una mano, ma devo avvertirti, stiamo facendo una cosa delicata senza dirlo a Gregori e al magistrato, quindi se va male qualcosa possono essere rogne, per noi di sicuro, ma se ci aiuti anche per te. Se dici di no non mi incazzo, però adesso devi andar via e non hai visto niente».

«Ma serve per inchiodare lo stronzo? Il nostro, dico... il poliziotto?».

«Sì».

«Allora io ci sto, sov».

Ora fanno così. Sannucci ha portato panini e acqua, poi lui e la Cirrielli vanno a casa di Roberto Baraldi, con le sue chiavi. Ci vuole una bella mezz'oretta per arrivare a Sesto, quindi il tipo deve cominciare a parlare e i riscontri li fanno in diretta, collegati via telefono.

È mezzogiorno e venti, piove ancora, però per la prima volta si parla di un miglioramento nei prossimi giorni. Ma tanto è inutile, la gente mica si ricorda com'è il mondo quando non piove.

«Dai, dall'inizio», dice Ghezzi.

Nel 2012 aveva divorziato e si era reso conto che quelle storie che si leggono... quelli separati che dormono in macchina... Aveva lasciato la casa, pagava ancora il mutuo, e stava da amici.

«Saltiamo la parte Harmony, ti dispiace?».

Però era cominciato tutto per la casa, appunto. Aveva beccato uno con la coca, non poca, ma non lo aveva preso, lo aveva seguito ed era arrivato a una specie di trafficante fai da te che aveva fatto il colpo secco: cinquanta chili, trasportati con la sua barca a vela, senza dirlo a nessuno, un indipendente. Trovare da spacciarla non era stato un problema. Terrorizzato dalla galera, il tizio gli aveva offerto soldi e lui aveva pensato... cazzo! Gli aveva dato una casa, tre locali a Sesto San Giovanni. E trecentomila euro.

«Nome!», dice Ghezzi.

Il Baraldi dice un nome e un indirizzo, uno studio di dentista.

Ora Carella è appoggiato alla finestra mezza aperta. Pur di fumare prende anche l'acqua.

Insomma, credeva di aver sistemato il suo problema, ma non era stato così. Vedeva girare soldi, tanti, sporchi. E non parla solo di balordi o spacciatori. I negozi che riciclano, per esempio, quelli che fanno la cresta sulle fatture. E poi lui aveva questi soldi liquidi che non poteva versare, non poteva... Doveva farli girare, ma come?

Intanto aveva beccato il Ferri. Aveva picchiato una prostituta, ne controllava tre o quattro, colpita con un frustino, poi era riuscito a farla passare per la sua donna e a farle testimoniare che i soldi delle marchette li teneva lei, quindi si era preso solo maltrattamenti, poi derubricati a molestie, poi basta, fuori, libero come un grillo. Stava sempre con quell'altro, quello zoppo, si capiva che erano una banda. Uno coi suoi bordelli di ragazzine, l'altro prima coi ricambi d'auto, poi... però sempre in giro a annusare affari.

Il Ferri gli aveva raccontato di questo funzionario di banca...

«Nome!», dice Carella.

«Sacconi... dottor Sacconi, il nome non lo so, sta alla...».

«Lo sappiamo, vai avanti».

Il Sacconi, funzionario integerrimo, marito e padre, aveva preso una sbandata per una puttana del Ferri, la migliore, questo va detto, bella. E bella stronza, anche, perché prima l'ha spremuto un po' e poi ha cominciato a ricattarlo, probabile che il Ferri lo sapesse, o magari l'idea era stata sua... Allora lui, il poliziotto sporco con una casa nuova e trecentomila euro nel materasso, aveva pensato un po' più in grande, aveva preso i due e gli aveva spiegato come gira il mondo. Al Sacconi aveva fatto un prestito di cinquantamila a un buon tasso, il venti per cento, che diventava trenta ad ogni rata saltata, però si era impegnato a far smettere le richieste della prostituta bella e stronza con un ultimo bonus da trentamila, e Sacconi aveva saltato il fosso. E non era più nemmeno tanto innamorato. Quando il Sacconi lo avevano un po' spremuto, lui si era fatto sotto a chiedere dei nomi, gente che aveva bisogno di piccole somme, trenta, cinquantamila. Così aveva trovato la Zerbi e gli altri. I nomi li sanno e nessuno li chiede.

Suona il telefono. È la Cirrielli che chiama dalla casa del Baraldi, ma dice solo:

«Arrivati, siamo qui», e mette giù.

«Che giro era? Fammi il bilancio».

«Quello dei soldi a strozzo poca roba. Oltre alla Zerbi e a quelli che mi ha dato il Sacconi un'altra decina. Di diecimila prestati ne portavo a casa venti o ventidue nel giro di due anni, ma poi ogni caso è diverso, cioè... a volte si decide di chiudere perché il debitore è troppo stanco, o spaventato, e si vede che sta per cedere...».

«Cedere vuol dire venire da noi?».

«Sì».

«Pensa la sfiga, Baraldi, se uno è stanco di pagare uno strozzino bastardo, non ci dorme la notte, si decide, viene a fare la denuncia, e trova uno come te», dice Carella.

«Vai avanti», dice Ghezzi.

Non c'era molto da andare avanti. Aveva promesso ai due di non vedere le loro porcate, purché stessero un po' attenti, soprattutto il Ferri che era un cretino. In cambio loro facevano il lavoro più rognoso, la minaccia, il discorsetto ammiccante, se serviva tagliavano le gomme a una macchina. Ma lui gli stava in qualche modo insegnando il mestiere. Non serve picchiare, non è necessario fare i bulli, sono affari, siamo uomini d'affari. A quei due là, figurati.

E poi, ovvio, chiaro come il sole, avevano litigato per i soldi. Facevano metà lui e l'altra metà loro, cinquanta, venticinque e venticinque. E quello ai due andava bene. Però avevano scoperto, non si sa come, che lui non metteva proprio tutto nella cassa comune, cioè, quello che divideva con loro non era il giro intero, solo quattro o cinque prestiti, l'azienda era più grande, il fatturato più alto, e i soci non lo sapevano. Una cosa che di solito li fa incazzare.

«Dopo ci fai una lista di nomi precisa, eh! Dov'eri quando hanno ammazzato la Zerbi?».

«Ero di turno, porca puttana, ma la storia della Zerbi è più complicata».

«In che senso?».

«La Zerbi era una di quelle sul limite... nel senso che ancora un paio di mesi e sarebbe andata a denunciare, così avevo deciso di chiudere... le avevo dato trentamila, lei aveva già pagato venticinque, le ho detto che con altri quindici tutti insieme, veloci, si poteva chiudere per sempre. La sera che è morta avevamo appuntamento per la consegna».

Carella e Ghezzi non parlano, non lo spronano. È un passaggio delicato, in fondo è la prima vera cosa che non sapevano, perché al resto più o meno c'erano già arrivati.

«Un bar in viale Monza, vicino al mercato rionale. Dovevamo vederci alle nove e mezza, ma le avevo detto di aspettare un'ora... è che mi finiva il turno

alle otto, e sapete che non è che si stacca al minuto...
Ma proprio quel giorno quella stronza della Cirrielli
si è messa a cambiare i turni come una forsennata, io
mi sono beccato quello che finisce alle undici, con un
ragazzino...».

«Quindi al bar di viale Monza non ci sei andato».

«No, non potevo... ho fatto degli interventi...
delle operazioni, potete controllare le ore dai verbali...».

Questo torna, sì... la Zerbi aveva chiamato le amiche
per dire che non andava al cinema... era stata più di
un'ora in un bar ad aspettare lo strozzino.

Ghezzi pensa all'umiliazione, al sangue amaro, alla
nausea di una donna come lei che deve aspettare un
delinquente in un posto di delinquenti, di come potesse
sentirsi sporca e stanca, umiliata, rabbiosa. Cosa aveva
fatto, nell'attesa, si era portata da leggere?

«Quindi lei è stata ad aspettarti dalle nove e mezza
alle dieci e mezza... coi soldi in tasca, giusto?».

«Sì, ma io non ci sono andato».

«E i due coglioni li hai avvertiti, che non ci potevi
andare?».

«Solo dopo, verso le dieci e mezza, prima non ho
potuto nemmeno telefonare».

«Secondo te cos'è successo?».

«Secondo me... loro hanno pensato che la Zerbi tornava a casa coi soldi e che potevano prenderli loro...
Poi me l'avrebbero detto, credo, o forse no, ma insomma, sapevano che la signora doveva darci i nostri
soldi, che non ce li aveva dati e che tornava a casa con

quindicimila euro nella borsetta. Poi non so perché il Ferri l'ha pure menata a quel modo, ve l'ho detto che è un deficiente».

«Perché dici il Ferri e non il Maione?».

«C'è la sua firma, no? Il colpo di frusta. Il Maione ruba le macchine, guida, se vuoi, ma non è così scemo da frustare una donna in faccia per la strada».

Torna anche questo. Quindicimila euro, metà in una busta dal Ferri morto e metà in un cassetto dal Maione vivo.

Ora c'è di nuovo la Cirrielli al telefono. Per ora hanno trovato due pistole, più quella d'ordinanza, qualche manganello, anche un tonfa, bisognerà passarli alla scientifica. Poi ci sono delle carte con nomi e numeri, c'è anche il nome della Zerbi, quindi pensano che sia un po' di contabilità dell'usura. Mentre Carella parla con la Cirrielli – ha messo il vivavoce – Ghezzi apre un cassetto del tavolo grande e prende una bustina di plastica. Indossa i guanti di lattice e tira fuori un bottone, lo posa sulla scrivania, ci mette di fianco una moneta da un euro e scatta una foto. Poi parla.

«Sannucci, sei lì?».

«Sì, sov».

«Ti mando la foto di un bottone, vedi se a casa dello stronzo c'è un cappotto, una giacca, un qualcosa senza un bottone uguale a questo, va bene?».

«Bene, sov».

Ora riparla la Cirrielli:

«Niente soldi, però».

«Ti richiamo».

Carella esce dalla stanza e va in missione. Torna con tre caffè, i panini li hanno già mangiati, lui avrà fumato dieci sigarette.

Quando Roberto Baraldi ha in mano il suo bicchierino, Ghezzi gli dice:

«Stai andando bene, ma ora arriva il difficile. Intanto... dove sono i soldi?».

«Dite alla troia che nell'antibagno c'è un controsoffitto... non c'è un'apertura, bisogna levare il faretto con un cacciavite».

Carella chiama la Cirrielli.

Poi però Ghezzi ci ripensa:

«No, scusa, non è vero che stai andando bene. C'è una cosa che non torna. Tu li chiami alle dieci e mezza per dire che non hai potuto ritirare i soldi e loro vanno a casa della Zerbi. Ma allora perché hanno rubato una macchina due giorni prima?».

«Infatti non sta in piedi, non me lo spiego. Questo ve lo deve dire il Maione».

«E tu che ne pensi?».

«Che cazzo ne so! L'unica è che l'avessero presa per un altro lavoro».

«Ci abbiamo pensato anche noi, ma non sta in piedi lo stesso. Se hai un lavoro abbastanza grosso da farlo con una macchina rubata, per cui hai corso un rischio, non è che 'sta macchina te la giochi per strappare la borsa a una signora di sessant'anni, dico bene? Tra l'altro, vuol dire riprogrammare da capo l'altro colpo, che, se era imminente, in qualche modo salta, giusto?».

«Sì... infatti non me lo spiego».

Chiama la Cirrielli. Nel controsoffitto ci sono quattrocentottantamila euro, in biglietti da cento, duecento e cinquanta, mazzette ben confezionate.

Ghezzi toglie il vivavoce e le chiede due cose.

«Ti mando una foto», e traffica col telefono.

Intanto si sente la voce di Sannucci:

«Dalle giacche non manca nessun bottone, sov».

«Bene».

Carella si dondola su una sedia con i piedi sulla scrivania.

«Quattro e ottanta, ti torna il conto, Baraldi?».

«Sì».

«Pensa che merda che sei, ci volevi comprare senza nemmeno darceli tutti».

La Cirrielli richiama subito, ma quello che parla è Sannucci.

«Sì, sov, affermativo».

«Bene, mandami le foto dei fogli».

Poi si rivolge a Baraldi.

«Però dalla Zerbi sei arrivato per primo tu, questo fa pensare che sapevi qualcosa».

«Ma no, cazzata. Stavo tornando in sede, fine turno, c'è stata la chiamata, ero a cento metri, non potevo non andare».

«Dicono i nostri che stanno là a casa tua che c'è il computer della Zerbi, e anche due fogli che hai fregato da lei».

«Sono numeri, chi lo dice che erano suoi?».

«Lo dice il fatto che sei un coglione, Baraldi, perché hai preso i fogli due e tre, numerati con un circolino a matita, e hai lasciato lì il foglio numero uno».

Si morde un labbro, anche se ormai... quelli sono dettagli. Però si vede che un errore così cretino gli dispiace. Il fatto è che ora è un po' tramortito, confuso. Sì, l'aveva messo in conto di venire beccato, prima o poi, cioè, sperava di no e stava attento, però ci pensava, ogni tanto. Ma si immaginava una cosa più lunga, avvocati, cavilli, ricorsi... Invece adesso era lì, l'avevano preso da... cinque ore, e già gli avevano messo il cappio al collo. Anche se riesce a stare fuori dall'affare degli omicidi sono minimo sei sette anni, l'interdizione perpetua. Insomma, il poliziotto Roberto Baraldi si vede di nuovo libero a cinquant'anni, scavato dentro dalla galera, senza un soldo né un lavoro.

Accompagnarlo al cesso è un problema, perché può passare qualcuno che lo dice a Gregori, anche involontariamente. Allora fanno un teatrino in corridoio, con Carella che dà il segno di via libera e Ghezzi che costringe quello a trotterellare fino ai bagni. Così anche al ritorno, una comica. Infatti Ghezzi ride, ma Baraldi no, ha la faccia di uno che è andato sotto un camion, era abituato a fare il duro e ora si sente spezzato.

E ora è il momento di parlare del Ferri.

«Dov'eri giovedì sera?».

«Con una signora».

«Nome!».

«Maristel».

«Cristo, Baraldi, non ci credo. Ti porti come alibi una professionista della sveltina? Quella durante l'ora del delitto, dalle undici e mezza all'una ne ha fatte cinque o sei, e tutti i giorni, per cui... giovedì? O era venerdì? O lunedì dell'altra settimana? Dai, Baraldi, hai fatto il poliziotto, che cazzo di alibi è?».

«È la mia donna».

«Porca miseria! E dove l'hai trovata una che si chiama Maristel? È spagnola, almeno?».

«Insomma, è la tua donna o batte?».

«È una professionista, sì, una escort di buon livello. Io le ho risolto un paio di pasticci e ora è mia amica... stiamo insieme, diciamo così».

«Ci aggiungiamo lo sfruttamento della prostituzione, Baraldi, tanto per fare curriculum?».

«No, è davvero una mia amica, è una cosa... pulita, ecco. La vedo un paio di volte la settimana... giovedì sera non abbiamo nemmeno scopato, se volete saperlo».

«Bene che la signora non si porta il lavoro a casa... comunque Maristel non basta per controllare, eh!».

«Nome!».

Baraldi dà un nome, un cognome, un indirizzo. Incomincia a crollare. Ghezzi e Carella se ne accorgono. Bene, è il momento di spingere.

«Il Maione la pensa diversa, sai Baraldi? Dice che tu dopo l'affare della Zerbi ti eri cagato in mano, che eri indeciso, prima gli avevi consigliato di sparire, poi gli avevi detto che era un errore, e di rimanere, di fare le solite cose, tranne i ritiri o i solleciti».

«È tutto vero. Ero incazzato, le cose giravano bene, e 'sti due deficienti... La prima reazione è stata, pezzi di merda, cos'avete fatto? Adesso via, fuori dai coglioni, sparite. Ma voi non avevate in mano niente e forse scappando si sarebbero fatti notare... ho fermato i ritiri delle rate dei debitori perché lì eravate più vicini, mi sa... ho saputo che siete stati nella filiale della Zerbi e...».

«Va bene, ma il Maione dice anche che tu volevi farli fuori tutti e due, in modo che dal caso della Zerbi non si potesse arrivare a te».

«Può dire il cazzo che vuole, illazioni, teorie per salvarsi il culo».

Da lì non si muovono.

Lui, subito dopo l'affare della Zerbi li aveva riuniti, nella carrozzeria che bazzicava il Ferri, e gli aveva detto che erano due coglioni grossi, ma grossi da prenderli a mazzate. Cosa cazzo credevano di fare? Di fregargli la sua parte di quindicimila euro? Briciole da pezzenti. È per quello che avevano commesso un omicidio che poteva fotterli tutti per sempre? Sì, certo, quell'imbecille aveva in mano la frusta e frignava come un gattino: è caduta! Ha battuto la testa! Che cazzo c'entro io! Alla macchina bruciata, alla preparazione troppo raffinata per uno scippo non ci aveva pensato.

Però «Ti ammazzo» al Ferri gliel'aveva detto sì, certo, anzi gli aveva detto «Ti sparo in testa», se lo ricorda bene. Poi aveva dato delle direttive precise: niente telefoni, niente messaggi, mail, WhatsApp, niente. Se c'è bisogno vi cerco io in qualche modo. Se vi beccano è stato uno scippo. Aveva anche promesso, in caso di guai seri, di occuparsene da sbirro.

«Da casa della Zerbi ho fatto sparire delle cose che potevano essere pericolose», aveva detto, e i due erano combattuti, perché ora quello che li voleva ammazzare era anche quello che poteva proteggerli un po'.

Carella si rimette composto sulla sedia:

«A proposito, come sei entrato in casa della Zerbi che i tuoi soldatini si erano portati via la borsa con le chiavi?».

«Uff, una serratura Yale semplice, ho usato un passepartout».

«Allora ci aggiungiamo scasso, intralcio alle indagini e sottrazione di prove».

Ghezzi invece vuole fare in fretta.

«E dopo di allora avete più comunicato... in qualsiasi modo?», chiede Carella che evidentemente ha un'idea in testa.

«No».

«Sicuro? Guarda che incrociamo i tabulati».

«Sicuro».

Adesso stanno zitti.

Carella chiama Sannucci:

«Stavo per chiamare io, sov, stiamo tornando».

«Avete rimesso un po' a posto?».

«Sì, tranne il soffitto del bagno, lì, dell'anticamera del bagno...».

«Avete richiuso?».

«Sì, sov», dice Sannucci, un po' spazientito, «mi ha chiamato per questo?».

«No, Sannucci, ti ho chiamato per chiederti se tornando, visto che stai per strada, mi compri le sigarette, due pacchetti, poi ti do i soldi».

«Un buon lavoro», dice il sostituto «un po'... irrituale, diciamo».

«Ci ha aiutato una collega del commissariato Greco-Turro, dottore, il sovrintendente ... ehm... Cirrielli». Ghezzi si accorge che non sa il nome di battesimo della Cirrielli e ride. In fondo saranno sempre quello: poliziotti.

Il Maione è a San Vittore, questo qui, il collega Baraldi, lo portano a Opera, tutti e quattro più il fermato, stretti come nelle gite scolastiche. Il sostituto ha autorizzato il fermo e disposto l'isolamento, domani mattina lo traducono a San Vittore anche lui e comincia la rumba dell'interrogatorio incrociato.

Adesso ha smesso di piovere, ha smesso da un po' e c'è un vento freddo. Carella abbassa il finestrino per fumare e c'è una rivolta. Tranne il Baraldi, che è un fantasma curvo e torvo sul sedile di dietro, in mezzo tra la Cirrielli e Sannucci, sono tutti allegri. Carella rinuncia a fumare, chiude il finestrino, si volta un po'.

«Ma tu, Cirrielli, non per farmi i fatti tuoi, ma come cazzo ti chiami?».

«Agatina».

«Agata, quindi».

«No, no, proprio Agatina, che bellina, piccina picciò», e sull'ultimo accento tira una gomitata secca, durissima, dritta come un colpo di karate, sul setto nasale del Baraldi. Si sente un crac, ma chi lo sente davvero? Nessuno, perché sono colleghi che parlano, e ridono, e hanno risolto un caso, e dopo vanno a mangiare una pizza.

Ventidue

Bianca Ballesi ha chiamato il suo taxi che erano le tre passate, ora sono le nove, cioè l'alba del mondo. Katrina ha preparato una delle sue colazioni che in confronto il Georges V di Parigi è un motel sull'autostrada. Ha fatto un po' la scontrosa, perché signor Carlo ha ricevuto una signorina – i bicchieri sporchi, l'accappatoio degli ospiti usato, la camera da letto, beh, lasciamo perdere, che ci hanno fatto là dentro, un rodeo? – ma non ha ancora detto una parola, vuole solo bere il suo caffè forte e tornare alla vita lentamente. Allora lei comincia a borbottare con la sua migliore amica, lady Madonna di Medjugorje che sta appesa al frigo in forma di calamita, acquistata in loco durante uno dei suoi pellegrinaggi, quindi probabilmente potenziata dal punto di vista miracolistico.

«E speriamo che signorina era quella dell'altra volta, quella che dimentica la biancheria, e non altra signorina che questa volta non dimentica niente...».

Carlo finge di non sentire, non è dell'umore.

La storia della signora Zerbi è scomparsa dai giornali. Oggi c'è la notizia della morte del Ferri – pregiudicato ammazzato a casa sua, regolamento di conti, malavita, niente di che –, un trafiletto, ma le due faccende non sono ancora state collegate. Del fermo del Maione, tramutato in arresto, niente di niente. Carlo pensa che tengono bassa la notizia perché c'è di mezzo uno dei loro, forse, e i casi sono due: o non dicono niente alla stampa perché sono pronti a coprire tutto, oppure perché l'indagine non è finita e non vogliono rumore sulla questione. Siccome ci sono di mezzo Ghezzi e Carella, Carlo sa che insabbiare il caso sarà un problema, quelli sono cani da polpaccio e non mollano finché non è tutto chiaro.

Ora fa uno sbadiglio che nemmeno i leoni annoiati nella savana, e Katrina non aspettava altro.

«Signor Carlo deve dormire di più, e bere meno, e non deve guidare di notte per accompagnare signorine a casa loro».

«Io non ho accompagnato nessuno, Katrina, non incominciare».

Lei fa la faccia di quella che ha visto Lucifero e Satanasso, nudi, che si masturbano davanti a una scuola elementare. Cosa? Signor Carlo non ha accompagnato signorina? Dunque trascina qui delle donne, chissà cosa gli fa, con quali strumenti medievali, depravazioni e furori, e poi quelle se ne vanno senza nemmeno il bacio sotto il portone? Ora lo sguardo che lancia alla Calamita Santa non è né di dialogo né di implorazione, è una specie di rimprovero: ma lo vedi come va il mondo? Ma vuoi fare qualcosa, tu che hai i superpoteri?

Carlo torna dalla camera, vestito questa volta, non avvolto negli asciugamani come un pugile suonato. Apre la porta finestra del salone ed esce sulla terrazza. Colpo di scena, non piove. A cercarlo bene, ma devi essere un astronomo laureato, c'è pure un quadratino azzurro, là in fondo, tra i bastioni di Porta Venezia e la Kamchatka.

Poi suona il telefono e lui risponde senza guardare chi è, ma non fa in tempo a dire: «Pron…».

«Bene! Adesso mantiene una cantante in un albergo di lusso, le paga il maestro di canto, i vestiti e chissà cos'altro! Lei è complice, Monterossi, ma con me non si scherza, io lo faccio interdire, quel vecchio pazzo, e a lei la denuncio, sa? Circonvenzione d'incapace, articolo 643, io la mando in galera, Monterossi!».

Il figlio di Serrani.

«Senta…».

«Senta un cazzo! Ho saputo stamattina che ha comprato una casa a Budapest e l'ha regalata a una… signora, diciamo. Ora mette su il teatrino per la giovane sciantosa… Ma dove siamo, eh?».

«A occhio e croce siamo in un punto indefinito tra Zola, Balzac e Victor Hugo, ma non si sa mai, ora che viene fuori il figlio scemo anche Gogol' vorrebbe dire la sua».

Quello è troppo infuriato per capire che Carlo gli ha mollato una sberla.

«L'ho visto, quello che chiamate maestro, si vede lontano un miglio che è uno che ronza dove ci sono i soldi, un profittatore… E anche lei, Monterossi, che cazzo vuole da mio padre?».

«Guardi che il maestro Tononi è un musicista di fama internazionale, ce l'ha Internet? Provi, è comodo».

«Non mi importa che butti i soldi dalla finestra, ma è la prima volta che lo vedo circondato da gente che se ne approfitta!».

«Secondo me invece le importa proprio che butti i soldi dalla finestra, signor Serrani junior, e questo succede perché lei pensa che quei soldi siano suoi... mi sa che si sbaglia».

«È bello bere champagne in una suite d'albergo a spese degli altri, vero Monterossi?».

Questo è un po' troppo. Anzi, era un po' troppo pure prima, Carlo non capisce perché si è tenuto. Può sopportare molto, quasi tutto, ma non i cretini.

«Ora la lascio, Serrani. Suo padre mi ha chiesto di organizzargli uno di quei viaggi privati su Marte, costa ventun milioni di dollari, io prendo il venti per cento, la partenza è fissata nel 2041...».

«Ha settantadue anni, cazzo, nel 2041 sarà morto!».

«Sì, ma non glielo dica, che si turba».

Ora pensa che la giornata è lunga, che forse non è rovinata del tutto, che magari quell'umore nero che ha addosso se ne va e ne arriva uno grigio, o marroncino. Però squilla di nuovo il telefono, e lui risponde ancora al volo, senza guardare il display.

Che è un cretino, lo sappiamo, vero?

«Te la scopi, Bianca Ballesi? Carlo, guarda che ha quasi quarant'anni, cos'è, ti piace il modernariato adesso? Stai invecchiando?».

Flora De Pisis al naturale, senza trucco, senza inganno, senza telecamere e gentile pubblico.

«Buona giornata anche a te, Flora, che bello sentirti!».

«Non fare il pagliaccio, Carlo, te la scopi o no?».

«Mi appello al quinto emendamento? O è il terzo? Li confondo con le sinfonie di Mahler».

«Piantala».

«Posso sapere a cosa devo questa intrusione nella mia privacy?».

«Sto preparando la puntata sul libro, sai che...».

«So qualcosa, sì, guarda che per vincere il Nobel bisogna essere tradotti in svedese, eh! Diglielo, al tuo agente».

La diva Flora non raccoglie.

«Ho messo giù una lista degli ospiti e la Ballesi ha cominciato a fare la lagna... ma no, il Monterossi che lo chiamiamo a fare... uno che ha lasciato il programma... poi sai che lui non vuole andare in video... Insomma, tutta una serie di cazzate, perché tu ci vieni, vero Carlo?».

«A dirti che sei tanto umana, e che bello il tuo libro, e che onore è stato lavorare con te, anche se quella brava eri tu?».

«Più o meno, sì. Se ci infili qualche aneddoto, meglio, ma dimmelo prima, che montiamo le immagini... In scaletta hai quattordici minuti alla fine del primo blocco...».

Ora Carlo fa la faccia di Gatto Silvestro quando vede Titti distratto.

«E chi altri c'è a baciarti la pantofola davanti a otto milioni di deficienti?».

«Primo blocco una scheda sul libro, montaggio con domande e risposte... cioè, io domando e io rispondo, poi...».

«Non leggermi la scaletta, Flora, non lavoro più lì, dimmi gli altri ospiti».

«Beh, ovviamente i vertici, amministratore delegato, presidente, eccetera, poi ci sei tu, Sgarbi che parla di me e dell'arte, un paio di stronzette che ballano in tivù e che io ho salvato da un futuro di tintorie e sale parto, poi il criminologo belloccio, quello là, come si chiama... e un collegamento con Farinetti da Cuneo, che parla di me e di quanto sono positiva e ottimista».

«Cazzo, Flora, il boia di Riga non viene?».

«Registriamo sabato, dopodomani. Mi spiace, è un giorno sbagliato, lo so, ma quei cretini...».

È una vecchia storia. Flora considera un'offesa personale non avere là, nella Grande Fabbrica della Merda, uno studio tutto suo, magari un teatro vero, costruito per lei, una specie di Broadway personale. Invece persino Nostra Signora degli Ascolti deve sottostare ai turni degli studi, e per registrare il suo monumento equestre con il libro in mano, le hanno dato il turno al sabato.

«Perfetto, sabato, va bene».

«Grazie, Carlo, lo sapevo che non era come dice la Ballesi».

«Sì, sì, Flora...».

«Allora sabato alle undici, sarà una cosa di un paio d'ore, non preoccuparti».

«Va bene».

«Grazie, Carlo, ciao... ah... Ma te la scopi la Ballesi, sì o no?».

«Ciao, Flora».

Ecco fatto. In confronto a Carlo Monterossi, i guerriglieri curdi che combattono con lo schioppo contro le armi chimiche avranno una giornata leggera.

E non è finita, perché ora è costretto a chiamare Bianca Ballesi.

«Uh, sei già sveglio? Che fisico!».

«Bianca, cos'hai detto a Flora?».

«A proposito di?».

«A proposito di noi, per esempio... oppure del mio no a quella pagliacciata della puntata sul libro...».

«Sei scemo? Di noi? Di noi, Carlo? Io non vado in giro a dire con chi scopo, sai? A Flora, poi!».

«Sì, questo lo so, Bianca, hai cercato di proteggermi da quella pagliacciata, ti ringrazio, ma è ovvio che lei ci ha messo tutta la sua malizia... E poi, tu che cerchi di evitare un ospite che viene lì a parlare quattordici minuti gratis... Flora non ci ha creduto nemmeno per un secondo».

«Cercavo di difenderti».

«Io mi difendo da solo, Bianca».

«Ah, già, Superman, dimenticavo...».

«Dai, Bianca, che hai capito...».

«Uh, ho capito benissimo, Carlo...», poi cambia tono, diventa fredda, professionale, «... vabbè, e cos'hai detto alla regina delle stronze?».

«Che ci vado, sabato alle undici, sbarbato e con una bella cravatta».

«Complimenti per la coerenza, da "manco morto" a scodinzolare... niente male».

«Non ci vado, ovviamente. Non volevo sentire una scenata per telefono, tutto qui. E poi sabato ho un matrimonio, a Stresa».

«Tu che vai ai matrimoni, questo sì che fa ridere».

«Una cosa di lusso, se vuoi saperlo, la figlia del banchiere Faraboli». Sente che lei fa un fischio, così aggiunge subito: «È quella storia del vecchio, la ragazza canta e la sua amica mi ha chiesto assistenza psicologica...».

«E come fai con Flora?».

«Che ore sono?».

«Le dieci e un quarto».

«A mezzogiorno le mando un messaggio che mi ero dimenticato del matrimonio e che sabato non posso andare a parlare bene di lei in tivù».

«Oh, ti prego, il messaggio glielo mandi dopo le due?».

«Perché?».

«Perché a quell'ora c'è la riunione per la scaletta e mi piace vedere Flora che diventa verde».

Lui ride: «Va bene, dopo le due».

«Carlo...».

«Dimmi».

«Ma no, niente, dai... niente».

Nel campionario delle telefonate taglia-gambe del mattino manca quella di Oscar. Carlo si chiede dov'è finito, è come coi bambini piccoli, quando non li senti vuol dire che stanno combinando dei guai.

Però il telefono non è che sta zitto, eh!

«Carlo, sono Federica».

«Buongiorno Fed...».

«Venga qui subito. Per favore».

Ecco, ora è diventato anche pronto intervento, il nostro Monterossi.

La suite del Diana, non la sala grande, la camera delle ragazze, sembra Berlino all'arrivo dei russi. Federica è seduta su un letto, Sonia va su e giù, piange, urla, tira le cose, una crisi isterica in piena regola.

La ragazza sta crollando, è evidente. Il maestro Tononi, poi il vecchio che va lì, si siede su una poltrona e chiude gli occhi, chissà a che pensa, sempre. E a lei fa male la gola, canta e studia sei ore al giorno, il concorso si avvicina, ora sa che tra le avversarie c'è la Falenova, una che ha già fatto un disco e cantato la *Carmen* a Oslo, dove va lei? Dove si presenta? E anche quella reggia comincia ad andarle stretta, con tutti che si chinano al suo passaggio, i fiori freschi ogni giorno, è venuto anche un giornalista e due di una tivù...

Carlo guarda Federica.

«Non li hanno fatti passare».

Ora Carlo Monterossi prende Sonia per i polsi e la fa sedere, le porta un bicchiere d'acqua, avvicina una poltroncina e si siede davanti a lei, le tiene le mani.

«Senti la pressione, vero, Sonia?».

«La pressione? Cosa cazzo vogliono tutti da me? Cosa vuole il vecchio, perché lo fa? E quell'altro... rifacciamola più morbida, Sonia... attenta al si bemolle,

Sonia, è una concessione al loggione, Sonia... cosa vogliono tutti? E adesso anche il matrimonio della figlia del banchiere!».

Carlo sorride. Parla con una voce piana, come si fa quando si vuole calmare qualcuno, rassicurarlo.

«Vorrei poterti dire che è solo un periodo, Sonia, ma non è così. Tu hai un talento e farai quello che vuoi fare. Oggi senti la pressione del vecchio, domani chi lo sa, quella della Deutsche Grammophon che ti chiede il disco, o dell'impresario che vuole farti fare la *Tosca* vestita da pellerossa... Se giochi ai livelli alti non hai solo privilegi, sai? La pressione può solo crescere...».

Lei sorride per quella cosa della *Tosca* nel Far West, ma trema ancora un po'.

«Stai più leggera, Sonia, concentrata e leggera, non si fa male nessuno, canta come sai fare tu, divertiti, metticela tutta e vedi come va, non è questione di vita o di morte, sai?».

«Come no! È adesso che si decide tutto, dentro o fuori, se non vinco a Basilea devo cambiare mestiere, lo sa? Passerò alla storia della lirica come quella che ha fatto fare una figura di merda al maestro Tononi! Se non ci riesco, se vado male, per tutta la vita penserò di non avercela fatta, non capisce?».

Carlo ha un moto di stizza.

Alla fine riescono a calmarla, a farla ridere. Lei si scusa per quella crisi, abbraccia l'amica. Poi bussano alla porta e un fattorino dell'albergo posa un abito rosso su un letto, fa un piccolo inchino ed esce. È l'abito per lo spettacolo di sabato, l'ha scelto ieri, ora bisogna provarlo e chiamare la sarta per le modifiche. Poi deve parlare con Tononi, poi... Ora che il mondo non le pare più così cattivo è tornata operativa.

Carlo e Federica escono per la solita passeggiata. Lei pare spossata, stanca, irritata, anche da lui. Passeggiano in silenzio per viale Piave fino a una pasticceria e pranzano con una fetta di torta e un tè bollente.

Quando tornano all'hotel, il vecchio è seduto sulla sua solita poltrona, il maestro Tononi è al pianoforte e ha in mano una lista di pezzi che Sonia propone per il recital a Stresa, al matrimonio. Lei urla come un'aquila.

«Perché no, il *Così fan tutte*? È un matrimonio, cazzo, non è mica un funerale che si canta lo *Stabat Mater*!».

«Ma cosa, del *Così fan tutte*, benedetta ragazza? Fiordiligi o Dorabella? Dorabella è un mezzosoprano!».

«E allora? Un'aria bellissima... o crede che qualche nota bassa mi metta in difficoltà?».

«Non ho detto questo, ragazza mia», poi guarda il foglio, «... due Rossini? È un matrimonio, mica il festival di Pesaro!».

«Ora mi contesta Rossini?».

«Oh, sì, certo... so che le piace il bandista della Restaurazione... tutto quel Settecento che torna sui popoli oppressi d'Europa!».

«Ma sentitelo! Manco fosse colpa di Rossini se Napoleone ha fatto una cazzata a Waterloo! È un matrimonio, è una festa, bisogna stare leggeri, ridere, bere! Rossini lo sapeva, come far divertire le ragazze!».

«Oh, lo sapeva fin troppo!».

«Io gliela darei al volo, al giovane Rossini! Le avesse scritte per me, le arie che ha scritto per la Colbran! Gliel'avrei data su un piatto d'argento!».

Il vecchio segue la scena estasiato.

Carlo Monterossi, invece, è un po' perplesso e si dice questo: riassumiamo, ragazzo mio, stai assistendo a una baruffa ideologica del diciannovesimo secolo tra napoleonici e ancien régime, complicata da registri musicali, caratteri forti e una signorina che vuole cantare Rossini ad ogni costo. Forse dovevi portarti il monocolo e il cilindro.

Sonia è passata al contrattacco:

«Io non le canto a un matrimonio le gelide manine e le morte di tisi, va bene?».

«Lei canta quello che ci serve per arrivare preparati a Basilea, ha capito? Ha capito che non gioca da sola? Ha capito che non tollero capricci?».

Federica, senza farsi vedere, riprende la scena col telefonino e strizza un occhio a Carlo, come dire: «Un giorno questo video varrà milioni».

La faccenda va avanti così per un pezzo. Poi si mettono d'accordo. Mozart va bene, ma Tononi ottiene che sia l'aria della Regina della Notte, il secondo atto del *Flauto magico*.

«Non è gente che conosce l'opera, ma lì sarà costretta a fare un salto sulla sedia, a stare attenta. Poi, se proprio vuole delle cose leggere, può fare l'*Habanera* della *Carmen*, che funziona sempre... *L'amour est un oiseau rebelle*... Certo, sono due pezzi agli antipodi, uno da soprano leggerissimo... e la *Carmen* magari la facciamo trasposta un po' in acuto. È una scelta estrema, ma qual è il problema... è un matrimonio, no? L'ha detto lei, Sonia... in mezzo ci mettiamo un bel Lied morbido, uno Strauss, che dice? Ed ecco fatto, venti minuti, registri diversi, una grande cantante che diverte il pubblico e gli mostra quant'è brava».

La ragazza deve cedere, anche se batte i piedi per la stizza.

Il vecchio è stato seduto immobile per tutto il tempo, chiudendo gli occhi ogni tanto, ma bevendosi ogni sillaba.

Giulia aveva un modo tutto suo di prendergli le mani. Giocava con le sue dita, era difficile stare senza un contatto fisico, anche minimo. Oppure camminava a passo di carica tenendolo sottobraccio. Poi si fermava di colpo perché le era venuta in mente una cosa, e lo spiazzava sempre.

Erano in un albergo sul lago, lui nella vasca da bagno, lei si era avvicinata e aveva cominciato a insaponarlo piano e a parlargli.

«Ti stancherai di me».

«Mi sembra improbabile. Tu ti stancherai di me».

«Sì, può essere».

Quando si lasciavano, ogni volta, passavano qualche ora di stordimento. Lui già un minuto dopo sentiva la mancanza delle dita di lei che giocavano con le sue, come un anello che improvvisamente non hai più addosso. Passava un minuto e c'era già un vuoto.

Sonia sta cantando un Lied delicatissimo, gli occhi chiusi, il petto che si muove su e giù, una perfezione. Il vecchio, che ha aperto gli occhi per un momento, li ha richiusi subito. Carlo e Federica sono sul divano, lei gli appoggia la testa su una spalla. C'è solo voce, lì dentro.

Solo voce.

Ventitré

Lo spettacolo può cominciare. Nicola Maione è in una stanza con Ghezzi, Carella e il sostituto procuratore; in un'altra stanza c'è Roberto Baraldi che aspetta il suo turno.

Parla Carella.

«Allora Maione, ti spiego dove siamo arrivati. I tuoi bei negozietti di ragazzine sono chiusi con tanto di sigilli, sequestro dell'autorità giudiziaria eccetera eccetera. Se uno vende un po' di fica può farla franca, ma se vende fica e cocaina non va bene. Dove la prendevi la roba?».

«Chiedetelo al vostro collega marcio, me la dava lui».

Sì, risulta anche questo, perché intanto sono andati a prendere il dentista, quello che aveva fatto il colpo gobbo con la sua barca, da indipendente, e ne aveva ancora qualche chilo in cantina, e quella che vendeva il Maione tra un massaggio e l'altro è la stessa roba. Il Baraldi non aveva preso solo la casa e i soldi, per il suo ricatto, ma anche un po' di coca da smazzare, si era proposto come socio, in fondo gli faceva un favore, al dentista trafficante.

«Il Baraldi dice che il Ferri l'hai ammazzato tu, e in effetti lui ha un alibi abbastanza buono, mentre tu stavi a casa del morto proprio mentre moriva, eh, quando si dice la sfiga».

«Non l'ho ammazzato io, il Ferri, come cazzo ve lo devo dire?».

«Per me puoi dircelo anche in aramaico, deficiente, ma poi ci devi spiegare che cosa facevi a casa del Ferri mentre qualcun altro lo ammazzava. In città le celle dei telefoni sono piccole, sai, questione di pochi metri, tu stavi a meno di dieci metri dal posto del delitto, secondo me a meno di dieci centimetri, anzi».

«Mi ha incastrato, quel figlio di puttana».

«Spiega meglio».

Allora il Maione, che vedeva avvicinarsi a lunghi passi un mostro bruttissimo che si chiama Ergastolo, aveva spiegato. Verso le dieci della sera di giovedì aveva ricevuto una telefonata, il numero era strano, forse straniero. Non era il Baraldi, ma uno che diceva di parlare in vece sua. Se lo ricorda bene perché la voce aveva detto: «Il capo mi incarica di dirti...», e lui aveva pensato: «Sì, il capo, 'sto cazzo».

Insomma, il tipo al telefono l'aveva convinto a piazzarsi verso mezzanotte nel parcheggio del piccolo supermercato che sta alle spalle della casa del Ferri e di aspettare lì, di non muoversi per nessun motivo, di non scendere dalla macchina, che il capo sarebbe arrivato, o si sarebbe fatto vivo in qualche modo. Insomma, era un ordine. Il Maione sapeva che non potevano comunicare per telefono, dopo il caso della Zerbi, non poteva chiamarlo per chiedere chiarimenti, e quindi, controvoglia, c'era andato.

«Ho aspettato in macchina dietro casa del Ferri da mezzanotte meno dieci all'una e un quarto, poi mi sono rotto i coglioni e sono tornato a casa. Ora capisco, era una trappola».

Il giovane sostituto sta controllando i tabulati del telefono. In effetti alle 22 e 24 del giorno del delitto c'è una telefonata, un numero straniero, lì non si legge l'operatore, Carella l'aveva cerchiato con una penna.

Ora sono nella stanza dove c'è il Baraldi.

«La coca che spacciava il Maione nei suoi negozi era quella del dentista che ti ha dato la casa, giusto?».

«Gliene smazzavamo mezzo chilo al mese. Il cretino si era accorto che se dava la roba da spacciare in giro, qualcuno si sarebbe accorto che faceva concorrenza ai trafficanti veri e si era preso paura. Non puoi mica sperare di vendere decine di chili senza far incazzare nessuno. Così la roba si vendeva piano, col contagocce, senza dare nell'occhio, e lui era contento».

«Quanto vi tenevate?».

«Il venti».

«Niente male».

«È il mercato, Carella, non prendertela con me».

Ma questo era solo per scaldare i muscoli. L'argomento vero era la telefonata al Maione.

«Dice che gli hai fatto telefonare da qualcuno per dirgli di andare lì, vicino a casa del Ferri, a non fare niente. In effetti sembra una trappola lontano un chilometro».

«I miei telefoni ce li avete voi, potete controllare, non ho telefonato a nessuno, io».

«Sei sordo? Tu no, un tuo amico straniero sì».

«Cazzata».

«È un no?».

«È un no assoluto».

Allora erano tornati nella stanza del Maione. Ghezzi aveva chiamato uno degli scienziati, quello che fa il mago dei telefoni, che era entrato mezz'ora dopo, presentandosi ai colleghi con un cenno e stringendo la mano al sostituto.

Quel numero lì? Un numero svizzero, mica facile rintracciarlo.

«Faccio subito una rogatoria», dice il sostituto.

«È una cosa lunga», dice l'esperto, «quattro, sei mesi come minimo, la Svizzera poi non è Unione Europea, può volerci anche di più, e poi un'altra rogatoria e altri mesi per sentire il proprietario della scheda telefonica... un annetto, insomma».

«Scorciatoie?».

«Eh, è una parola. Bisognerebbe conoscere un poliziotto svizzero, che a sua volta ha un amico a Swisscom o Orange... all'operatore, insomma. Però ve lo dico subito, se la telefonata è partita per uno che si chiama Maione è difficile che ci diano una mano al volo. Se si chiamava Mohammed e aveva fatto un viaggetto in Siria, magari... ma per un caso così...», scuote la testa.

«Ma tu ce l'hai un amico sbirro svizzero, vero?».

«Sì, ce l'ho, ma non è detto che quello scatta sull'attenti perché lo chiamo io. Comunque bisogna avviare la rogatoria, così io gli chiedo un'accelerazione, non una pratica dal niente, capite?».

Annuiscono.

«Va bene Maione, la telefonata vedremo, hai sentito, ci vuole una vita, ma tu hai tempo, no?».

Il sostituto parla piano, non guarda il Maione, anzi non guarda nessuno.

«Io chiudo le indagini. Tra prostituzione, anche minorile, spaccio, furto d'auto... concorso in omicidio per la Zerbi... ci metto anche l'omicidio del Ferri, c'è un movente, avevi le chiavi, eri sul posto... è più di un quadro indiziario».

«Non l'ho ammazzato io, il Ferri».

«Sprechi il fiato, Maione».

«No! Invece posso spiegarvi perché non sta in piedi che l'ho ammazzato io».

«Spiega, dai, cosa vuoi, una richiesta in carta da bollo?».

«La macchina».

«La macchina cosa?».

«La macchina che abbiamo bruciato dopo l'affare della Zerbi... l'avevamo rubata per ammazzare il Baraldi».

Lo sanno tutti che le cose si incastrano, che i pezzi del mosaico vanno al loro posto, prima o poi, eppure quando succede sembra sempre una magia.

Sono sbigottiti e si guardano, in silenzio, allora lui spiega. Sa che può mettersi in guai ancora più grandi...

ma più grandi di un omicidio che dice di non aver commesso...

Si erano stancati di quello stronzo che faceva il capataz, che oltretutto a loro dava le briciole. Sapevano che doveva vedere la Zerbi, e dove. La macchina rubata l'avevano tenuta nascosta nella carrozzeria, avevano portato due taniche là, vicino all'aeroporto di Bresso, nascoste bene, era una via di fuga. Il piano era di seccare il Baraldi in viale Monza, quando usciva coi soldi, un colpo in testa e via, subito, di corsa a bruciare la macchina. Ma lui non si era presentato all'appuntamento con la signora, avevano fatto dei giri intorno per vedere se arrivava in ritardo, ma la cosa diventava rischiosa, a fare il carosello con una macchina rubata... Erano incazzati e frustrati, perché quando decidi una cosa così e poi rinunci... beh, la tensione, l'adrenalina... Quando lui aveva telefonato che non era riuscito ad andare all'appuntamento, che gli avevano cambiato i turni, avevano mollato il colpo, però il Ferri aveva voluto passare sotto casa della Zerbi, casomai... e infatti l'avevano vista che rientrava. Allora lui aveva bloccato la macchina e l'altro era sceso, senza la pistola che aveva portato per ammazzare il Baraldi, ma con il frustino.

«Si è avvicinato quasi gentile, ma lei lo ha offeso in qualche modo, non ho sentito le parole precise...».

«Gentile con un frustino in mano? Che cazzo dici, Maione?».

«Non vuol dire niente, chiedete in giro, ce l'aveva sempre in mano, quel frustino del cazzo! Comunque lui le ha preso la borsa e lei resisteva, lui le ha dato una sberla, o un pugno, e poi ha perso la testa e le ha dato quella frustata in faccia. Quello l'ho visto bene, si era incattivito di colpo».

«Ma lei avrà urlato, no?».

«No, questo è strano, lo so. Lei non ha detto niente, nemmeno un gemito, è andata giù come un sacco di patate. Come ha battuto la testa non lo so, perché c'erano le auto posteggiate, ma il Ferri è corso in macchina dicendo via, via, subito! Lui l'ha vista cadere, vuol dire che aveva capito che era finita male. Siamo scappati verso Sesto, poi verso Bresso, dove c'erano le taniche».

«Siete usciti pronti per ammazzare il Baraldi e avete ammazzato un'altra persona, ti rendi conto?».

Il sostituto procuratore e Carella si scambiano un'occhiata lunghissima. Su quell'ipotesi assurda avevano avuto un piccolo scontro, e ora...

«Però, Maione, che difesa del cazzo è? No, scusate, non ho ammazzato Tizio perché volevo ammazzare Caio? Il fatto che volevi ammazzare uno non esclude che hai ammazzato l'altro».

«No! Era il poliziotto che doveva morire! Io e il Ferri eravamo... amici!».

«Sceglieli meglio, gli amici, Maione, anche se dove vai adesso per trent'anni non è che c'è la crema della società, eh!».

Roberto Baraldi dimostra una certa tenuta di nervi quando gli dicono che i suoi complici hanno rubato una macchina per ammazzarlo come un cane in viale Monza. O forse gli fa solo male il naso.

«La Cirrielli ti ha salvato la vita, cambiandoti i turni all'ultimo minuto», dice Ghezzi.

«Che due imbecilli».

«Eh, dai Baraldi, anche tu non scherzi... però se davvero non hai organizzato tu quella telefonata che dice il Maione, il cadavere del Ferri se lo porta a spasso lui, fino all'ergastolo, mettici anche la complicità nel delitto della Zerbi».

«È stato lui e lo sapete, su, non facciamo il teatrino».

«Sì, lo credo anch'io», dice Carella, «però c'è ancora una cosa che non mi torna... Prima della Zerbi andava tutto bene, no? Voglio dire, un bel giro di... mezzo milione all'anno? Ci metto anche la coca, le puttane del Maione... tranquillo, sicuro, in crescita... perché mettere a rischio tutto questo, che poteva solo migliorare, per chiedere il pizzo a un cinese che ha un bar del cazzo in via Arbe? Non me lo spiego, Baraldi».

Ora, per la prima volta da quando lo hanno preso, quello fa un'aria stupefatta, sconcertata. Eh? Cosa? Come? La faccia di uno che vede un unicorno al Parco Sempione.

«Che cazzo stai dicendo, Carella?».

«Prima della Zerbi era partito tutto per 'sto cinese che ci ha detto che gli hai fatto un discorsetto sul pizzo e la protezione, su chi protegge meglio della polizia... è che la polizia eri tu, gli hai fatto vedere il tesserino».

«Il cinese non ha capito un cazzo!».

«A noi facci capire, però».

«C'era una banda che rompeva i coglioni. Erano quelli che spacciavano per il dentista prima di noi, sapevo che si vedevano lì, al bar del cinese... Allora ho fatto il bravo poliziotto e sono andato dal padrone del bar. Sapete come si fa, no? Si chiacchiera del più e del meno e poi si dice: ti danno fastidio quei ragazzotti là? Se vuoi ci pensiamo noi, la polizia, guarda il tesserino, sono un poliziotto, se quelli ti danno fastidio tu chiamami».

«Un poliziotto da manuale che offre protezione al cittadino!».

«Esatto, più o meno».

«E quello è venuto a dirci che c'era in giro un poliziotto sporco che chiedeva il pizzo e offriva protezione!», dice Carella.

Ora scoppiano a ridere, Ghezzi e Carella, piegati in due, non si tengono. Più ci pensano più ridono, non riescono a smettere.

«Ti fai dieci anni di galera, minimo, per un cinese che non ha capito un cazzo!».

Continuano a ridere, è un attacco irrefrenabile, selvaggio, escono ridendo, lo lasciano lì finché arriva una guardia a prenderlo per riportarlo a Opera.

Lui non ride, no. Non ride per niente.

Ventiquattro

E ora, come per miracolo, c'è un cielo azzurro che fa male agli occhi, una mattina pulita, nitida come gli schermi al plasma nuovi nei negozi, l'aria finissima come di montagna, il sole delle otto di mattina che brilla e colora di colpo tutto quello che era stato in bianco e nero per settimane.

Settimane. Carlo Monterossi sussulta. Ne è passata un'altra, in pochi minuti.

Fa un freddo bellissimo, secco, perfido.

Sceglie una cravatta e se l'annoda davanti allo specchio perché ora è incaricato del trasporto truppe Milano-Stresa, il matrimonio, il recital di Sonia, lui ha un biglietto in prima fila e una ragazza che l'ha voluto come cicisbeo. Si chiede se alla fine di questa storia potrà finalmente tornare nel ventunesimo secolo senza troppi strascichi.

Flora De Pisis ha fatto una valanga di telefonate – cinquantasei chiamate non risposte, dice il telefono – da quando lui le ha mandato il messaggio che non poteva presentarsi alla registrazione. Naturalmente ha scritto dei messaggi anche lei, che andavano dalla minaccia alla maledizione, tutta la scala fino all'augurio di morire male. Bianca Ballesi invece lo aveva chiamato per dirgli che la scena di Flora che leggeva il suo sms in riunione era stata memorabile, che gliel'avrebbe raccontata per bene, ma le serviva mimica, alzare la voce, era una cosa da spiegare dal vivo, compresi i finti svenimenti, i pugni sul tavolo, le lacrime di rabbia, le recriminazioni, gli anatemi.

Poi aveva chiamato anche il dottor Luca Calleri, il capo supremo, il manager onnipotente, il signore e padrone della Grande Fabbrica della Merda.

«La prego, Monterossi, la De Pisis non la tengo più, lei le fa uno sgarbo grosso, glielo chiedo per cortesia, registri questi quattordici minuti e io le devo un favore, va bene?».

Difficile dire di no a uno che ti firma contratti con tanti zeri. Però Carlo aveva tenuto duro, aveva detto del matrimonio della figlia di Faraboli e quello aveva come congelato ogni protesta. Voleva dire i Rothschild, banchieri, finanza, ministri e sottosegretari, il potere vero, i soldi veri. Insomma, il dottor Calleri, sensibile al tema, aveva sospirato un «ubi maior…» e si era arreso. Le telefonate di Flora erano cessate, i messaggi anche. Carlo si era sentito come Spartaco che spezza le catene.

Si guarda nello specchio e decide che c'è riuscito, e non era facile. Perché è molto elegante, ma non l'eleganza da matrimonio, piuttosto da ricco viaggiatore che attraversa la hall e dice: «Ah, c'è una festa?», e si aggrega annoiato.

L'equipaggio della tradotta comprende il vecchio, davanti con lui, e le due ragazze dietro. Federica è allegra e solare come la giornata limpidissima, anche Sonia pare in forma. La macchina di Carlo ronfa come un giaguaro che ha appena mangiato, lui tiene i centocinquanta e ha messo gli occhiali da sole, una cosa impensabile fino a ieri, che era buio anche a mezzogiorno.

Poco fuori Stresa c'è questa villa poderosa, incredibile, immersa in un parco che brilla di verde scurissimo. C'è l'approdo privato per barche e motoscafi, gli ospiti stanno in giardino nonostante il freddo, perché il sole, il lago... insomma, è uno spettacolo.

Gli sposi sono arrivati su un motoscafo prima di mezzogiorno. Lei davvero notevole, una signorina sotto i trenta, gli occhi luminosi che è giusto avere in un giorno così. Carlo non se ne intende, ma i commenti delle donne sono entusiastici, per il vestito, il portamento, le scarpe, il trucco. Sono donne belle anche loro, eleganti anche loro, ingioiellate come Santa Rosalia durante la processione, quindi non c'è invidia, semmai il rimpianto di non averceli loro, ventotto anni, un sacco di settimane davanti.

Lo sposo, con rispetto parlando, sembra un co-glioncello guidatore di go-kart, e infatti si mormora che sia campione di chissà che cosa. Belloccio, pim-pante, simpatico, molto francese, stando a quello che dicono i giornali vale centosettanta milioni di euro. I due sono venuti già sposati, la cerimonia con i parenti più stretti era uno spettacolo privatissimo, questo invece è soltanto privato, ronzano anche alcuni fotografi, si vede che la coppia ha ritenuto *cheap* vendere l'esclusiva come fanno i calciatori e i vip della tivù. Che cosa burina, contessa!

Il pranzo scorre via con la lentezza con cui arrivano le portate, però Carlo temeva peggio. La situazione è... fluida, la gente si alza, chiacchiera, passeggia, esce a fumare sul prato finissimo, da campo da golf, tra il lago e gli alberi del parco. Carlo e Federica sono a un tavolo da otto con persone che parlano soprattutto di soldi, ville da sogno, azioni, manovre finanziarie, investimenti. Poi domina il pettegolezzo, come i dettagli da avvocati su divorzi pazzeschi, poi auto d'epoca, barche, occasioni mondane... Federica e Carlo si godono lo spettacolo, ogni tanto si alzano, passeggiano, vanno al tavolo dove stanno il signor Serrani e Sonia Zerbi, che parlano con il maestro Tononi, lui le tiene una mano.

Carlo dribbla amabilmente i capannelli di persone che chiacchierano, sorride vago ai «Lei si occupa di...?», guarda da lontano un sottosegretario che si apparta con due signori, un presidente di banca e uno che non conosce. Questa è la classe dirigente, pensa, qui c'è il potere vero. Vederlo così da vicino – di più, da dentro – gli fa uno strano effetto, un piccolo ribrezzo per come vive, come parla, come pensa quella gente, ma anche un po' la sensazione di trovarsi a corte, testimone di qualcosa che un giorno andrà raccontato. Chi non ha mai sognato di partecipare a una colazione al Palazzo d'Inverno con i Romanov? O a Schönbrunn, a un ricevimento degli Asburgo, o di Napoleone, quando ci abitava lui? Ecco, si sente un po' così.

«Dice che qui mi posso trovare un marito come si deve?», chiede Federica.

«È la tua grande occasione, ragazza».

«Nessuno che scaldi il cuore, però, mi sembra».

Carlo ride. «No, qui il cuore non sanno neanche cos'è».

Poi viene l'ora, Federica sparisce perché Sonia la vuole con sé, deve cambiarsi. Gli invitati prendono posto in un grande salone, un altro. Le sedie sono disposte a semicerchio, ma non simmetriche, anche qui tutto pare un po' informale come a pranzo, su ogni poltrona c'è il programma, vergato a mano da qualche calligrafo, incredibile. C'è scritto che il maestro Adilio Tononi presenta una grande realtà della lirica italiana, Sonia Zerbi, il nome scritto più grande, le lettere dorate, Carlo sa cosa vuol dire per quella ragazza, ed è solo l'inizio.

Poi tutto si placa, entra il maestro, accolto da un applauso gentile, e si siede al piano. Esegue una breve sonata di Beethoven, Carlo non saprebbe dire quale, poi si alza e si rivolge alla platea. In prima fila ci sono gli sposi, i genitori di lei, i genitori di lui, il vecchio signor Serrani, impettito e teso, ha la faccia di quello che ha portato il vino buono agli amici, e ora stanno per assaggiarlo.

«È con immenso piacere che vi presento una giovane donna, Sonia Zerbi».

Sonia fa il suo ingresso da una porta che sta dietro il pianoforte a coda e si inchina al pubblico. Non sorride, è tesa, concentratissima, è un arciere prima di scoccare la freccia, un ghepardo prima di saltare. Un fascio di nervi con la faccia impassibile. Ed è esplosiva, con un vestito rosso, lungo, che lascia le braccia scoperte, la scollatura al limite del lecito, nessun gioiello, bastano gli occhi.

Canta l'assolo della Regina della Notte, *Der Hölle...*, ma sì, il secondo atto del *Flauto magico*, quando lei dice:

La vendetta dell'inferno ribolle nel mio cuore...

Ecco, una a cui hanno ammazzato la madre forse non dovrebbe cantare roba così, ma Carlo capisce che si sbaglia. Sonia ci sta mettendo dentro tutta la rabbia che ha, la tensione di quei giorni bollenti e gelati. Quando arriva al meraviglioso picchiettato, che diventa un arpeggio, quell'intarsio pazzesco che si sa, quando la voce di Sonia si arrampica e cade, svetta, si impenna, torna indietro, ricama, la platea è stupefatta. Sì, sì, lo conoscono il pezzo, è un pezzo famoso. Ma lì, con il sole del tramonto che entra dalle grandi vetrate, la ragazza in rosso che sembra trasfigurata, che sembra solo voce, a pochi metri da loro... beh, sì, sono tramortiti. Gli applausi sono più di un ringraziamento, è vera riconoscenza per quell'incantamento.

Poi c'è un Lied di Strauss, molto delicato. Carlo non ne capisce niente, ma gli sembra un modo per calmare la platea prima del gran finale. Che infatti arriva con il pezzo della *Carmen*. Anche questo lo conoscono tutti, anche i bambini, si può dire che sta nel Dna dell'Europa, e questa volta Sonia interpreta, si muove per la scena – un rettangolo libero tra il pianoforte e le prime file –, non solo canta, ma spiega, cerca di convincere tutti cosa pensa Carmen nel primo atto, cosa pensa dell'amore:

> *Si tu ne m'aimes pas, je t'aime*
> *Si je t'aime, prends garde à toi!*
> *Si tu ne m'aimes pas,*
> *Si tu ne m'aimes pas, je t'aime!*
> *Mais, si je t'aime,*
> *Si je t'aime, prends garde à toi!**

Nessuno si accorge che Sonia fa un po' fatica, perché in realtà la parte sarebbe per mezzosoprano, anche se, insomma, l'hanno cantata tutte, pure la Callas, e quindi... Sul finale c'è chi si alza in piedi, chi non si tiene. I più anziani, e anche i genitori dello sposo, estasiati che oltretutto si canti in francese, qualche melomane nascosto tra quei padroni del mondo. Poi l'applauso si allarga, sono tutti in piedi, la sala rimbomba di un applauso lunghissimo, frenetico. Qualcuno urla «Brava!», altri chiedono il bis, l'applauso diventa ritmato, lei si inchina più volte, gli occhi che raccolgono gli ultimi raggi di sole e scintillano di gioia.

Carlo è in piedi in fondo alla sala, Federica gli ha preso una mano e gliel'ha tenuta stretta. Guarda verso

---

* Georges Bizet, *Carmen*, Primo atto, *L'amour est un oiseau rebelle*: «Se tu non mi ami, io ti amo / Se io ti amo, attento a te! / Se tu non mi ami, / Se tu non mi ami, io ti amo / Ma se io ti amo, attento a te!».

il vecchio. È seduto immobile, ha gli occhi chiusi, chissà dov'è ora, sarà con la sua Giulia in qualche camera d'albergo.

Ora Sonia si china verso il maestro Tononi. Lui le prende le mani, le stringe, la guarda negli occhi e le dice: «Ragazza mia, tu sei un fenomeno». Non le spiega che ha fatto un piccolo errore nella *Carmen*, e che il Lied di Strauss l'ha cantato senza crederci troppo, no, intende che davanti al pubblico lei si trasforma, che diventa un'altra. Lei ride. Gli sussurra qualcosa all'orecchio, lui finge una piccola protesta, ma è raggiante e annuisce. Si alza.

«La nostra Divina ci concede un bis... sappiate che non sono d'accordo», lo dice ridendo, come per far capire che lui a quella ragazza, una che ha cantato così, che li ha stesi, conquistati, catturati, concederebbe tutto, sempre e comunque.

Federica guarda la scena e scoppia a piangere. Carlo la abbraccia.

Tononi orgoglioso si rimette al piano, suona qualche nota di apertura e Sonia toglie il freno del decollo verticale. È un matrimonio, no? Si sposano, giusto? Finché morte non vi separi, non è così?

Non si dà follia maggiore...

Ma non è solo questo, non è solo la voce. È che lei passeggia cantando, proprio come donna Fiorilla ne *Il Turco in Italia*. Si avvicina al padre dello sposo. Gli prende una mano e se l'appoggia sul petto. Al vecchio Serrani manda un bacio tra una parola e l'altra.

... Dell'amare un solo oggetto...

Ora è dal padre della sposa, il banchiere Faraboli, uno che può far cadere un governo con due telefonate, ma non lo farà, perché ogni governo è amico suo. Fa finta di baciarlo, poi si volta di scatto e gli agita il culo davanti, come a dire, guarda qui, non hai voglia di divertirti? Sta esagerando? Non più di quanto faceva donna Fiorilla nel 1814. È libertina e libera, provoca, gioca, vuole essere scandalosa.

... Di genio e cor volubile
amar così vogl'io
voglio cangiar così...

E mentre canta questo, strizza l'occhio alla sposa, che sorride, perché è una ragazza colta, tirata su nelle scuole migliori, svezzata in Svizzera, poi Parigi, Londra, New York, e ha capito lo scherzo, oppure conosce Rossini, quant'era licenzioso. Sonia si china verso lo sposo, il belloccio francese, e gli stampa un bacio sulle labbra, non un bacio di scena, no, un bacio vero, la lingua che si infila tra i denti di lui come un serpentello velenoso.

Il vecchio Serrani ha gli occhi lucidi. Quella ragazza...

Amar così vogl'io
voglio cangiar così!

Cosa volete sapere, ora? Se è un trionfo? Sì, senza dubbio. Se la platea è sbalordita? Vero anche questo. Ma non basta. Ora nella grande sala c'è un'aria di eccitazione, di euforia, qualcosa di sessuale, anche in mezzo a quel bel mondo di senza cuore.

Sonia si ritira, Federica le corre dietro. Il maestro Tononi chiacchiera in piedi con alcuni invitati, ha parole mirabolanti per Sonia, dice che lui, in anni di carriera...

Quando Sonia torna, vestita come prima dello spettacolo, senza il trucco pesante che ha usato per cantare, e si mischia agli invitati per il cocktail e il taglio della torta, che non è la prima e non sarà l'ultima della notte, è tutto un baciamani, presentazioni, complimenti, lusinghe. Lei brilla, non si può dirlo in un altro modo.

Il viaggio di ritorno è ebbro, assonnato e prudente.

A un certo punto, mentre fuori dai finestrini sfilano la notte e la campagna, Sonia si alza un po' dal suo sedile e si sporge avanti. Sfiora la guancia del vecchio con un bacio e gli dice:

«Grazie. Anche da parte di mamma», poi scoppia a piangere. Piange come pioveva qualche giorno fa, senza remissione, senza freni, senza alcun pudore. Piange la madre, piange la fatica, la tensione che se ne va e la lascia nuda. Piange tutti quei «più morbida, Sonia», «attenta al bemolle, Sonia». Piange come doveva piangere Cenerentola, o la Callas, piange tutte le lacrime del mondo, si svuota, si prosciuga.

Federica l'abbraccia e la stringe, Carlo guida. Il vecchio dice: «Non piangere, Sonia, non piangere mai quando ci sono io. Io non posso sopravvivere a una Zerbi che piange».

La ragazza piange ancora di più.

Guardatela, quant'è felice.

Venticinque

Il giorno di Natale, per furbizia da vecchia volpe, Ghezzi si fa mettere di turno. Carella invece lo fa perché Natale è un giorno come un altro, anzi un po' peggio. Però è un turno per modo di dire, non succede niente, non ci sono casi urgenti, così a pranzo vanno tutti da Ghezzi, c'è anche Sannucci con una ragazza. Sono reperibili, certo, ma non li reperisce nessuno.

La signora Rosa ha fatto del suo meglio e hanno mangiato bene, parlando pochissimo di lavoro, dopopranzo è arrivata la Cirrielli, con una torta più grande di lei.

La signora Rosa era contenta di avere quegli amici. Non che non ne abbia di suoi, tra il circolo e il volontariato, ma quelli sono gli amici di Tarcisio, gente con cui passa le giornate, sa che per lui è una specie di famiglia, e quindi anche per lei, no?

«Te lo sposi, il Sannucci?», chiede alla ragazza, una tipina timida.

Ghezzi lancia un salvagente.

«Sannucci, portala al cinema, prima che la Rosa ci faccia a tutti la lezione non-sposare-un-poliziotto, dai retta, salva la ragazza».

«E lei, Carella, perché non l'ho mai vista con una donna?».

«Su Rosa, con 'sto lavoro!», risponde lui, e le strizza un occhio.

La Cirrielli dice che lei se lo sposerebbe, un poliziotto, uno che la perquisisca ben bene, ma sono troppo scemi, superficiali, ignoranti, che lei da un uomo lo potrebbe anche tollerare, ma da un collega no.

Carella sorride. Fuma avvicinandosi alla finestra. Sono oasi, pensa, piccole oasi per cui non conviene fare una deviazione lunga. Se capitano, bene, se non capitano c'è la vita vera. Ora sta lì e per la prima volta da tanto tempo si sente a casa – mangia pure la torta, incredibile – ma sa che è una tregua breve. Il lavoro di ascolto – quello che aveva organizzato prima del caso Zerbi – non è servito a niente per più di un mese e forse ora qualcosa si muove. Quindi, anche se è cullato dalle chiacchiere degli amici, pensa alle mosse da fare, agli incroci... Quando si scrolla di dosso quei ragionamenti, torna verso il tavolo. Ah, il caffè, sì.

Ghezzi e la Cirrielli parlano del caso Zerbi, appena chiuso con i rinvii a giudizio, il processo sarà verso marzo, salvo intoppi, insomma, la questione si è aperta e chiusa in fretta.

Poi commentano i giornali, e soprattutto quello che hanno scritto della signorina Sonia, che ha cantato a un matrimonio del jet-set e che ha incantato tutti.

Probabile che tra gli invitati di banchieri e finanzieri ci fossero numerosi editori, che hanno telefonato ai direttori, che hanno telefonato ai capiredattori, che hanno telefonato ai capiservizio degli spettacoli per dire: «Oh, ma cazzo, il nostro editore va a cena con la nuova Callas, che oltretutto è figlia di una morta ammazzata, e noi non scriviamo niente?».

Così i giornali non hanno lesinato sulla storia, le fotografie, la favola bella della figlia orfana che ora lotta per diventare una star. È per quello che la gente compra i giornali, no?

Lei, Sonia Zerbi, neanche una parola. Il maestro Tononi nemmeno, anzi sì, una breve dichiarazione in cui prega di lasciare in pace la ragazza, che ha un concorso importante, è molto concentrata, ringrazia tutti ma non parlerà.

«E così abbiamo già una diva», dice Carella.

«Una diva, perché no! Finalmente!», dice la Rosa, che ha seguito la storia della ragazza – insomma, il suo Tarcisio ha preso gli assassini, no? – e fa il tifo per lei.

Alla spicciolata se ne vanno tutti, prima Sannucci con la morosa, poi la Cirrielli, anche domani è di turno.

Ghezzi invece no. Va in vacanza con la signora Rosa, un Capodanno che le promette da tanto tempo, vicino a Ortisei, se c'è la neve, anche se loro non sciano, è bello, e... Ma perché togliere a lei il gusto di dirlo?

«Ci eravamo andati appena sposati, io e Tarcisio, su, sullo Sciliar è bellissimo, poi serviti e riveriti... e almeno questo orso del Ghezzi fa un po' di movimento!».

Carella ride, pensa ai chilometri sotto l'acqua che si sono fatti per stare dietro allo zoppo.

«E quando tornate?».

«Il due. Il due lavoro», dice Ghezzi. Non aggiunge «Grazie a Dio», ma si vede che lo pensa.

Quindi tanti saluti, e buon anno in anticipo.

Ventisei

Con Katrina partita per la Moldavia, Carlo Monterossi non ha nemmeno la soddisfazione di alzarsi ed
essere psicanalizzato da una voce amica, previa con-
sultazione con lady Calamita Santa. Bianca Ballesi se
n'è andata col solito taxi, anche se era tardissimo, così
tardi che anche se si fosse fermata a dormire Carlo
non l'avrebbe considerato pericoloso precedente, war-
ning, allarme rosso, abbandonare la nave. Ma forse lei
aveva pensato che svegliarsi insieme la mattina di
Natale avrebbe aumentato l'imbarazzo di entrambi,
invece di diminuirlo.

Questa Bianca Ballesi guadagna punti su punti, pensa
Carlo.

Però va detto che Katrina, prima di abbandonare la
trincea per le pianure dell'Est, ha fatto il suo capolavoro
e l'enorme frigorifero di casa Monterossi può permettergli
di sopravvivere a un assedio di qualche settimana.

Nel pomeriggio, Federica e Sonia hanno organizzato
una festicciola nella suite del Diana. Loro due, qualche
amico, anche quel Roger pianista mitteleuropeo, altre
ragazze, anche amiche di Federica, cioè studentesse o

dottorande di economia, strabiliate di trovarsi in un salotto fin de siècle con gente che parla di teoria del contrappunto, che bisticcia sulle mille sfumature della grandezza di Wagner, che naturalmente nessuno mette in discussione.

Carlo si diverte, perché sono giovani, e perché le ombre che ha visto lì dentro per tanti giorni sono come dissipate. Sonia è stanca, sì, per lei niente vacanze, il tre gennaio parte per Basilea, il sei c'è il famoso concorso.

«Senti ancora la pressione, Sonia? Va meglio?».

«Un po' meglio, sì... dopo Stresa mi sento più sicura».

Di se stessa, intende, ma anche più sicura di loro. Ora sa che sono amici, ora non si chiede più perché il vecchio Serrani fa tutto questo, lo ha guardato, mentre cantava, lo ha studiato mentre costruiva il suo trionfo davanti a quella gente. Gli ha voluto bene.

Ma è sempre il Natale di una che ha appena perso la madre, e si sente.

Il vecchio Serrani è arrivato verso le sei, impeccabilmente natalizio, addirittura con un cravattino a farfalla. Ha salutato tutti e detto subito che non voleva alzare troppo l'età media con la sua presenza barbosa, si è solo appartato un attimo con Sonia, poi è uscito con un impercettibile inchino.

Sonia è tornata nel salone con gli occhi rossi, i segni delle lacrime sulle guance e una collana al collo, bella, antica.

«Era di nonna», ha detto, e nient'altro sull'argomento.

Carlo ha sorriso, ma ha anche pensato che il vecchio ha il gusto del gesto teatrale, e non sa se questo gli piace.

Si lasciano facendo l'appello di chi sarà milanese, tapino, pure a Capodanno, e Carlo dice a Federica che si farà sentire.

E infatti si vedono, a Capodanno.

C'è solo un grammo di imbarazzo quando Carlo capisce che deve invitare a casa sua Federica anche se c'è Bianca Ballesi, ma è davvero un attimo, una cosa stupida, perché, poi? Però premette che non sarà una festa, solo un rifugio per gente che si rifiuta di festeggiare il Capodanno, e che quindi si vede lì. Che scemenza.

Sonia non c'è, è andata a un veglione superlusso col maestro Tononi, probabilmente un invito venuto fuori al matrimonio di Stresa, frequentare il bel mondo è un allenamento anche quello, no?

Quindi arrivano tutti alla spicciolata, Alex e la fidanzata scialba, Federica con qualche amico, maschi e femmine, poi Bianca Ballesi, che ha sottobraccio un fascio di giornali, settimanali, periodici illustrati, fogli da parrucchiere per signora, newsmagazine in varie lingue, tutto quello che è riuscita a rintracciare sulla performance di Sonia Zerbi al matrimonio di Stresa, una specie di regalo per la ragazza, che però non c'è, e il pacco resta nell'ingresso, insieme ai cappotti, le borse, le sciarpe.

Alle undici e dieci arriva Oscar, vestito in jeans e scarponi, un maglione blu, la giacca a vento, va bene che fa freddo, ma...

«Vengo dalla montagna, dai, Carlo, che palle!».

È così poco un veglione, che si accorgono che è passata la mezzanotte dal minimo sindacale di botti che si sparano a Milano, un paio di colpi, due traccianti che attraversano la luce della finestra sulla terrazza e basta così. Però brindano, si baciano, si augurano buon anno come vecchi amici. Federica studia Bianca Ballesi. In qualche modo si sta chiedendo se è la donna di Carlo o no, perché sembrano intimi, sì, quasi complici, ma hanno lavorato insieme, in tivù, da quella scema della De Pisis, chissà quante ne hanno passate. Il bacio della mezzanotte però qualcosa dice.

Si avvicina a Carlo con un bicchiere in mano.

«Il suo amico è scapolo, gay, oppure un romantico tormentato che amava una andata sotto il treno e non toccherà mai più un'altra donna?».

«Ma chi?».

«Oscar».

Carlo ride. Non l'aveva mai vista a quel modo. È vero, delle ragazze di Oscar, che è il suo migliore, forse unico, amico, non sa niente. E nemmeno del resto, peraltro. Sì, l'ha visto in compagnia, ma raramente della stessa ragazza.

«Oscar è l'uomo del mistero, lasci stare, Federica, la ritrovano in una segreta come le mogli di Barbablù».

«Mmmm», fa lei stringendo le labbra, e ride.
Bevono ancora un po'.

Federica andrà a Basilea il tre gennaio, con Sonia, fedele al suo compito di dama di compagnia e ancella di camera. Un altro grande albergo, sempre servite e riverite, la regina e la sua damigella. Federica dice che comincia solo ora a rendersi conto che Sonia potrebbe vivere così tutta la sua vita, o almeno gran parte, mentre lei non ne sarebbe capace.

Se ne vanno in piccole pattuglie, come gente che esce dal rifugio dopo il bombardamento, che ancora non si fida di quel che c'è fuori, ma fuori c'è solo la notte e l'anno nuovo, che ti fa fare quegli stupidi voti, quei propositi buoni che già moriranno appena spunta il sole.

Carlo giura che da ora non penserà più a quella faccenda delle settimane, alle milleseicentoquarantasei settimane che gli rimangono, insomma.

Oscar se ne va con Federica, cioè, casualmente escono insieme, perché salta fuori che lei non ha la macchina e le sue amiche se ne sono già andate. Guarda a volte come succedono le disgrazie.

Ora che Carlo è solo con Bianca Ballesi prende due sedie dalla cucina e le porta sulla terrazza. Lei si appoggia il cappotto sulle spalle e si siedono fuori, al gelo, con il vapore che esce dalle bocche mentre parlano, gli occhi lucidi per il freddo polare, tagliente, pulitissimo.

«Il tuo amico Oscar è un falco predatore».

«Speriamo che si diverta anche la pecorella, però».

«Ah, di sicuro! Quella pecorella lì ha l'aria di non divertirsi da un bel pezzo».

Le donne sono cattive, lo sapete, vero? Dico anche alle donne, ovvio.

Ma non così cattive, però, perché Bianca Ballesi è davvero in forma. Racconta ancora una volta – sarà la decima variante – l'epopea della puntata sul libro di Flora De Pisis, del pasticcio zuccheroso che ne è venuto fuori, per cui si aspettavano che alla fine della messa in onda telefonasse il Vaticano: «Pronto? È la Segreteria di Stato, ci date l'indirizzo di 'sta De Pisis che vorremmo santificarla?». Una cosa davvero imbarazzante, e naturalmente l'unica non imbarazzata era lei, Flora, sempre circonfusa dalla luce bianca che le spianava le rughe, impeccabile, solare, la regina assoluta della tivù popolare.

Bianca Ballesi gli ha spedito il file con tutta la puntata, e pure qualche gustoso fuori onda, ma lui non ha avuto ancora il coraggio di guardare, se mai lo farà.

«Vai a Basilea?».

«Certo, devo accompagnare il vecchio».

«Vincerà, la ragazza? Cioè, finisce bene, alla fine, tutto 'sto melodramma?».

«Io lo spero, ma non si sa. L'avversaria russa è molto forte, si dice anche ben protetta... La commissione ha assegnato il repertorio, Sonia ha... boh, non ricordo, ma sembrava contenta, poi deve cantare un'aria scelta da lei e litiga col maestro».

«Non ci capisco niente».

«Nemmeno io, ma è affascinante».

Ora rientrano, perché il freddo ha insistito e alla fine ha vinto lui. Hanno bevuto ancora qualcosa e sono andati in camera e lì si sono fatti gli auguri come si deve.

Dopo, verso le sei del mattino, si sono addormentati come sassi e si sono svegliati alle tre del pomeriggio del primo gennaio. Quindi non si può dire che hanno passato la notte insieme, giusto? Solo la mattina, no? Non fa giurisprudenza, convenite?

Lui ha messo insieme una colazione non degna di Katrina ma abbastanza presentabile. Lei si è alzata, senza niente addosso, ed è andata nell'ingresso a prendere il pacco di giornali. Hanno mangiato a letto, bevuto caffè e spremute, mischiato yogurt, miele e frutti di bosco, fette di pane bianco tostato con varie marmellate. Intanto hanno sfogliato tutto il gossip possibile e immaginabile sul matrimonio di Stresa, tutte quelle pagine colorate che erano un regalo per la diva Sonia. Lei, la sposa Faraboli, aveva un abito da settantamila euro, dopo la festa sono partiti, lei e il bel-limbusto, per un giro in barca nella Polinesia francese, dove lui – oh, non lui, la famiglia! – possiede un'isola. Ci sono le foto dell'isola. Ci sono anche le foto del ricevimento, delle macchine che hanno scaricato gli invitati, del motoscafo bianco con gli sposi, del ministro imbarazzato, dei milionari a loro agio, delle signore ingioiellate. Ci sono le foto di Sonia che canta, poi di Sonia che riceve baciamani da questo e da quello. In un'immagine si vede addirittura Carlo, in secondo piano, che passa con un bicchiere in mano dietro una gran dama, e per quello è finito nell'inquadratura. C'è una foto di Sonia con il vecchio Serrani, dopo il recital ma prima di andare a cambiarsi. Lei è scintillante, felice. Lui, in piedi accanto a lei, impettito, poggiato al suo bastone, ha l'aria soddisfatta, vibra d'orgoglio, ha un grande sorriso, come uno che non ha sbagliato una mossa.

È una bella foto, sì, è la foto della vittoria.

Ventisette

La fotografia di Sonia Zerbi felice accanto al vecchio signor Serrani appoggiato al suo bastone come un possidente dell'Ottocento, raggiante, la vede anche il sovrintendente Tarcisio Ghezzi.

La Rosa è andata a cambiarsi, in camera, lui si è fermato in una sala comune della pensione, dove c'è il televisore, qualche tavolino, altri turisti che attendono l'ora di cena, o dell'aperitivo, o di chissà cosa. È il 31 dicembre, quindi si mangia più tardi, in modo da arrivare al dolce e allo spumante per mezzanotte, e la cosa irrita Ghezzi che ha avuto anche un battibecco con la sua sposa.

«Ma Tarcisio, ti mangi un panino alle sette e mezza? Ma ti sembra?».

«Rosa, ma se stasera si mangia alle dieci passate, io non posso mica morire di fame, eh!».

«È Capodanno, Tarcisio!».

«Dai, su, Rosa, vai in camera, io vengo subito».

Invece di un panino prende una fetta di torta, bella, grande, con i mirtilli e la panna. La signora della pensione gliela serve con un sorriso impeccabile e, non richiesta, mette accanto alla torta un bicchierino di grappa.

Avevano camminato tutto il giorno, lui e la Rosa, in uno scenario pazzesco, il sole, neve dappertutto, come un mare bianco appena ondulato, punteggiato qui e là da piccole case in legno, montagne tutto intorno, l'aria fina dei duemila metri. Bello, doveva ammetterlo anche lui, che come scenario preferiva via Farini. Ma sì, la vacanza gli ha fatto bene, non ha pensato nemmeno una volta a Gregori, a Carella, alla questura, sente una stanchezza che non è la solita, è una stanchezza sana, di gambe, di polpacci, del corpo che dice: «Visto? Ci sono anch'io, che sorpresa, eh?».

Quindi Ghezzi mangia la sua fetta di torta a forchettate giganti, e intanto allunga una mano e prende un giornale che sta lì insieme ad altri, un giornale di quelli che le signore leggono dal parrucchiere, con gli amori dei vip, gli scandali, qualche storia strappalacrime e le vite dei santi, cioè dei divi della tivù. In copertina c'è una foto del calciatore Filippaccini, pensa, uno del Brescia che lo vuole il Real Madrid, e che ha una fidanzata nuova. C'è anche la foto della moglie triste che dice che lei lo ama ancora.

Poi c'è un titolo sul «matrimonio dell'anno».

Ghezzi sfoglia svogliatamente, ci vuol altro per distrarlo dalla sua torta e dal fatto che è finalmente seduto, senza giacca a vento, senza cappello di pelo, persino la grappa, tanto per dire dell'omaggio al freddo che c'è fuori, secco, teso come una sciabolata, e al caldino che c'è lì dentro.

Poi arriva alla pagina del matrimonio. Non legge i testi, ovvio, però guarda le foto, e ce n'è una, quasi a pagina intera, che ritrae Sonia e il vecchio Serrani. La didascalia dice: «Una voce strabiliante. Il soprano Sonia Zerbi con un ammiratore». Guarda la foto con attenzione. Lei alta, con un seno prosperoso che la scollatura del vestito rosso fatica a contenere. Il vecchio punta gli occhi dritto nell'obiettivo del fotografo, fiero come uno che ha vinto al Lotto con un sistema segretissimo che sa solo lui. Ghezzi studia la foto a lungo. C'è qualcosa che lo disturba, ma non sa cos'è, e allora legge anche l'articolo, che in realtà è un trafiletto accanto alla foto.

Stresa. A poco più di un mese dalla morte della madre, avvenuta durante un tragico scippo a Milano nel novembre scorso, il soprano Sonia Zerbi ha incantato i vip invitati al matrimonio dell'anno, quello tra la figlia del banchiere Altiero Faraboli, Cristiana, e Stephan Quatraud, il rampollo della dorata famiglia francese (acciaio, commesse statali, finanza, un patrimonio stimato in duecento milioni di euro). Accompagnata al piano dal famoso maestro Adilio Tononi e vestita (poco) con uno splendido total red, la giovane cantante si è esibita, conquistando il pubblico, in brani di Mozart, Strauss, Bizet e Rossini. «Di questa ragazza sentirete parlare molto presto», ha detto il maestro Tononi. Sonia Zerbi parteciperà, in gennaio, al prestigioso Concorso Lirico di Basilea...

Di Umberto Serrani non si dice niente. «Un ammiratore», e basta. Giusto così, perché la stella è lei. Eppure nella foto... Ghezzi la guarda meglio e continua a non capire, qualcosa gli sfugge ma non sa cosa, c'è un dettaglio che gli dà fastidio.

E gli danno fastidio anche altre cose, ha deciso di non pensarci, ma ci pensa lo stesso.

È stata una lunga giornata, la Rosa ha camminato come uno stambecco, e lui dietro, hanno fatto delle belle foto, e persino la follia di prendere la slitta coi cavalli per attraversare un pezzo di altopiano. Lui aveva scosso la testa per quel romanticismo da vacanza invernale, ma era stato contento di non camminare per un po'. E poi il tragitto sulla strada tutta bianca, con la coperta sulle ginocchia e la Rosa che gli diceva ad ogni metro: «Guarda, Tarcisio, guarda che meraviglia...», sì, insomma, bello, il dottor Zivago con la sua Lara.

Ma la sorpresa vera era stata un'altra.

Quella mattina, dopo colazione, si era messo a un tavolino fuori, a bersi il sole e il freddo, e quando aveva alzato gli occhi aveva visto una figura famigliare, oddio, non proprio, ma uno che conosceva. Aveva guardato meglio, strizzando gli occhi, e la figura si era avvicinata, aveva salutato, aveva detto: «Posso?», e si era seduta accanto a lui.

L'amico del Monterossi, come si chiama, ah, sì, Oscar Falcone.

Ghezzi era molto sorpreso. Che ci faceva lì quel misterioso rompicoglioni? Uno che si era trovato in mezzo ai piedi spesso nelle sue indagini, una specie di ficcanaso, investigatore, trafﬁchino... vai a sapere. Poteva essere un caso? È vero, il Monterossi gli aveva telefonato per gli auguri di Natale, ma soprattutto per complimentarsi: avevano preso gli assassini della Zerbi, avevano anche fatto in fretta, la cosa si era chiusa bene, un'altra poliziotta, Agatina Cirrielli, aveva addirittura preso un encomio. Non ricorda se durante quelle chiacchiere cordiali gli aveva detto della vacanza, della montagna, di Ortisei, ma evidentemente sì, perché Oscar Falcone seduto accanto a lui ai tavolini di quella pensioncina... beh, non poteva essere un caso.

«Siete stati bravi sul caso Zerbi, non era facile».

«Invece era facile, a vederla dopo è sempre facile. Che ci fa qui? Mi rovina le vacanze?».

«Passavo».

«Non dica cazzate, Falcone, questo non è un posto dove si passa, non è mica piazza del Duomo».

«Va bene, cercavo lei, Ghezzi, possiamo bere un caffè insieme?».

«Basta che non porta rogne, sono in vacanza».

Invece quello, strabiliandolo un bel po', gli aveva fatto una proposta di lavoro. Gli aveva detto che lui e Carella erano i migliori, in questura, e l'aveva detto convinto, anche se con Carella c'è un odio affilato, ma non importa, lui sapeva andare oltre quelle cose.

«Quando va in pensione, Ghezzi?».

«Volendo, mi mancano quattro, cinque anni».

«Non è stufo?».

Domanda difficile. L'anno prima era stato vicino a mollare tutto, un caso che non gli era piaciuto, la politica mischiata alle indagini, i giornali, il ministro... No, non gli era piaciuto per niente. Ma poi ci aveva ripensato. È vero che fare il poliziotto a volte gli sembrava come svuotare il mare con un cucchiaio da minestra, ma insomma, da quasi trent'anni la polizia era casa sua... Non se l'era sentita di andarsene davvero, ecco. Per cui non dice niente e guarda quell'altro, dove vuole arrivare, il ragazzo?

«Niente, mi chiedevo... se volesse cambiare, cioè, continuare a fare il lavoro che fa ma... da privato, ecco...».

Ghezzi aveva sgranato gli occhi. Ma quello gli aveva illustrato il suo piano: soci alla pari, niente casi strani, cioè, non avrebbero accettato incarichi da delinquenti, però meno regole, meno noie e burocrazia, mani libere, lavoro di scarpe e di cervello, nessun rischio di trovare un gip ottuso, o le scenate di Gregori... Più soldi, questo è certo, anche il doppio di quello che prende adesso lavorando per la Repubblica Italiana, te la raccomando, quella.

Ghezzi aveva quasi riso: ma che proposta è?

Allora Falcone gli aveva detto di pensarci, che non c'era fretta, cioè, un po' sì, ma che aveva meditato a lungo e gli pareva che uno come lui, con la sua esperienza e il suo tocco... aveva detto proprio così: «il suo tocco»...

Insomma, Ghezzi era lusingato per una cosa che non aveva mai considerato, e mentalmente aveva ringraziato Falcone, perché quello non aveva insistito, non l'aveva pregato, non aveva messo in fila tutte le meravigliose ragioni per accettare una proposta simile.

Anzi, aveva cambiato discorso quasi subito.

«Brutta storia quella del Ferri, eh?».

«Lei se n'è occupato, vero Falcone? L'ho vista con il Monterossi, là all'albergo di lusso, con la cantante lirica, la figlia della Zerbi... io non ci credo alle coincidenze, sa?».

«Sì, me ne sono occupato, anche se...».

«Ecco che arriva la rottura di coglioni».

«No, no, Ghezzi, stia tranquillo... solo... il Maione non mi sembra uno che ammazza un suo amico a martellate».

«Guardi, Falcone, in un certo senso lo penso anch'io. Però in trent'anni ho visto cose che sembravano impossibili e invece... Ho imparato a non fidarmi del tutto delle sensazioni, l'intuito è importante, ma se ci sono le prove... E poi, dai, aveva un movente, era sul posto all'ora giusta, aveva le chiavi... andiamo, c'è un limite anche alla sfiga umana, no?».

«Sì, è vero, e poi dirà il processo».

«In ogni caso si becca complicità nell'omicidio della Zerbi e un'altra sfilza di imputazioni che bastano e avanzano per stare dentro un bel pezzo... poteva chiedere il rito abbreviato, invece si ostina a dire che sul Ferri è innocente... cazzi suoi».

Poi era arrivata la Rosa, si erano salutati, Falcone era tornato verso la piazza e loro due avevano preso la via della funivia, per andare sullo Sciliar a fare la loro passeggiata.

«Chi era quello?».

«Ma niente... uno che conosco che sta in vacanza qui», e non ne avevano più parlato, anche se il Ghezzi, tra una curva e l'altra del sentiero, e poi anche sulla slitta tirata dal cavallo bianco, ci aveva pensato. Lui investigatore privato? Che scemenza. Archiviava la cosa con un'alzata di spalle o un piccolo scuotimento della testa, ma poi tornava a pensarci. Ora lo capiva perché Oscar Falcone non si era dilungato sulla cosa. Voleva solo mettere un semino, un piccolo dubbio, un sottilissimo prurito che tu dici: non è niente, e poi ti sorprendi a grattarti come un cane con le pulci.

Ora è salito in camera. Il giornale con la foto di Sonia e del signor Serrani se l'è portato su, e la Rosa l'ha preso in giro:

«Cosa fai, Tarcisio, rubi i giornali all'albergo?». Aveva guardato la copertina: «E poi cosa leggi quella roba lì, invece di leggere un bel libro... è anche vecchio, il giornale...».

Ma lui stava pensando, voleva riguardare quella foto, studiarla bene, c'era qualcosa che lo disturbava, in quell'immagine, ma non sapeva cosa. La ragazza era proprio raggiante, e anche il signor Serrani... Si vede bene che è una foto speciale, che anche con tutta la finzione, la situazione artificiale – un matrimonio di miliardari, figuriamoci – c'è una felicità vera, pura, negli occhi di entrambi. Eppure l'impressione che ci fosse qualcosa che doveva vedere – ma lui non la vedeva – non se ne andava.

Si era fatto la doccia, con calma, poi si era vestito bene, per il cenone.

«Ma Tarcisio, ma non metti nemmeno la cravatta?».

«Ma non l'ho mica portata una cravatta, Rosa, siamo venuti a passeggiare in montagna, mica per un matrimonio».

«Ma è Capodanno, Tarcisio!». E poi, trionfante: «Te ne ho comprata una io!».

Ora sono nella sala da pranzo della pensione, salutano i commensali dei tavoli vicini, le solite frasi di cortesia. Tarcisio Ghezzi è l'unico con la cravatta. La cena è piacevole, lui mangia come uno che ha camminato per miglia e miglia nella luce abbagliante moltiplicata dalla neve, tipo ritirata di Russia, e la Rosa lo lascia fare, anzi lo guarda con tenerezza mentre lui combatte con i canederli in brodo.

Prima del dolce, dello spumante, degli auguri, alle undici e qualcosa, lui si alza.

«Vado un attimo in camera», dice, e si avvia verso le scale. Rosa parla con i vicini di tavolo, un farmacista di Frosinone con la moglie, che vanno lì tutti gli anni, sono esperti di escursioni, hanno milioni di aneddoti alpini da raccontare, alcuni risalenti al Triassico, si può dire che le Dolomiti le hanno viste nascere.

Appena su, si toglie la giacca e la cravatta, si slaccia l'ultimo bottone della camicia. Continua a pensare a quello che gli ha detto Oscar Falcone, che stupidaggine, che enormità. Poi prende la rivista che ha appoggiato sul comodino e va in bagno.

Seduto sulla tazza sfoglia ancora le pagine e arriva alla foto di Sonia con il vecchio Serrani. Ancora quella cosa inafferrabile, che nervi...

Poi si riveste, senza rimettere la cravatta, e scende di nuovo. Mancano venti minuti a mezzanotte, l'anno nuovo, il brindisi, i camerieri hanno distribuito cappellini di cartone e stelle filanti, arrivano i piattini con la torta, un signore enorme, grande come le montagne che stanno lì fuori, si alza dal suo tavolo e comincia: mancano tre minuti!... mancano due minuti!... Saltano i tappi, tutti bevono, brindano, si baciano sulle guance, si augurano buon anno, anche tra gente mai vista né conosciuta, fuori non si sente nemmeno un botto.

Ghezzi bacia la sua Rosa stringendola un po', lei dice «Maddai, Tarcisio!», però ride, è felice, se lo merita, con quella vita che fa ad aspettarlo tutte le sere... Pensa come sarebbe prendere il doppio di quello che prende adesso, più la pensione, magari un po' ridotta. Insomma, sarebbero come ricchi, di colpo, lui e la Rosa, ma subito scuote la testa. Butta giù lo spumante in un sorso.

Buon anno, Ghezzi, eccetera eccetera.

Ventotto

La principessa Sonia, con la damigella Federica sempre più isterica e il maestro Tononi, si trasferiscono a Basilea. È il tre gennaio, alla serata fatale mancano tre giorni, Sonia deve ambientarsi e fare qualche prova, il maestro tesserà la sua tela di relazioni a favore della sua protetta, ci saranno delle feste, dei galà, forse le due tigri, Sonia Zerbi e Gisela Falenova, si graffieranno. Carlo e il signor Serrani sono venuti a salutare.

In tutti quei giorni il vecchio si è comportato bene, non ha interferito, ha cercato di non essere invadente, lasciando la suite agli studi di Sonia e agli amici giovani, che adesso aiutano a preparare i bagagli. Sonia era entrata lì con due valigie, e adesso sembra Maria Antonietta che lascia il Palais Royal. Il vestito per la sua esibizione è chiuso in un baule, le ragazze lo spostano di qua e di là come il Sacro Graal, come se scottasse. Il programma era: volo per Zurigo e poi taxi, trattamento da diva, ma la diva ha detto no, l'aereo, l'aria condizionata, la gola, il rischio di compromettere la voce, meglio il treno, no? Il vecchio ha sorriso e annuito. Lui e Carlo arriveranno in macchina il giorno sei, come spettatori qualsiasi, con un biglietto di prima fila.

«Allora non l'ha mangiata, il mio amico», dice Carlo a Federica.

«Oh, solo un po'», ride lei. Non chiede dov'è Oscar, Carlo non si informa, figurati, quello là, mister Imprevedibile.

Il vecchio si è seduto sulla sua solita poltrona e ha chiuso gli occhi.

C'è una tensione difficile da descrivere, perché si sente ansia, si avverte l'attesa. Tra tre giorni si saprà se tutto questo ha avuto un senso, una sua utilità, quindi ognuno dei presenti pensa a domani, dopodomani, guardano avanti. Ma abbandonare un accampamento è sempre triste, in qualche modo, e Carlo è sicuro che Sonia sta facendo l'inventario dei momenti che ha vissuto lì dentro, le risate, i pianti, le illusioni, le paure, tutto il catalogo del melodramma.

Poi c'è la processione dei fattorini, gli ascensori che vanno su e giù, l'attesa del taxi per le ragazze. Carlo e il vecchio Serrani sono gli ultimi a lasciare la suite e Carlo lancia un'occhiata dietro di sé prima di chiudere la porta. Anche per lui finisce lì, ancora tre giorni e la bella storia del vecchio mecenate pazzo fissato coi rimpianti e della giovane orfana che canta come un usignolo sarà archiviata. Bella storia, ma lunga, anche basta. Pensa che avere una vita sua, oltre a trepidare per quelle degli altri, non dev'essere così male, chissà, magari ci proverà.

Poi accompagna a casa il vecchio, ormai è un'abitudine, anche se lui abita a nemmeno un chilometro e la palazzina del Serrani sta esattamente dall'altra parte della città.

«Come si sente?».

«Bene. Abbiamo fatto tutto quello che bisognava fare».

«Abbiamo?».

«Ma sì, Monterossi, abbiamo, c'era anche lei, no?».

«Crede che vincerà?».

«Credo di sì».

«Ah, nemmeno un po' di scaramanzia?».

«No, Carlo. Io credo che se si costruisce bene una storia, se la si cura nei dettagli, poi la storia finisce bene».

Carlo dice che deve pensarci, non lo sa, detta così suona bene, ma a lui sono capitate storie che sembravano perfette e che poi sono finite male, quindi sospende il giudizio e guida in silenzio.

Ventinove

Ghezzi non l'aveva calcolato che in questura l'avrebbero preso in giro tutti, ma ora se ne accorge, già dalla portineria.

«Lei dove va?».

«Sei scemo? Sono Ghezzi».

«Ma no, lo conosco il Ghezzi, è bianco».

Che ridere.

Però in effetti il sovrintendente di polizia Ghezzi Tarcisio che va a lavorare all'alba dell'anno nuovo abbronzato come Briatore in febbraio lo notano tutti, e lui si trova a spiegare: «Massì, qualche giorno in montagna», come se si sentisse in colpa.

Questo succede quattro volte prima che raggiunga il suo ufficio, e quindi quando ci arriva e trova Sannucci, gioca d'anticipo.

«Sannucci, non è aria, eh! Fai la tua battutina e levati dai coglioni, dai!».

«Che battutina, sov?».

«Vabbè. Novità? Cose che devo sapere?».

«Tutto tranquillo, deve andare su da Gregori, ma quando vuole e quando ha tempo, mi ha detto la Senesi, vuol dire che non c'è urgenza».

«Carella?».

«Sta dietro ai suoi narcos, ma non glielo consiglio, sov, è piuttosto incazzato».

Durante il lavoro di ascolto, Carella aveva captato una prenotazione per il veglione di Capodanno, un ristorantone, in provincia, che avevano imbottito di microfoni, anche nei cessi, un lavoraccio. Poi il boss aveva cambiato ristorante all'ultimo momento e lui si era trovato in mano decine di ore di registrazioni di gente normale, italiani in festa, impiegati con gentile signora, un sacco di lavoro buttato.

«Gli hanno fatto uno scherzo», dice Ghezzi.

«Eh, sì, lo pensa anche lui, per questo è più scontroso del solito».

Ghezzi guarda la sua scrivania, ci sono le solite carte, la solita confusione, gli fa strano tornare lì dopo una settimana di assenza, è come se fosse stato via una vita.

«Da Gregori ci vado tra mezz'oretta, prima faccio delle cose e mi bevo un caffè vero, anno nuovo, vita nuova».

«Sì, ma lo avverta Gregori che è diventato nero, sov, se no a quello gli viene un colpo».

Tutti spiritosi, oggi, ma guarda.

Così esce dall'ingresso principale e va al bar di fronte, fa colazione, poi passa dagli scienziati.

La scientifica è una specie di repubblica indipendente che fa il suo lavoro con serietà e competenza. Come in tutte le repubbliche, è bene conoscere qualche ministro, così i tempi e le procedure cambiano un po'. Ghezzi cerca, chiede, poi trova il suo ministro in una stanzetta, e lo saluta augurandogli buon anno. È un mago delle foto, uno che prende un'immagine e ci fa i miracoli.

Quello lo guarda e dice:

«L'ufficio stranieri è dall'altra parte, tu da dove vieni, dal Ghana?».

Ghezzi è costretto a ridere, perché deve chiedere un favore, e infatti lo chiede, gli dice cosa e come, quell'altro sbuffa per far vedere che in effetti gli sta facendo un favore, la solita manfrina.

«Poi devo allegarle a un fascicolo?».

«No, è roba mia».

Quello sbuffa ancora più forte: «Dai Ghezzi, passa di qui nel pomeriggio, ci provo, sempre che sia facile trovare i file in alta definizione...».

«C'è dentro Carella», dice l'agente Senesi quando Ghezzi fa per andare da Gregori.

«Bene», dice lui, ed entra lo stesso.

Carella fuma vicino alla finestra, Gregori è alla scrivania, guarda chi è che rompe i coglioni, ma poi vede che è il Ghezzi e si rilassa. Anzi, fa lo spiritoso anche lui:

«Non compriamo niente, ma ce l'hai il permesso di soggiorno?».

Carella non fa nemmeno un cenno per salutarlo, è incazzato come un gatto in un sacco.

«Beh, io vado», dice, e mentre esce dà una pacca sulla spalla a Ghezzi. «Ci vediamo giù».

Ora resta solo con Gregori, ma non hanno molto da dirsi e parlano del più e del meno. La Cirrielli ha avuto il suo encomio, niente ministro, ma un sottosegretario, strette di mano eccetera. Ora Gregori ha un lavoretto per lui. All'aeroporto di Linate si fregano le cose nei bagagli, e va bene, che novità. Però stavolta non riescono a beccarli con le telecamere, non si sa come fanno, bisogna che uno vada a fare il facchino e stia un po' lì a lavorare finché non si capisce...

Ghezzi fa per protestare.

«Lo so, lo so, Ghezzi, ma un po' è colpa tua che ti piace travestirti... comunque non c'è fretta, aspettiamo che ti passi l'abbronzatura».

«Che palle, capo».

«Eh, ma pure tu, Ghezzi, speriamo che giochi bene a pallone, perché sembri Pelé... Ah, una cosa... Per noi il caso Zerbi-Ferri è chiuso e se la vedono in tribunale. Però io ho una curiosità».

«Sentiamo».

«Le due pistole che abbiamo trovato a casa del Ferri, non siamo risaliti alla provenienza, e a me piacerebbe saperlo... se ogni balordo può avere in casa un arsenale si mette male».

«Ci provo, capo».

Ci mancavano le pistole. È un lavoro lungo, noioso, come se non lo sapesse, Gregori, che comprare un'arma non è poi così difficile...

Mentre scende nel suo ufficio gli suona il telefono.

«Buon anno, Ghezzi, so che sei tornato in servizio perché qui dicono tutti che sembri Ronaldo, ma non quando giocava, adesso che è grasso».

È lo scienziato dei telefoni.

«Ti ho mandato quei tabulati svizzeri, ti ricordi?».

«Eh?... Ah, sì».

«C'è solo la settimana che mi hai detto, per avere i due mesi bisogna aspettare la rogatoria».

«Va bene, grazie».

Poi arriva finalmente nella sua tana e chiama Sannucci, gli chiede di procurargli tutti i numeri delle armi che hanno trovato dal Ferri, le pistole. Anno, numero di matricola, ovviamente, e anche quello che si dice sulle munizioni, le scatole, soprattutto, che magari da lì si capisce dove si serviva il tipo. Ci spera poco, ma da qualche parte bisogna pur cominciare.

Carella fuma nella sua stanza, con i piedi sulla scrivania. Ghezzi entra senza bussare e si siede.

«Ti hanno preso per il culo, eh?».

«Cinque giorni di lavoro, giorno e notte, tra piazzare le cimici e ascoltare il registrato di dieci tavoli e del cesso. So tutto sulla vita sessuale della moglie di un commercialista di Meda, ma niente su come si spostano dieci chili di coca al mese».

«Fa incazzare».

«Un bel po'».

«Dai, ti invito a pranzo».

«No, Ghezzi, non mi va».

«Dai, Carella, lo sai che così è peggio, non devi mica prendere tutto come un fatto personale».

«No, Ghezzi, non me la sento di venire a pranzo... e guarda che non ho niente contro le persone di colore».

Cretino.

Trenta

Sono partiti alle otto del mattino e ora che entrano a Basilea sotto un sole svizzero è quasi ora di pranzo.

Un viaggio tranquillo, cullato da piccole chiacchiere innocue, qualche aria d'opera, finché Carlo ha silenziosamente imposto un po' di Dylan in sottofondo, e il vecchio non ha protestato, così Carlo gli ha parlato della sua, di ossessione, e della sua convinzione incrollabile: Dylan è un poeta degli abbandoni, quindi va maneggiato con cura.

Invece di spazientirsi come fanno tutti, il signor Serrani ascoltava, attento, sia la musica sia le parole di Carlo. A un certo punto aveva persino chiesto di risentire un pezzo, e Carlo si era stupito. Gli aveva chiesto di chiarirgli un passaggio del testo, perché lui non riusciva a capire proprio tutto e...

Falls, if you go when the snowflakes storm,
When the rivers freeze and summer ends,
Please see if she's wearing a coat so warm,
To keep her from the howlin' winds*

---

* Bob Dylan, *Girl from the North Country*: «Ascolta, se vai lì quando infuria la bufera di neve / Quando gelano i fiumi e finisce l'estate / Ti prego, guarda che indossi una pelliccia così calda / Da proteggerla dall'ululare dei venti».

Carlo aveva tradotto, il vecchio aveva annuito ed era stato zitto un po', aveva lasciato che quelle parole vagassero dentro di lui, si facessero spazio, si mettessero comode.

Non c'è solo il rimpianto, c'è anche la cura, c'è un amore post-abbandono che può essere denso e potente. Un rimettere a posto le cose, un risarcimento postumo, un dire, sì, l'ho perso, ma era il mio amore e lo sarà sempre. Come dire che il rimpianto è una cosa complicata, che sa travestirsi da attenzione, da dedizione, ma alla fine rimane rimpianto.

La Svizzera gli scivolava accanto, ordinatissima, e loro due correvano dietro ai loro fantasmi, ognuno per suo conto, ognuno dietro ai suoi ricordi.

Dopo Lucerna, con Zurigo lontana sulla destra e il sole ormai in fronte, il vecchio si era riscosso dai suoi pensieri.

«Dovremo parlare del suo onorario, Carlo».

«Onorario?».

«Ma certo, lei mi è stato di grande aiuto».

Ora Carlo è seccato. Non perché deve parlare di soldi, non solo, ma perché quel discorso lo costringe a riassumere anche per sé cosa è stata tutta quella storia, a mettere a fuoco, a fare un bilancio, anzi, come vorrebbe il vecchio, il conto. Ovvio che non vuole pagamenti, ma sa anche che il vecchio insisterà.

«La metta in questo modo, Serrani. Io le sarò anche stato di grande aiuto, non vedo come... in cambio ho avuto alcune cose, ho conosciuto lei, e anche Sonia, ho assistito al melodramma dell'orfanella salvata e protetta. Ho visto un mondo che mai avrei pensato... Lo spettacolo del giovane soprano che bacia lo sposo cantando alla sposa che ... com'è? "Non si dà follia maggiore dell'amare un solo oggetto"?... beh, lo considero un pagamento sontuoso, Serrani, mi piacciono le ragazze spudorate. Qualcuno che ti contagia le sue ossessioni, è come... come guardare la cosa da un'altra angolazione, ecco. Dovrei ringraziarla io... Ma di più, sa? Ho visto che i fantasmi in testa non ce li ho solo io, che ogni vita ha le sue... vabbè, facciamo così, quando Sonia canta al Metropolitan di New York lei mi manda due biglietti, va bene? Anche quelli del volo».

Il vecchio aveva riso ma aveva capito, ed entrambi avevano pensato la stessa cosa: tra quante settimane sarebbe potuto accadere, e quante gliene mancavano.

Ora che si sono detti tutto quello che c'era da dirsi, la strada si fa più leggera, anche perché il viaggio sta per finire, e sono quasi allegri. Parlano delle città con il fiume, come Basilea, fanno quasi una gara. Serrani dice Montréal, con i piccoli blocchi di ghiaccio, iceberg in miniatura, che corrono nel San Lorenzo, Carlo dice Porto, il posto dove l'Ouro passa sotto il ponte di monsieur Eiffel. E il Danubio a Budapest, allora, che la taglia e l'accarezza da nord a sud? Carlo è divertito, ma teme che anche da un gioco come quello possa venire fuori qualche ricordo inatteso, che il discorso dei rimpianti non risparmi nemmeno città lontane, fiumi, ponti, rive droite, rive gauche, il Tamigi quando sembra nero che fa paura, i ponti di Roma.

Non risparmia niente, infatti, è sempre lì, è un discorso che aspetta di morderti.

La suite del Trois Rois ha una finestra che dà sul Reno, uno spettacolo che vale la pena vedere. Il maestro Tononi e Sonia ripassano gli ultimi dettagli. Lei dovrà cantare il *Cuius animam* dallo *Stabat Mater* di Pergolesi, bene, è molto difficile, ma in qualche modo è la sua materia, anche se non è l'altro pezzo, il *Vidit Suum*, che è il suo preferito. E poi l'aria famosa della *Butterfly*, *Un bel dì vedremo*, un pezzo che la agita molto, che pretende un'adesione emotiva fortissima. Il maestro Tononi le parla, seduto al pianoforte:

«Pergolesi è una preghiera, Sonia, tu dici una preghiera, basta dirla bene, tecnicamente puoi farlo in scioltezza. Ma nella *Butterfly* è diverso, lì sei tu, la preghiera...».

Per il terzo pezzo, quello scelto da lei, gli scontri con il maestro sono stati durissimi, ma alla fine ha vinto Sonia.

Federica ha subito trascinato Carlo al bar dell'albergo e poi fuori, sul lungofiume. Sonia è isterica, sì, ma lei credeva peggio, invece mangia e dorme, studia, canta. Hanno fatto una prova al teatro, quello dove suona di solito la Sinfonieorchester Basel, ed è stato un colpo, perché per la prima volta hanno visto il campo di battaglia, le poltrone, le poltronissime, la buca dell'orchestra, i camerini, insomma, emozione mista a terrore.

La Falenova gira con due gorilla in smoking sempre accanto, pare che sia protetta da qualche oligarca russo, ma forse sono solo chiacchiere, leggende. Con Sonia si sono incrociate al party offerto dal Credit Suisse, una stretta di mano che sembrava un incrocio di ghiacciai.

Il resto del pomeriggio se n'è andato in preparativi, frenesia, attesa, gesti quotidiani recuperati per vincere la tensione.

Quando sta per chiamare un taxi per andare a teatro, per recarsi al momento della verità, Carlo si sente come il padrino in un duello all'alba, i duellanti hanno scelto le armi, non devono fare altro che contare i passi, girarsi e sparare. Il vecchio lo prende sottobraccio: «Un taxi? Ma no, Carlo, andiamo a piedi!».

Attraversano il ponte sul Reno e camminano contro il vento freddo nei loro cappotti, nelle loro sciarpe calde, il vecchio con il suo bastone, Carlo con le mani ficcate in tasca e la testa bassa.

Trentuno

Possibile?

Il sovrintendente di polizia Tarcisio Ghezzi si sveglia che è ancora notte con quella domanda in testa. Possibile? Davvero? È andata così? Gli sembra assurdo, eppure...

Ha fatto tutti i controlli che poteva, e paradossalmente anche quello che non ha scoperto è una conferma... Insomma aveva trovato un muro: la scheda svizzera non aveva chiamato un numero irrintracciabile, peggio, rintracciabilissimo, e falso come un diamante trovato nelle patatine. Una scheda telefonica intestata a De Vincenzi Sannina, di anni ottantatré, residente a Santa Maria a Vico, Caserta. Quando due colleghi di là, dopo una sua telefonata, erano andati a farle visita, avevano trovato quello che lui si aspettava: una vecchia che non capiva di cosa parlassero.

«Un telefono? Io? No, ce l'hanno i figli miei, ce l'hanno i nipoti miei, che me ne faccio, io, di un telefono? Tutta questa strada avete fatto, guagliò, p''o telefono mio? Trasite, che vi faccio 'o café», aveva detto, circondata dai suoi gatti. Da quell'utenza non era partita nemmeno una telefonata, nemmeno un mes-

353

saggio, solo tre chiamate in entrata e nient'altro, poi tutto muto, per sempre. Un numero di comodo che non serve più. Strada chiusa.

Poi c'erano le altre prove, e quelle erano imbullonate, solide come cemento armato.

Possibile?

Sono le quattro e venti del sette gennaio.

Ha fatto quello che doveva fare, le telefonate giuste, le procedure rispettate, anche se ancora non ha parlato con Gregori, e nemmeno con il sostituto... Perché? Perché spera di sbagliarsi? Eppure sa che non si sbaglia, e questo gli dispiace.

Pensa alla proposta che gli ha fatto Oscar Falcone, non ai soldi, non ai vantaggi e agli svantaggi. Pensa che forse, in quella veste, in veste di privato che risolve i casi e si guarda intorno, questo peso addosso non ce l'avrebbe, e forse ora starebbe dormendo come un cherubino. Ma è vero, poi? Sarebbe capace di non fare lo sbirro dopo che ha fatto solo quello per tutta la vita?

Ora sono le sei e qualcosa, e Ghezzi si alza cercando di non far rumore, anche se la Rosa è come una lepre nel bosco, che dorme con un occhio solo, vigile, attenta.

«Tarcisio, ma è presto, dove vai?».

«Dormi, Rosa, stai buona, eh».

Si prepara il caffè, si siede in cucina e pensa alle prossime mosse. Poi accende il telefono e chiama Carella, che risponde subito.

«Ma tu non dormi mai?».

354

«Hai chiamato tu, Ghezzi, cosa vuoi?».

«Sei molto preso, oggi?».

«I soliti ascolti di quelli là, quelli che mi mandano al veglione sbagliato».

«Vieni con me in un posto, Carella, ti racconto una storia e facciamo quello che va fatto».

«Porca miseria, Ghezzi, come sei misterioso».

«Dai, Carella, ti spiego in macchina».

Trentadue

La Sinfonieorchester Basel è una prestigiosa istituzione musicale europea che pompa in quei corni e strofina quei violini da più di un secolo. Questa sera, come accade da diciassette anni, presta il suo talento al Concorso Internazionale di Lirica, uno dei più prestigiosi del mondo. In tutto il teatro c'è il clima del Gran Galà cittadino, un'occasione mondana per la buona società. Le prime file invece sono la trincea avanzatissima della guerra in corso: gli italiani di qua, il maestro Tononi, Sonia Zerbi e gli amici; i russi di là, la Falenova che brilla per quanto è bionda. In mezzo, come a dividerli, esperti, critici, musicisti importanti. Più indietro, la giuria.

Carlo decide di astrarsi, di farsi trasportare da quello che succede, qualunque cosa sia. Il teatro che sembra trattenere il fiato, il vecchio accanto a lui, la tensione... insomma, un po' troppo per una storia di cui è solo spettatore. Va bene andare al cinema, ma portarsi i fazzoletti... Vorrebbe Bianca Ballesi di fianco a lui, sa che avrebbe una battuta che sdrammatizza, uno scetticismo allegro, ma è solo un pensiero che lava subito via dicendosi: non scherziamo, Monterossi.

Gisela Falenova ha cantato un Vivaldi impeccabile, anche lei lo *Stabat Mater*, pochi minuti d'intensità incredibile. Sonia Zerbi ha risposto dopo poco con il suo Pergolesi. Carlo non se ne intende, e per capire se va tutto bene guarda spesso il maestro Tononi, una fila davanti a lui, sulla sinistra. Gli sembra che Sonia abbia una morbidezza autorevole, che spinga senza forzare mai, che dispieghi un canto – e che canto! – ma che lo controlli per farlo rimanere una preghiera. Non fa gli occhi da santa dolente, non recita, anzi, canta con una devozione decisa, con determinazione, una preghiera è una cosa seria, mica una sviolinata. A Carlo pare perfetta, ma deve ammettere che non ci capisce niente. Il vecchio, accanto a lui, è come ipnotizzato, gli occhi fissi sul palco, attentissimo.

Ora sono quasi le undici e tocca di nuovo a lei. La russa ha già cantato, *Casta diva*, molto bene, ha raccolto un applauso fragoroso ed è sparita dopo un inchino.

Ora Sonia vede il fil di fumo. È lui che torna, ma certo. Con la nave, come no, sognare non costa niente, baby.

Carlo trova che c'è uno strano ribaltamento. Nella voce di Sonia che aspetta il suo americano c'è tutto il rimpianto della perdita, un dolore, eppure quello che dice è una speranza, lui che torna, lui che la cerca, lei che si nasconde come una ragazzina... ma se fosse una ragazzina non conoscerebbe tutto quel dolore, no? La meraviglia di quel contrasto, un canto che esprime gioia con le parole ma disfatta, sconfitta, fine, con tutto il resto, è quasi violenta. Le espressioni di Sonia sono perfette: non una disperazione di scena, scomposta, esagerata, teatrale, solo gesti essenziali, che di quella tristezza, peggiorata dall'autoinganno della speranza, fanno un bozzetto, uno schizzo a matita che spiega tutto.

Il maestro Tononi annuisce, il vecchio chiude gli occhi quando Sonia canta:

Un po' per celia
un po' per non morire.

Chissà dov'è ora.

Quando lei finisce il suo Puccini e la musica si placa c'è un momento di sospensione, un piccolo intervallo di nulla. Poi l'applauso è una specie di boato, quasi sorpreso di se stesso, che si alimenta, che freme. Sonia si inchina piano ed esce di scena.

Federica guarda Carlo mentre corre in camerino e gli mostra un pollice alzato, anche i russi applaudono, ovvio.

Ora si gioca tutto con il repertorio scelto dalle ragazze, che dopo quei drammi vogliono essere più leggere. La Falenova canta, benissimo, un'aria dal *Così fan tutte*, scelta intelligente, su cui avevano meditato anche Sonia e il maestro Tononi.

Ma poi lei si era impuntata, aveva strepitato e battuto i piedi. Il maestro aveva fatto muro ricordandole le regole, niente capricci da diva, e aveva dovuto accorgersi che non erano solo capricci. Persino Federica, che ha raccontato a Carlo tutta la scena, aveva tentato una mediazione, ma niente, Sonia avrebbe cantato Rossini o non avrebbe cantato. Il maestro si disperava, *La cambiale di matrimonio*, un Rossini diciottenne, un ragazzino impudente, contro Mozart a trentaquattro anni, un libertino vero, al massimo della sua potenza, del suo genio! Follia! Follia!

Ma lei lo aveva impressionato nelle prove, prima con la voce, poi con la leggerezza. Insomma, ci avevano lavorato ore e ore e ore, scontrandosi su ogni nota, su ogni gesto.

Il fatto è che quando Sonia cantava *Vorrei spiegarvi il giubilo* contagiava davvero giubilo, era una donna felice che diceva la sua felicità senza alcuna remora, senza alcun freno, più impudica che se fosse stata nuda sul palco. Non come la giapponese di Puccini che piange il suo dolore fingendo buone notizie, no, questa qui è proprio contenta, non sa nemmeno come dirlo, quant'è bello l'amore...

Sonia canta l'aria di quell'opera buffa, di quella farsa giocosa, e non solo canta le parole, ma in qualche modo le riempie, le rende vive:

... e l'idea del mio contento
di piacer languir mi fa...

E tutti, nel teatro di Basilea, sentono il languore di Fannì, il suo brivido, la gioia. E alla fine, quando si scusa per il suo ardore folle, per la sua febbre, quando canta:

Perdonatemi, signore,
mi fa amore delirar...

ci mette una curvatura ironica, di più, un sarcasmo indomabile. Carlo non sa niente della Fannì di Rossini, forse lei alla fine dell'aria si scusa veramente. Sonia no. Quel «Perdonatemi, signore» non ha nessun tono di scuse o di ritrovamento del pudore. Ha un vestito bianco, bellissimo, lungo, la collana antica della nonna che Oscar ha recuperato. Ma soprattutto ha una fierezza poderosa, qualcosa di magnetico. Non è Sonia Zerbi, non è la ragazza che si gioca tutto, non è l'allieva del maestro Tononi. No, è una donna felice, presa, che vorrebbe spiegarci il giubilo.

Ancora una volta l'applauso è assordante, ma il maestro Tononi invita alla calma con occhiate severe, non è un posto dove si vince con l'applausometro, quello.

Ora hanno cantato tutte le concorrenti, anche se si è capito che è una battaglia a due. La giuria si è ritirata, la Sinfonieorchester Basel esegue altri brani, si esibisce anche il coro. Carlo esce dalla sala, nel foyer incontra Federica, Sonia l'ha cacciata dal camerino e lei è stata contenta di uscire: ci sono più fiori là dentro che in tutto un cimitero, e lei non sopporta il profumo.

Non resta che aspettare. Un'ora, poi mezza, poi minuti. Ma l'attesa più lunga dura qualche secondo, quando la madrina del concorso, una gran dama della crema della crema della crema di Basilea, vestita come Liz Taylor in *Cleopatra*, apre una busta e legge:

... der erste Preis des 17. internationalen Wettbewerbes des Opernhaus Basel geht an...*

C'è una pausa che inghiotte gli oceani, le comete si fermano un attimo per sentire che succede, come va a finire. Il vecchio si guarda intorno, ma si vede che è teso, le nocche delle dita che stringono il pomo del suo bastone sono bianche, il maestro Tononi è costretto all'aplomb, uno che ne ha viste tante, ma ha il fiato sospeso anche lui, aggrappato a quel silenzio che dura già da due secondi, tre, quattro...

Infiniti. Interminabili.

* «La vincitrice del 17° Concorso Internazionale del Teatro dell'Opera di Basilea è...».

Trentatré

Umberto Serrani non ha partecipato ai festeggiamenti, non ha assistito all'assedio, alle fotografie, ai baciamano. Ha raccolto con il dito indice piegato a uncino, con una nocca, una lacrima sul viso di Sonia e si è fatto da parte, lasciandola al suo trionfo, appena un po' protetta da Federica e tenuta per mano dal maestro Tononi, mentre Carlo metteva al sicuro, in camerino, la targa d'oro della vittoria.

In quel bailamme, in quella tensione che lasciava il campo a una stanchezza infinita e a un senso di pienezza quasi incredula, tra le risate e i pianti, Sonia Zerbi era una regina, l'avrebbero cercata i teatri d'opera di tutto il mondo, gli impresari, gli agenti. Aveva fatto il tuffo, la ragazza, un tuffo perfetto, e ora doveva imparare a nuotare.

Il vecchio Serrani si era seduto su una poltrona, nel foyer.

Erano in un albergo di Milano, nemmeno ricorda più quale.

Giulia doveva consegnare una traduzione importante, era nervosa. Lui aveva in corso un affare spiacevole, di quelli giocati sul filo delle ore, dei minuti, molti soldi, moltissimi, che c'erano e... ops!, non c'erano più, valli a trovare, se sei capace. Entrambi avevano un peso addosso, entrambi non vedevano l'ora di entrare in quella bolla dove c'era posto solo per loro, e tutto il resto rimaneva chiuso fuori.

Ma lui aveva paura, e lei lo aveva capito. La situazione che si era creata era... rischiosa, sì, per un intreccio di interessi tra grandi capitali, e in quel muoversi di placche tettoniche fatte di milioni di dollari, in quel terremoto che sconvolgeva partecipazioni, commesse internazionali, compensazioni, qualcuno era rimasto scontento, c'era il rischio di rimanere stritolati, e quando le cifre hanno tanti zeri, i sacrifici umani non sono importanti. Umberto Serrani aveva mandato via la famiglia, all'estero, al sicuro, sperava. E ora si rendeva conto che esponeva Giulia a dei pericoli, che in quella capsula che conteneva solo loro poteva entrare qualcuno, che il suo segreto non era protetto.

Lei aveva interpretato quella paura come un'incertezza, come un dubbio sul suo amore, era come impazzita. Si erano fatti male, graffiati, insultati, si erano presi e lasciati urlando, rimproverandosi troppo amore, poco amore, niente amore. Si erano lanciati addosso tutti i timori e le insicurezze, la paura di non farcela, di non riconoscersi più. Poi si erano placati, toccati piano, poi incendiati di nuovo. Due giorni senza uscire dalla camera, senza staccarsi più di un metro. Entrambi convinti che se avessero lasciato quella stanza non si sarebbero ritrovati più, se non come estranei, come corpi celesti che si allontanano dopo l'esplosione cosmica. Lui nella sua vita, lei nella sua. Buongiorno professoressa Zerbi, buongiorno dottor Serrani, intollerabile, inconcepibile, sarebbe morto tutto, anche il ricordo.

Non c'era motivo di pensarlo, si dice ora il vecchio. Era chiaro che due così potevano solo stare vicini, intermittenti e lontani, ma in qualche modo indissolubili. Lo diceva la voglia che avevano uno dell'altra. Non c'era motivo...

O forse sì, forse sono cose che si sentono e basta. Il ricordo si confonde, non sa se avevano dormito, se avevano mangiato, per quanto tempo erano stati incastrati e per quanto si erano parlati piano, in un sussurro, sforzandosi di dirsi la verità.

Se l'erano detta davvero? Non tutta, non era possibile. E sarebbe servito, poi?

Il vecchio apre gli occhi.

Il teatro è vuoto, c'è solo Carlo che lo aspetta passeggiando per il grande atrio, si avvicina.

«Sonia e gli altri sono in albergo, c'è una festicciola nella suite delle ragazze, ci aspettano, andiamo».

«Mi porti a dormire, Monterossi, non voglio vedere nessuno».

«Credo che Sonia l'aspetti...».

«Il mio lavoro è finito, Carlo, mi porti in albergo, per cortesia, e domani mattina partiamo, le dispiace?».

Carlo lo guarda bene, lo aiuta ad alzarsi anche se quello non ne ha bisogno. Ora sembra vecchissimo, il vecchio Serrani, il passo non è fermo, la fotografia insieme a Sonia, il giorno del matrimonio di Stresa, sembra lontanissima, secoli, anzi, settimane.

Poche, sempre meno, ogni sette giorni ne manca una.

Trentaquattro

Sono partiti alle undici, un'ora prima della conferenza stampa, il rito barbarico in cui Sonia Zerbi sarà presentata al mondo. Un incontro attorno al quale gireranno altri incontri, manager, agenti, case discografiche, richieste di servizi fotografici, inviti a serate di beneficenza, corteggiamenti, proposte di lavoro.

Carlo ha solo una borsa, il vecchio pure, è gente che viaggia leggera. Umberto Serrani chiede al concierge in altissima uniforme – o forse è il capo della marina svizzera – di lasciare un messaggio per Sonia Zerbi, la cantante. Carlo sbircia da dietro una spalla del vecchio che sta scrivendo:

«Tutto il bene. Per sempre. U.».

È un addio.

Carlo si chiede perché. Il vecchio glielo spiega in macchina, mentre lasciano Basilea.

«Non voglio riconoscenza. La riconoscenza non sai mai quando è vera e quando è... obbligata, ecco, quindi artefatta. In ognuno dei due casi per Sonia diventerebbe un peso, alla lunga, e io la ragazza la voglio leggera, libera da queste cose».

«Forse impedendole di essere riconoscente la priva di un piacere, ci ha pensato?».

«È giovane, avrà altri piaceri... molto migliori, mi creda».

Carlo non riesce ad essere irritato, anche se ce ne sarebbe il motivo, cerca di mettere a fuoco.

«Sono così poche le volte che finisce tutto bene... vedere uno che rovina l'happy end è... insomma, mi ha capito».

«Oh, ma non finisce tutto bene, Carlo, non si preoccupi, non c'è questo rischio».

Chissà cosa ha voluto dire, Carlo non chiede.

La luce è tornata grigia, non piove ma lo farà, fuori dalla macchina c'è solo Svizzera e gelo, il termometro sul cruscotto dice: esterno zero, dentro venti gradi, ora devono solo starsene seduti in salotto per qualche ora, mentre il salotto torna a Milano, pilotato da Carlo Monterossi, che in tutta questa storia ha fatto soprattutto lo chauffeur.

Contrariamente a ieri sera, Umberto Serrani sembra in forma. Forse quel disastro che Carlo ha visto nel foyer del teatro era solo il calo della tensione, l'adrenalina che se ne andava, la stanchezza di quei mesi. Forse bastava una dormita.

Stanno zitti, ma non è un silenzio pesante. Carlo riceve una chiamata da Oscar, non risponde, lo chiamerà dopo, ora non vuole rompere quella monotonia del viaggio, la macchina che fila bene, al mezzo galoppo, il panorama che passa. In un certo senso vuole godersi la noia, o le piccole chiacchiere che si fanno guardando la strada. Anche il vecchio riceve alcune telefonate. Anche lui non risponde, anzi, non guarda nemmeno chi è che lo chiama.

Alla frontiera di Chiasso c'è un po' di coda, avanzano a passo d'uomo. Sfilano davanti al gabbiotto delle guardie svizzere. Quando arrivano a quelle italiane si alza una paletta rossa, Carlo accosta, il finanziere chiede i documenti, un normale controllo. O forse no, perché poi dice:

«Potete seguirmi, per favore?».

Carlo chiude la macchina, entrano negli uffici, in un corridoio, poi in una stanza, vetri e alluminio anodizzato, il riscaldamento che combatte come un leone contro il gelo che entra dalle porte che si aprono e si chiudono in continuazione. Il telefono di Carlo suona di nuovo, ancora Oscar, ma lui rifiuta la chiamata, non è il momento.

Nella stanza ci sono Ghezzi e Carella.

Carlo guarda Ghezzi che stringe le mani a due colleghi svizzeri, uno gli pare di averlo visto quando si sono fermati in un'area di servizio fuori Lucerna, forse li hanno seguiti da Basilea. Poi quelli se ne vanno e restano loro quattro. Nessuno dice niente, non ancora. Ghezzi mette un guanto di lattice sulla mano destra, si avvicina a Serrani e gli prende – con cautela, con gentilezza, anzi, con la faccia che chiede scusa – il bastone con la palla da biliardo.

«Questo lo prendiamo noi... è l'arma che ha ammazzato Franco Ferri... il signore ci dirà come, se vorrà, ma abbiamo le idee abbastanza chiare».

Ora dovreste vederlo, Carlo Monterossi, la montagna che gli casca in testa, un groppo di acido che gli viene su dallo stomaco. Si lascia cadere su una sedia, incredulo, come colpito da una freccia. L'arma del delitto? Cosa? Ma lo stupore più grosso è che davanti a un'enormità simile pensava di trasecolare, di scoppiare a ridere, di scuotere la testa, di dire ma va là, non è vero. Invece non lo dice.

Il vecchio Serrani sorride.

Ora piove, finalmente, acqua mista a ghiaccio. Carlo è uscito un attimo, uno della finanza gli ha chiesto di spostare la macchina, gli ha indicato un posto. Ne approfitta per chiamare Oscar, quello risponde dopo un secondo scarso, parla affannato:

«Finalmente, cazzo, perché non rispondi ai messaggi! Non riportarlo qui, Carlo, restate in Svizzera».

«Troppo tardi, Oscar».

«Sei una testa di cazzo», dice quello, e mette giù.

Carlo guarda i messaggi sul telefono, sono sei, il primo alle nove di quella mattina, l'ultimo di pochi secondi fa, prima vaghi, poi allarmati, poi ultimativi. Il più recente dice:

«Carlo, convinci Serrani a non rientrare, vi aspettano».

Mentre torna verso gli uffici vede Ghezzi che gli viene incontro.

«È abbastanza nei guai, sa, Monterossi? Lei e quel suo amico balordo, Oscar Falcone. Per non dire del vecchio, su quei fogli che gli sta facendo vedere Carella c'è scritto omicidio volontario con l'aggravante della premeditazione, lei che gli faceva da maggiordomo dovrà spiegare tutto per bene, si rende conto?».

«Non ci credo che il vecchio Serrani ha ammazzato uno grande e grosso a colpi di bastone, Ghezzi», però non lo sa se non ci crede veramente, forse un pochino ci crede, invece.

Ghezzi non dice niente, fa un cenno a Sannucci che sta appoggiato a una macchina grigia, al riparo dalla granita che viene giù dal cielo, sotto una pensilina.

«Sannucci, prepara la macchina, li portiamo giù, staremo stretti, pazienza».

«Sono in arresto?», chiede Carlo.

«Il mandato è solo per il vecchio. Ma sì, è in fermo di polizia, deve dirci delle cose. Anche il suo amico Oscar, lo troviamo a Milano che ci aspetta».

«Cos'è, siete andati a prenderlo con le sirene?».

«No, gli ho parlato, ultimamente ci parliamo spesso, sa? Non gliel'ha detto? Strano. Comunque viene con le sue gambe, tra un'ora. Se il vecchio ci racconta qualcosa in macchina mentre torniamo e serve più tempo aspetterà».

«Ghezzi, andiamo con la mia macchina. Io, lei, Serrani e Carella. Non voglio il vecchio portato via come un delinquente».

«Quello che vuole lei non conta niente, Monterossi, meno di zero. Però forse il Serrani potrebbe sciogliersi un po', se c'è un'atmosfera meno... costrittiva, ecco. Ne parlo con Carella, è una cosa fuori dalle regole, può essere che gli piaccia. Ah, un'altra cosa, Monte-rossi... il vecchio *è* un delinquente, per la precisione un assassino».

Quando partono per Milano, Carlo guida la sua macchina, Ghezzi gli sta di fianco, sui sedili dietro ci sono il vecchio Serrani e Carella. Sannucci li segue con la macchina grigia.

È cominciato tutto con un viaggio in auto, pensa Carlo, e finisce tutto con un viaggio in auto. Gli torna in mente la frase del vecchio, un paio d'ore prima: «Oh, ma non finisce tutto bene, Carlo, non si preoccupi, non c'è questo rischio».

Lo sapeva? Se lo aspettava?

E Ghezzi che parla con Oscar, che novità è?

Ma quello che occupa la testa di Carlo è altro. Il vecchio che ammazza il Ferri a bastonate. E quando? Ha saputo chi era l'assassino di Giulia Zerbi quella sera, a ora di cena, e a mezzanotte, poche ore dopo, lo stava già ammazzando? Come è possibile? Troppe cose che non tornano. Ma in quel silenzio sente che deve dire qualcosa.

«Ora ci spiegate tutto, per favore?».

«Non siamo noi che dobbiamo spiegare», dice acido Carella, «noi non abbiamo ammazzato nessuno». E poi, rivolto a Carlo: «E non abbiamo aiutato nessuno a farlo».

«Il dottor Monterossi è totalmente estraneo a questa vicenda», dice Umberto Serrani, «e anche il suo amico Falcone. Devo scusarmi con entrambi per averli messi in questo pasticcio, intendo chiarire senza ombre la loro posizione».

«E intende chiarirci anche la sua, di posizione?», dice Carella, sarcastico, cattivo.

«Certamente».

Porca miseria, pensa Carlo, sembra un avvocato. Forse sì, forse il vecchio ci aveva pensato, forse ha già pronta una tesi difensiva, una scappatoia, come faceva quando spostava milioni di qui e di là.

«Hans Roger von Haupt», dice Ghezzi.

«E chi è?», chiede Carlo. Anche il vecchio Serrani fa la faccia stupita: mai sentito, quel nome.

Ora scende acqua mista a neve, sul vetro restano piccoli cristalli. Ghezzi e Carella non pressano, non fanno domande, vogliono mostrare che ne sanno abbastanza, che non hanno bisogno di una confessione. Solo Carlo freme, si agita, guida male, incerto se correre verso Milano o prendersela comoda.

Il vecchio si è appoggiato al sedile, ha chiuso gli occhi, sembra che dorma, quindi tutti si stupiscono quando comincia a parlare, come se raccontasse a se stesso, come se si facesse il riassunto.

«Quando ho letto di Giulia è cambiato tutto. Credo che non sia passato nemmeno un giorno in venticinque anni che io non l'abbia pensata, che non mi sia allevato in casa quel rimpianto incolmabile che lei mi aveva lasciato. Ora... ammazzata così. È come se mi avessero tolto anche il ricordo... proteggerla non è servito a niente, andarmene, sparire, rinunciare... non è servito a niente... Per una stupida questione di soldi, qualche migliaio di euro, che follia...».

Nessuno fiata, aspettano, ma il vecchio non dice più niente. Non sembra abbia intenzione di parlare più.

Allora parla Ghezzi:

«Ora le dico com'è andata secondo noi...».

«Sentiamo», dice Umberto Serrani.

«Oscar Falcone ha fatto un buon lavoro, credo abbia fonti e informatori che noi della polizia non abbiamo, ma questi sono cazzi suoi, tra favoreggiamento e omessa denuncia avrà delle cose da spiegare, credo, sempre che il sostituto non intenda tutto questo come complicità... e anche lei, Monterossi...».

«Complicità in omicidio, come le suona?», chiede Carella, ma Ghezzi fa un gesto di fastidio e continua:

«In ogni caso, la sera di giovedì 23 novembre, nella suite del Diana, Falcone le comunica i nomi degli assassini di Giulia Zerbi... anzi, dell'assassino, il Ferri. Falcone era convinto che il Maione avesse solo guidato la macchina, e aveva ragione. Un buon lavoro, veloce, il ragazzo è in gamba, lo sappiamo, in poche ore ha avuto il nome dei due, l'indirizzo... e del Maione persino un numero di telefono... è stato questo a farle venire l'idea, vero, Serrani?».

«Vada avanti, ispettore», dice il vecchio.

«Sovrintendente».

«Va bene».

«Secondo me ha ragione, Serrani, i grandi piani, le strategie troppo elaborate... no, no, meglio un taglio netto, subito, una decisione veloce, con i calcoli fatti al volo, ma precisi, e un po' di fortuna, giusto?».

Silenzio.

«Quando è uscito dall'albergo delle ragazze che ore saranno state? Diciamo le undici meno un quarto?... Si è fatto portare in taxi da quelle parti, no, non sotto casa del Ferri, ma lì vicino, abbiamo un tassista che si ricorda un signore elegante con un bastone... questo l'abbiamo scoperto dopo...».

«Volevo vederlo in faccia. Volevo guardare l'animale che aveva ucciso Giulia».

«Oh, no, signor Serrani, non è vero, mi faccia continuare...».

«Non dica niente, signor Serrani», questo è Carlo.

Carella sbuffa. Ghezzi continua come se niente fosse.

«L'unica probabilità che aveva per colpire il Ferri era prenderlo di sorpresa, ma in mezzo alla strada, non si fidava... e non sapeva nemmeno che faccia avesse... lei quanto pesa, Serrani, ottanta chili? Settantacinque? Il Ferri ne pesava centodieci, era allenato, armato, come minimo di frustino, aveva precedenti per rissa, era uno che sapeva picchiare... no, non andava bene... Lei, Serrani, doveva entrargli in casa, ed è per quello che ha usato il telefono di... Herr Hans Roger von Haupt, un ragazzo molto gentile, gli ho parlato, per fortuna sa l'italiano, ha più avvocati lui di una grande azienda, ma è stato disponibile. Un bel telefono con una scheda svizzera... Il ragazzo, mi sono informato, è una grande speranza della musica, la sua famiglia è di quelle che contano in almeno tre stati, un po' Svizzera, un po' Francia, un po' Germania, affari, castelli, una dinastia... per il diploma al Conservatorio papà gli ha regalato una Aston Martin, due anni fa, questo l'ho trovato su Internet, oltre alle foto in barca con principesse e contessine, insomma, il gossip dei ricchi... La scheda svizzera ci ha rallentati, e potevamo pure non arrivarci mai, ora che cerchiamo i terroristi quelle rogatorie possono anche finire in fondo a un cassetto... e una volta che sappiamo il nome non è detto che riusciamo a parlarci, col padrone del telefono... era ben pensata, Serrani».

«Ma Roger...». Questo è Carlo che sta unendo i puntini, più lento degli altri.

«Sì, Monterossi, Roger, il giovane pianista che stava là al Diana con le ragazze... il telefono era in quella cella, e lui era lì che suonava il piano. Come diranno in tribunale, il telefono era nella disponibilità dell'imputato, nella stessa stanza... complimenti Serrani, perché lei ha elaborato un piano complesso in pochi minuti, secondo me in poco più di un'ora, o anche meno, davvero una capacità di analisi...».

«E molta fortuna», dice Carella.

«Sì, molta fortuna, perché le telefonate che ha fatto con il telefono svizzero del ragazzo sono state due. Prima a un numero misterioso... ci arriviamo... la seconda al Maione, di cui aveva un numero di cellulare. Gli ha detto che chiamava per conto del capo e che doveva andare in un posto, cioè l'ha mandato nella stessa cella telefonica dove sta la casa del Ferri, in un parcheggio, ad aspettare qualcuno che non sarebbe mai arrivato».

«È stato un azzardo», dice Carella che ora fa il controcanto, «ma ci ha beccato. Quello è uscito prima di mezzanotte ed è andato davvero dietro casa del Ferri ad aspettare, una gentilezza che poteva costargli l'ergastolo al posto suo...».

«Semplice, persino elegante: l'assassino morto e il suo complice accusato del delitto. Perfetto. Lei non poteva sapere che il Maione aveva addirittura le chiavi di casa del Ferri, ma la fortuna aiuta gli audaci, no? E infatti siamo stati convinti che l'assassino fosse lui per un bel pezzo... Ma lei ha fatto un'altra telefonata, con quella scheda svizzera. Un minuto prima. Ha chiamato... un numero che ora risulta inesistente, intestato a una vecchia signora che non ne sa nulla... chi era, Serrani?».

Il vecchio sta zitto.

«... Era qualcuno che le ha aperto la porta del Ferri, uno scassinatore, uno bravo, un professionista. È stato fortunato, il Ferri non era in casa... altrimenti avrebbe lasciato perdere, vero? Invece le luci erano spente, tutto silenzioso. Si è fatto aprire da un delinquente ed è entrato».

Carlo sente che in quella storia qualcosa scricchiola.

«Un po' fantasiosa come ricostruzione. Un numero misterioso e sconosciuto, e voi avete deciso che è un mago delle serrature... è un'illazione».

«Ah, naturalmente il signor Serrani può dirci chi ha chiamato con quella prima telefonata... durata un minuto e quarantasei secondi... ma è un numero che aveva chiamato già due volte, qualche giorno dopo l'omicidio di Giulia Zerbi, esattamente... la sera di cinque giorni dopo, e poi la mattina seguente, alle nove e dodici... con il suo telefono, quella volta, e non con uno preso in prestito. Si era fatto aprire un altro appartamento, Serrani, dico bene? Posso indovinare?».

«Posso indovinare? Ghezzi, le indagini mica si fanno indovinando, eh!».

«Stia buono, Monterossi, non abbia fretta».

«Sono entrato a casa di Giulia, sì», dice il vecchio.

Carlo rimane a bocca aperta.

«Volevo... vederla. Dopo tanti anni, ora che non c'era più volevo... vedere i suoi posti, dove si sedeva per scrivere, dove leggeva... era... importante, sì, anche se mi sono sentito male, là dentro, tutti i rimpianti mi sono saltati addosso, tutti insieme... ho rubato questa».

Toglie dalla tasca del cappotto una matita appuntita, una bella matita di legno chiaro. La passa a Ghezzi che la guarda come se vedesse una matita per la prima volta, e poi gliela restituisce. A Carlo è sembrato un segno di rispetto, ma sta guidando, non è che può osservare bene i dettagli. Ora sono poco fuori Milano, Ghezzi gli fa un cenno che dice... calma, finiamo la storia, prima di arrivare.

«Quel numero non vi porterà da nessuna parte, non è gente che lascia tracce, comunque sì, c'era un tipo che mi apriva le porte... la mia versione in tribunale sarà diversa, ovviamente».

«Ovviamente, Serrani, ma sa, quando noi la consegniamo al giudice per noi la storia finisce... a noi può dire com'è andata, la versione per gli avvocati... veda lei».

«Non dica niente, Serrani, aspetti l'avvocato».

«Monterossi, la vedo a suo agio a stare dalla parte degli assassini. E aspetto di incontrare il suo amico...».

Ora Ghezzi ha davvero un gesto di impazienza nei confronti di Carella. Non si rende conto che è un dramma? Che il vecchio sta confessando? Cosa vuole di più, farsi la risata sarcastica? Che stronzo, ora che stava parlando... Allora il filo lo riprende lui.

«Ha perquisito, là dentro? Dal Ferri, intendo».

«No, non volevo accendere la luce, dall'odore era un posto schifoso».

«Sì, è vero. Comunque si è messo dietro la porta, fermo, al buio, ad aspettare... ha avuto fortuna, perché quello poteva dormire fuori, oppure essere andato chissà dove, o scappato... invece quanto ha aspettato, Serrani, mezz'ora? Quaranta minuti?».

Carlo è arrivato vicino alla Stazione Centrale, poi, in piazzale Loreto, invece di andare verso il centro, corso Buenos Aires, via Senato, questura, ha girato a sinistra in via Padova, perché capisce che c'è bisogno di altro tempo. C'è traffico, la gente è nervosa, c'è un tramonto grigio, sembrano tutti incazzati. E piove un nevischio sporco che rende tutto lurido, opaco.

Carella riceve una telefonata e risponde:

«Dove? A che ora? Sicuri? E com'è che l'hanno detto?... Capito... Alle nove, avvisa Gregori, di' che ci servono quattro macchine e tutti gli uomini che ci sono, finisco qui e arrivo».

Ghezzi lo guarda come a fare una domanda, Carella annuisce. Cose loro.

«Insomma, Serrani, quando il Ferri è entrato... mi dica se sbaglio... ha acceso la luce e si è girato a chiudere la porta, quei gesti meccanici che facciamo tutti quando entriamo in casa... E quello era il suo momento, giusto? Ora o mai più, vero? Gli ha tirato un colpo con tutte le sue forze, alla nuca, più violento che poteva, consapevole che il primo colpo doveva essere quello buono, altrimenti, in caso di lotta, avrebbe vinto il Ferri...».

«Sì, più o meno così... solo un attimo di esitazione, perché quando quel porco è entrato non ha fatto i movimenti che mi aspettavo... ha... usato l'altra mano, ecco...».

«Sì, il Ferri era mancino».

«Ah... beh, comunque è stato un attimo, credo che non se ne sia nemmeno accorto».

«Sì, l'ha colpito bene, perché gli ha sfondato il cranio alla base della nuca».

«Mi fa piacere, era la parte più difficile».

«Però gli ha dato altri due colpi... era a terra a pancia in su... due colpi alla tempia sinistra, forti anche quelli... direi che se il primo colpo era una mossa da baseball, questi erano più da golf, dico bene?».

«Si muoveva».

«Sì, i cadaveri lo fanno, non muore tutto insieme», dice Carella.

«Mi parli del suo bastone, Serrani», continua Ghezzi che sta seguendo il suo filo.

«È un buon bastone».

«Sì, lo sappiamo. Qualcosa di più?».

«L'ho comprato a Stoccarda, da un antiquario che sosteneva venisse da qualche signorotto, un Hohenzollern, ma chissà se è vero. Non è esattamente un bastone da passeggio, perché è pesante, solido, sotto il legno c'è un'anima di metallo. L'impugnatura è una palla da biliardo, fissata molto bene al legno...».

«E lei ci va in giro abitualmente? Perché l'aveva quel giorno?».

«È una buona domanda, sovrintendente. A cui non so rispondere. Forse volevo rassicurare Sonia... la ragazza. Sa, mi presentavo con quell'offerta, farla studiare, portarla al concorso, distrarla... la volevo felice... Non volevo che pensasse male, che si facesse strane idee... è una cosa stupida, lo so, una debolezza, ma... volevo che pensasse a me come a un vecchio eccentrico, e non a un ricco maniaco che vuole circuire una giovane... Questo è stato il ruolo del dottor Monterossi. Ha contattato per me la ragazza, e credo che abbia molto rassicurato la sua amica, quella... Federica, vero? Certo non sapeva del Ferri, né prima né quella sera del ventitré novembre... e anch'io, come ha detto lei stesso, ho saputo il nome dell'assassino di Giulia solo quella sera, si può dire che il bastone è stato un vero caso».

«Non diciamo cazzate, Serrani», ora Carella non si tiene, a dirla tutta non capisce quella manfrina in guanti bianchi, «il Monterossi, qui, e quell'altro coglione del suo amico, sapevano che il Ferri era un assassino. Bastava una telefonata, siete anche amici, vero Ghezzi? Siamo pure passati di lì, quella sera, a far vedere alla ragazza l'identikit del Baraldi. Bastava dirlo e noi andavamo a prenderlo, e anche tante grazie ai bravi cittadini che aiutano la legge. Invece sono venuti a dirlo a lei, e nemmeno lei ha fatto una telefonata, Serrani, ha preferito andare ad ammazzarlo. Questo per me si chiama complicità, ma se non si arriva fino a lì, tranquillo, che qualche reato c'è di sicuro».

Ora tocca al Monterossi, sbuffare.

«E dopo che l'ha usato per ammazzare il Ferri ha continuato a girare con quel bastone?».

«A maggior ragione!», dice il vecchio Serrani. Lo dice sorridendo. E aggiunge: «Mi vede pentito, sovrintendente Ghezzi? Pensa che abbia qualcosa da rimproverarmi? Che un animale come il Ferri possa procurarmi qualche rimorso? Andiamo...».

«No, non lo credo. Però vede... io ho visto una foto sua, Serrani, una bellissima foto, una foto gioiosa e... luminosa, che stava su molti giornali, mi ha detto il fotografo... è uno di un'agenzia e l'ha venduta bene. C'era qualcosa che non andava, sa? Era tutto perfetto, nella foto, tutto lucido, ma... c'era un dettaglio... un particolare invisibile che bisognava soltanto vedere...».

Carlo è arrivato in fondo a via Padova e torna verso il centro facendo il controviale di via Palmanova, fin dove si può, poi qualche ghirigoro fino a piazza Udine. Un autobus davanti a loro è pieno da scoppiare, le facce appoggiate al finestrino fanno delle smorfie orribili, come se il tipo di Munch avesse detto, dai, coraggio, oggi vado a lavorare coi mezzi.

«Non so come la palla da biliardo sia agganciata al bastone, in modo molto solido, si direbbe, se ha resistito a quel colpo così forte... ma sotto, tra la palla e il bastone, ci sono dei... non so come chiamarli... fregi? Dei piccoli... – cerca la parola – ... dei piccoli capitelli d'argento. Quanti sono, sei, otto? Formano come una corona tra il legno e la palla... e ne manca uno, Serrani... È un dettaglio minimo, un centimetro di argento in una storia con dentro tanta violenza, tanti oggetti stupidi... pensi che ho perso giorni a inseguire un bottone, e invece era del Ferri, magari stava lì da mesi, non sembrava uno che spazza il pavimento spesso... ma un gioiellino d'argento così... un frammento di qualcosa che doveva essere prezioso, in quel covo lurido... in un angolo, sul pavimento... stonava troppo, Serrani, gridava: qui dentro c'è stato qualcuno che non è di questo ambiente, che non è un balordo, era una cosa fuori posto...».

Umberto Serrani non dice niente, si fa cullare dalla macchina che avanza piano nel traffico, ora sono in corso Venezia e girano a destra, manca pochissimo, ma via Senato è tutta una fila.

Quando sono in piazza Cavour, finalmente, Umberto Serrani parla ancora, e si rivolge a Carlo:

«La ringrazio moltissimo, amico mio, per quello che mi ha aiutato a fare con la ragazza... il mio amico, il dottor Lecci, ha sistemato tutto, la situazione patrimoniale di Sonia è... tranquilla, ecco. Non esiti a contattarlo se avrà delle spese legali. Ora la figlia di Giulia può davvero diventare una stella, se lo merita, è proprio brava... Mi perdoni se tutta questa brutta storia le lascerà qualche segno, Carlo, ma anche i signori, qui, sanno che non mi ha aiutato ad ammazzare nessuno, e io non gliel'avrei mai chiesto... Vale anche per il suo amico Falcone, se non riuscirò a dirglielo di persona... Per il resto tutto è stato fatto con una certa attenzione... il Ferri mi ha sorpreso sul pianerottolo, al buio, e mi ha trascinato in casa, mi ha minacciato, e io mi sono difeso con l'unica arma che avevo, il mio bastone... Ora mi farò le mie settimane in prigione».

«Sì, settimane...», dice Carella con un ghigno.

Ma il vecchio e Carlo hanno capito, sorridono tutti e due, come quelli che hanno un codice che gli altri non conoscono.

Siccome parlavano molto, lui e Giulia, parlavano sempre, anzi, e sapevano dirsi le cose più sapienti e più sconvenienti, avevano ormai un loro lessico, delle parole private, magari parole neutre, ma che per loro erano come segnali. Giulia la chiamava «la lingua della bolla», e si era creata piano piano, era fatta di riferimenti, di cose che avevano visto o vissuto insieme, di cui avevano parlato, parole che potevano eccitarli, o calmarli, o cullarli quando, spossati, sfibrati, sfiniti, si arrendevano al sonno, in quelle stanze d'albergo che diventavano ogni volta campi di battaglia, sale da pranzo, rifugi, alcove.

Quando la macchina di Carlo si ferma, entrando nel cortile della questura dopo che Ghezzi si è fatto riconoscere dal piantone, Umberto Serrani gli poggia una mano sulla spalla.

«Per qualunque cosa, Monterossi, sa dove trovarmi».

Sembra quasi allegro, ora, non fa più il suo discorso dei rimpianti, esce dalla macchina e sta dritto come un corazziere.

È buio e piove.

Il melodramma finisce qui.

Sipario

Carlo Monterossi è stato interrogato da un sostituto procuratore, giovane, sveglio. Gli avvocati gli hanno detto di non preoccuparsi, l'archiviazione è probabile. Per Oscar la cosa è un po' più scivolosa, ma se la caverà anche lui. È vero che non ha avvertito di aver trovato due assassini, ma è vero anche che la polizia ne ha preso uno il giorno dopo, insomma... E non ha nascosto prove: quando Ghezzi gli ha telefonato, la mattina del sette gennaio, per chiedergli quando aveva dato quei nomi al vecchio Serrani, lui aveva risposto subito, giorno, ora... nessuna reticenza, molto collaborativo, questo dovrebbe pesare, e il Ghezzi è stato chiuso mezz'ora da solo con il giudice, forse ha un po' perorato la causa.

Umberto Serrani è stato rinviato a giudizio per omicidio volontario con l'aggravante della premeditazione, accusa che i suoi legali rigettano scandalizzati a suon di interviste e memoriali difensivi: un vecchio triste, solo, che voleva vedere in faccia l'assassino di una donna a cui teneva molto, aggredito, praticamente rapito, trascinato in casa, che si era difeso... Ora sta

385

nella bella palazzina di via Washington, ai domiciliari, non c'è rischio di inquinamento di prove, di fuga, di reiterazione del reato, e queste sono le condizioni essenziali.

Ce n'è un'altra: avere tanti soldi, buoni avvocati, amici importanti.

Può andare a trovarlo solo il figlio, che però non ci va mai.

Sonia Zerbi, la ragazza che qualche mese prima aveva detto, tra un pianto e l'altro, «Non sono mica la Callas!», canterà la *Traviata* per l'Opera House di Sydney, un allestimento di cui già si dicono mirabilie e che girerà il mondo. Voleva fermarsi un attimo, prendere fiato, far posare tutta la polvere di quella storia, ma ha ricevuto una proposta urgente, quasi un'emergenza: per un'indisposizione improvvisa, Anna Netrebko lasciava la produzione della *Butterfly*, a Vienna, voleva sostituirla? Ma la prima è tra dieci giorni, bisogna provare e...

Sonia si è traferita in una suite del Grand Hotel Wien, sul Ring.

Scrive piccoli bigliettini profumati a Umberto Serrani, che gli arrivano, dopo che sono passati per la procura, un po' meno profumati. Il tono è scherzoso, a volte rapido, sono piccole noterelle su cartoncini elegantissimi, frasi come: «Tutto molto imperiale, molto bene!», oppure: «Io qui in kimono con una parrucca di tre chili! E fuori c'è il sole. Non è giusto!», firmate con una piccola S svolazzante, cose che verranno buone tra cent'anni, per il Museo Sonia Zerbi, la grande cantante.

Per ora si gode piccole, innocue pose da diva, il maestro Tononi si è offerto di seguirla, di consigliarla, di aiutarla con scritture e contratti, e quindi Sonia gira con un piccolo staff. Tra le altre domande, in una lunga intervista a *Variety* – «The miracle of a new voice, an interview with Sonia Zerbi» – ce n'era una sulla costruzione del repertorio: si considera un'interprete rossiniana? Lei aveva scherzato: «Ma no!... Però se hai ventiquattro anni e non sei un po' rossiniana hai qualcosa che non va».

Federica, che ogni tanto scrive a Carlo, dice che ora sta vivendo una fase romantico-giapponese per colpa delle repliche di Sonia ed è tentata di fare harakiri pure lei, ma Vienna è bella e la Sachertorte lì è un'altra cosa. Non dice niente di sé, solo che segue l'amica, quindi ora è a Vienna, poi Sydney, poi chi lo sa, il mondo perde un'economista e Sonia guadagna un'assistente ironica e realista, che tenterà di tenerla con i piedi per terra.

Il sovrintendente Carella ha preso la banda che importava la coca, è un livello intermedio, un buon colpo, ma non tombola: undici chili, sei tra spacciatori e trafficanti, e un quadro intermedio della cosca, un boss di mezzo livello, che si occupava del trasferimento dal porto di Genova a Milano. Uno che dirà tutto sui sottoposti e niente sui suoi capi, un classico. Gregori si è incazzato perché Carella ha trovato il modo di stare da solo mezz'oretta con quello che lo aveva mandato al veglione sbagliato, il quale è arrivato in questura con un dente che ballava. Lui si è preso volentieri il cazziatone, un buon prezzo da pagare per far sapere a tutta la questura che non puoi prendere per il culo Carella e passarla liscia.

Il sovrintendente di polizia Tarcisio Ghezzi ha caricato e scaricato valigie all'aeroporto di Linate per una settimana, finché ha scoperto che i suoi colleghi facchini non c'entravano niente, che erano brave persone e anche un po' incazzati perché ogni volta che sparisce qualcosa tutti pensano a loro. A rubare nei bagagli erano quelli della sicurezza, un'agenzia privata, che cercavano le bombe e le armi nelle valigie dei viaggiatori, ma si vede che trovavano altre cose, e se le mettevano in tasca, lontano dalle telecamere.

Aveva cominciato controvoglia, ma poi quel lavoro noioso e faticoso, tutto di muscoli mentre si guardava intorno per la sua indagine, non era poi tanto male, lo ha costretto a stare da solo con se stesso, a pensare. Con tutto che all'inizio dell'anno si fanno un po' di bilanci, e che era stato bene in montagna con la sua signora... Ghezzi si chiedeva se ha un senso andare avanti così, se non sia il caso di cambiare. È una cosa a cui pensa da tempo. Tra tutte le scartoffie del caso Zerbi-Ferri, la seccatura delle pistole, i furti all'aeroporto, non ne ha nemmeno parlato con Carella, che comunque stava correndo dietro ai narcos, e neanche con la Rosa, perché prima di parlare con lei deve avere le idee chiare.

Insomma, alzando e abbassando valigie Tarcisio Ghezzi ha chiacchierato un po' tra sé e sé, e quello che ha pensato non lo sapremo mai.

Bianca Ballesi ha compiuto gli anni, trentanove, e quindi guarda le prossime cinquantadue settimane, quelle che la consegneranno ai quaranta, come si guarda un pitone che dorme in un angolo della stanza. Ha portato a casa di Carlo una torta enorme, molta panna, molta frutta, che hanno mangiato loro due, non solo sui piattini, se volete saperlo.

Carlo Monterossi ha continuato a fingere di lavorare al nuovo progetto da cui la Grande Tivù Commerciale si aspetta molto, ma è ancora bloccato sulla scelta del produttore e non ha grandi idee, cosa che riesce a dissimulare con il gran segreto che circonda il nuovo programma.

Sui suoi scaffali della musica, accanto all'infinita opera omnia di Dylan, sono comparsi dischi di concerti, arie, grandi interpreti della lirica, un'edizione in vinile de *La cambiale di matrimonio*, ovviamente molto Mozart, lo *Stabat Mater* di Pergolesi... la discoteca del melomane autodidatta, non metodico, che non studia, non si applica, ma sa riconoscere le cose belle. Così nel grande salone coi divani bianchi ogni tanto si alza questo vento di storie d'amore e melodrammi e sofferenze e allarmi, patemi d'animo, gioie e dolori, tutte cose che diventano, per qualche immenso minuto, solo voce.

Ricorda ogni tanto il vecchio Serrani e il suo discorso dei rimpianti, ha scoperto che è un buon modo per ingannarsi, per non pensare ai rimpianti reali, ma a una teoria che li contenga, che in qualche modo li renda una speculazione intellettuale invece di un dolore vero.

Si imbroglia da solo, insomma.

Non pensa più tanto a quella cosa delle quattromila settimane, la vita media di un uomo, cioè, ogni tanto gli capita, ma non è una cosa ossessiva. Lo trova stupido, ecco, un po' ridicolo, un uomo fatto che tiene il conto delle settimane... che assurdità.

E comunque, dopotutto, secondo i calcoli del vecchio Serrani, gliene restano ancora milleseicentotrentacinque.

E mezza.

Indice

Questo volume è stato stampato
su carta Palatina
delle Cartiere di Fabriano
nel mese di gennaio 2018
presso la Leva srl - Milano
e confezionato
presso IGF s.p.a. - Aldeno (TN)

La memoria